글자
전쟁

글자전쟁

개정판 1쇄 발행 | 2024년 5월 1일

지은이 김진명
발행인 한명선

책임편집 김수경
제작총괄 박미실
디자인 모리스

주소 서울시 종로구 평창길 329(우편번호 03003)
문의전화 02-394-1037(편집) 02-394-1047(마케팅)
팩스 02-394-1029
전자우편 saeum2go@hanmail.net
블로그 blog.naver.com/saeumpub
페이스북 facebook.com/saeumbooks
인스타그램 instagram.com/saeumbooks

발행처 (주)새움출판사
출판등록 1998년 8월 28일(제10-1633호)

© 김진명, 2024
ISBN 979-11-7080-048-4

이 책은 저작권법에 따라 보호받는 저작물이므로 무단전재와 무단복제를 금지하며,
이 책 내용의 전부 또는 일부를 이용하려면 반드시 저작권자와 새움출판사의
서면동의를 받아야 합니다.

• 잘못된 책은 바꾸어 드립니다.
• 책값은 뒤표지에 있습니다.

글자전쟁

김진명 장편소설

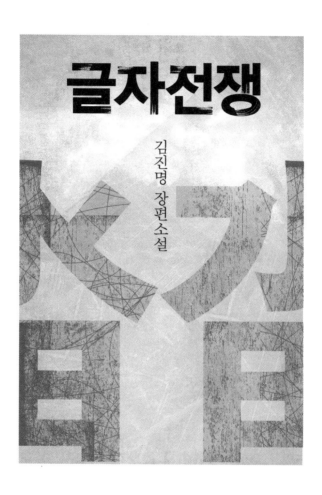

새움

차
례

노인의 죽음

　칠흑같이 어두운 보통강 강변을 훑으며 불어오는 칼바람을 이기고 선 채 프롤레타리아 혁명 기념탑에 한참 동안이나 깊이 고개를 숙이고 있던 노인은 모자에 덮인 눈이 제 무게를 이기지 못하고 바닥으로 떨어지고서야 비로소 손을 뻗어 견장에 쌓인 눈을 툭툭 털었다. 아직 겨울이 시작되기도 전 때 이르게 어둠을 타고 내린 첫눈이 털려나간 자리에는 날카로운 은색 별 네 개가 가지런히 늘어선 채 노인의 신분과 그 신분을 얻기까지 노인이 걸어왔을 여정을 차갑게 드러내 보이고 있었다.

　깊은 밤의 어둠을 내몰고 바삐 달려온 오호츠크해의 겨울바람이었지만 군복의 외투 깃조차 세우지 않은 채 혁명 기념탑 앞에서 마지막 무거운 고갯짓을 남기고 돌아서는 노인의 날선 눈길에는 순간적으로 설산에 포효하는 한 마리 맹수의 표독하고 치열한 광채가 스쳤다. 하지만 다음 순간 그 눈빛은 불안과 두려움의 이채로 표변했다.

　"으음!"

가파른 산을 오르고 올라 마침내 정상에 우뚝 서자마자 날벼락처럼 떨어진 운명의 저주, 아니 배신 앞에서 노인은 가늘게 몸을 떨며 깊고도 깊은 신음을 토해냈다. 물밀 듯 몰려오는 후회와 탄식의 파도를 한없이 맞고만 있던 노인은 마침내 웃음인지 울음인지 모를 흐느낌을 혁명탑 앞에 남긴 채 몸을 돌렸다.

다리에 단단히 힘을 주어 비틀거리는 걸음을 애써 다잡고 시동을 켠 채 기다리고 있는 몇 대의 자동차 앞으로 걸음을 옮기던 노인은 미련을 떨치지 못한 듯 멈추어서서는 일렁이는 물결 위로 한숨을 가만히 내쉬었다. 한 치 앞을 내다볼 수 없는 긴장과 불안, 그리고 무엇보다 상실의 예감이 짙게 담긴 나직하되 가쁜 숨이었다. 그리고 그 숨결은 드문드문 흘러나오는 구성진 목소리를 타고 한 편의 시로 이어졌다.

눈이 오는가 북쪽엔
함박눈 쏟아져내리는가

험한 벼랑을 굽이굽이 돌아간
백무선 철길 위에
느릿느릿 밤새워 달리는
화물차의 검은 지붕에

연달린 산과 산 사이

너를 남기고 온
작은 마을에도 복된 눈 내리는가

잉크병 얼어드는 이러한 밤에
어쩌자고 잠이 깨어
그리운 곳 차마 그리운 곳

눈이 오는가 북쪽엔
함박눈 쏟아져내리는가

대기하고 있던 자동차 안에서는 무장한 인민군 병사들이 방아쇠에 손가락을 건 채 노인의 일거수일투족을 매섭게 지키고 있었다. 이 차가운 새벽 혁명의 소회에 젖은 노인을 경호하는 게 아니라 오히려 살기를 뻗치며 노인을 감시하는 이들은 김정은을 경호하는 호위사령부 전투병들이었다.

사성장군의 군복을 입은 노인은 때 이른 추위가 찾아온 11월 중순 어느 날 새벽 집으로 들이닥친 이들 전투병들에 의해 호위사령부로 연행되는 중이었다.

마지막 시구를 흘려낸 노인의 입은 오랫동안 닫혀 있었다. 아니 걸음을 멈추고 더 이상 시간이 흘러가는 걸 거부한 채 언제까지나 이 마지막 순간이 소멸하지 않기만을 염원하는 듯이 보였다.

하지만 몇 대의 자동차 중 맨 앞에 있는 신형 벤츠에서 클랙 슨 소리가 요란하게 울리자 노인은 마치 유언처럼 혼잣말을 남겼 다.

"정은아, ……이제 공화국을 다 뺏긴다는 걸 와 모르니? 네 아 바이가 이걸 보면 뭐라 그러겠니?"

연신 클랙슨을 울려대던 검정색 벤츠는 노인이 올라타자 두껍 게 깔린 눈을 양옆으로 튀겨내며 강변도로를 쫓기듯 달렸다. 차 안에서 노인은 휴대폰을 꺼냈다. 걸려온 전화가 한 통도 없는 걸 확인하며 플립을 닫는 노인의 손끝이 가늘게 떨렸다. 이 밤에만 공화국 서열대로 무려 열여섯 명에게 전화를 걸었지만 단 한 통 의 답신도 없는 것이었다.

호위사령부가 휴대폰을 압수하지 않은 건 누구에게 연락을 하는지 보려는 심산이고 아무도 전화를 받지 않는 건 이미 주변 모든 사람들이 자신의 운명을 알고 있다는 증좌라 생각한 노인 의 입가에서 알 수 없는 웃음이 피식 새어나왔다.

배신의 현실에 내던져진 허한 웃음은 종말을 예감하고 있었 다.

쿠데타

수재.

태민이 어린 시절부터 귀에 못이 박이도록 들었던 단어다. 실제 태민을 설명하는 데는 이만큼 적절한 단어도 찾기 힘들었다. 과학고를 졸업하고 한다하는 친구들이 다 서울대학교니 포항공대니 카이스트니 지원했을 때 태민은 웃으면서 칼텍(Caltech, 캘리포니아공과대학) 물리학과에 전액 장학금을 받으며 들어가 모두의 고개를 끄덕이게 했다.

"저놈이 20대에 박사 학위 못 받으면 내 손에 장을 지져!"

태민을 아는 모든 사람이 이렇게 장담했지만 실망스럽게도 그는 20대에 박사 학위는커녕 박사 과정에 들어가지도 못했다. 그렇다고 그가 미국에 가 능력의 한계를 드러냈다거나 양키들에게 뒤처졌다거나 했던 건 아니었다. 모두의 예상대로 그는 전과목 A 플러스의 학점으로 칼텍에서도 단연코 두각을 드러냈지만, 뜻밖에도 학부 과정을 마치고 난 그는 전공인 물리학을 헌신짝 버리듯 던져버리고 국제정치학으로 전공을 바꿔 스탠퍼드 석사 과정으로 들어가버렸던 것이다. 놀라서 입을 다물지 못하는 주변 사람들을 향해 그는 야심찬 목소리를 내뱉었다.

"따분한 교수나 연구원이 되기는 싫어. 이 시대는 돈이 힘이야."

태민의 이 말은 한마디로 돈을 벌겠다는 것이었다.

하긴 그의 고등학교 시절 일화를 아는 친구들에게는 태민의 이 말이 전혀 생소하지만은 않았다. 이미 1학년 때 어느 국어 선생님과 충돌이 있었는데, 그 충돌은 '청빈'이란 아름다운 한 마디 때문이었다.

"조선시대 선비들은 곁불은 쬐지도 않았다. 부정한 돈이나 이익이란 아예 쳐다도 보지 않았고 한평생 가난을 벗 삼아 글을 읽으며 살았으니, 청빈이란 바로 조선을 대표하는 아름다운 정신이다."

자랑스럽게 조선의 정신을 설명하는 국어 선생님을 향해 태민이 즉각 비아냥거리는 목소리를 뱉어낸 것이었다.

"청빈이란 돈 없는 것들의 웃기는 자위행위 같은데요?"

"뭐, 이놈아!"

"부유하다고 글 못 읽는 거 아니잖아요?"

"이놈이 조상의 정신을 모독해도 분수가 있지, 도대체 네 부모는 뭐 하는 사람들인데 널 이렇게 돈에 환장한 놈으로 키웠나!"

"아버지는 대학 교수이고 어머니는 주식 도사예요."

"뭐라, 교수라고? 아니 교수가 자식을 이따위로 키웠단 말이냐! 그렇게 대갈통에 돈밖에 든 게 없으니 이담에 뭐 될지 걱정스러울 뿐이다. 이놈아."

"뭐가 될지요?"

"그래, 뭘 해먹고 살아갈지 말이다."

가련하다는 듯 자신을 쳐다보고 있는 선생님을 향해 태민은 망설임 없이 내뱉었다.

"저는 이다음에 하고 싶은 거 마음껏 다 해볼 거예요. 그러다 모조리 실패하면 할 수 없이 학교에서 선생님이나 해야죠."

아이들 사이에 폭소가 터지면서 선생님은 태민을 매우 되바라진 아이로 보았고, 나중에 학년이 바뀌어 담임이 되었을 때는 생활기록부에 '머리는 놀라울 정도로 비상하나 인문학적 소양이 극도로 결여되어 있음'이라고 적어넣었다.

어쨌든 태민은 돈을 벌어야 한다는 생각으로 물리학을 던졌고 국제정치학으로 전공을 바꾸었다.

돈을 버는 데 국제정치학이 왜 필요한지는 모를 일이었지만, 그는 이해할 수 없는 결정을 한 후 필사적으로 공부를 했고 특히 중국어를 익히는 데 초인적 노력을 쏟았다. 석사 과정을 마친 후에는 또다시 모든 사람을 놀래키면서 태민은 공부를 버리고 취직을 해버렸다.

록히드마틴.

이 유명한 무기제조업체가 바로 그가 택한 회사였는데, 웬만한 사람들이 좀체 들어가기 힘든 이 회사에 보란 듯이 채용된 데다 놀랍게도 채 2년도 안 되는 사이에 태민은 국제영업 파트에서 손에 꼽히는 헤비급 사원이 되었다.

다른 사원들이 각종 무기의 원리도 제대로 이해 못해 여기저기 교육을 받으러 다닐 때 물리학에 도통한 그는 이미 무기 개발자보다 더 원리를 잘 설명했고 영업을 나가서는 수요국의 형편에 따라 군사전략까지 수립해주었다. 국제정치에 관한 탁월한 식견으로 그는 어떤 지역에서 어떤 무기가 필요한지를 족집게처럼 집어내곤 했는데, 그가 가장 큰 시장이라 보고 매달린 지역은 일본과 중국, 그리고 남북한이 군비 경쟁에 경주마처럼 매달리고 있는 동북아였다.

"북한에서는 쿠데타가 일어났고 성공했습니다. 이제 곧 장성택은 처형되고 일인통치가 무너진 북한은 얼마 못 가 붕괴합니다!"

장성택 체포 사실이 전파를 타고 세계로 퍼져나간 바로 그날 저녁 술자리에서 내뱉은 태민의 이 말은 회사의 고위 간부들을 거쳐 경영진에도 전해졌고, 정말 그의 말대로 장성택이 처형되자 태민은 이사회에서 북한의 상황에 대한 브리핑을 하게 되었다.

"장성택은 김정철을 후계자로 밀던 조직 지도부의 수장 이제강을 교통사고로 가장해 죽이고 김정은이 후계자가 되도록 만든 공신 중의 공신이에요. 그는 김정은이 등장한 후 막강한 힘을 과시하며 군의 일인자 이영호를 숙청했지만, 결국 그에게 원한을 품은 조직 지도부와 군의 합동 보복을 당해내지 못하고 죽임을 당한 거예요."

"조직 지도부와 군이 장성택을 죽이도록 김정은을 설득했다는 거요?"

"설득이 아니에요. 김정은이 일등공신이자 고모부이자 후견인인 장성택을 죽이고 싶지 않았던 건 당연하지 않아요?"

"설득이 아니라면?"

"그건 쿠데타였어요."

태민은 차분히 설명하기 시작했다.

"김정은과 장성택은 딱 붙어 있었어요. 그런데 어느 날 군의 일인자인 최룡해, 조직 지도부의 이인자 황병서, 당 대외부장 김양건, 보위부 수장 김원홍이 김정은을 찾아와 장성택을 체포해야 하겠다고 하죠. 이 상황을 세밀하게 보아야 해요."

"……."

"일단 김정은을 찾아와 장성택 체포를 주장하는 사람들 입장을 생각하자면, 이들은 자신들의 건의가 받아들여지지 않으면 거꾸로 죽어요. 상대는 김정은과 장성택으로. 이미 조직 지도부 일인자 이제강과 군부 일인자 이영호를 죽이고 숙청한 북한의 최고권력자들이에요. 이들이 김정은에게 장성택을 체포하라고 요구하는 순간은 한 마디로 너희가 죽느냐, 우리가 죽느냐 하는 절체절명의 모멘트예요."

"설득이나 권유가 아닌 협박이라는 거요?"

"협박 정도가 아니에요. 이들이 김정은을 찾아가기 전 치밀한 계획을 세운 건 물어볼 필요도 없는 일이잖아요? 장성택의 죄목은 무엇으로 만들고 처리는 어떻게 하고 등등 참으로 많은 부분을 오랜 시간을 들여 연구하고 또 연구했을 거예요. 그러니 김정은이 거부하면 어떻게 할지도 당연히 생각했을 테고 거기에 대한 준비도 해두었을 거예요."

"준비라면?"

"최악의 경우 김정은도 같이 처리하는 거죠. 그러니 이들이 모여 당신의 고모부를 죽이겠다고 김정은을 찾아간 자체가 바로 쿠데타예요. 서열이 높은 권력자 중 장성택 외에는 처형된 사람이 없다는 건 이들이 사전에 연판장에 도장을 찍어 김정은에게 내밀었다는 증좌이고, 사세부득을 느낀 김정은은 어쩔 수 없이 고개를 끄덕였던 거예요. 즉, 북한에는 바깥세상의 누구도 모르는 새 쿠데타가 일어났어요."

태민의 브리핑이 끝나자 이사들은 한결같이 자리에서 일어나 박수를 쳤다. 그간 어느 정보기관도 합리적으로 설명하지 못했던 북한의 이상징후를 록히드마틴의 일개 영업부 직원이 가장 공감이 가는 논리로 분석한 데 대한 놀라움이자 자신들의 회사 록히드마틴에 대한 자부심이 끓어오른 탓이었다. 이사장이 나직한 목소리로 상황을 정리했다.

"우리 회사에 이렇게 날카로운 시각을 가진 분이 있다는 건 가슴 벅찬 자랑이오. 태미는 이 나라 지도자 모두가 경청해야 할 확고부동한 논리를 내놓았소. 나는 록히드마틴의 자랑스러운 직원 태미 리의 견해를 국가안전보장회의에 추천하겠소."

희대의 미스터리

100개가 넘는 정보위성을 운용하고 수천 명에 이르는 각계의 정보분석가들을 활용하는 CIA이지만 최근 들어 북한에서 일어나는 일과 관련해 도저히 풀지 못하는 의문이 하나 있었다. 아니 이건 CIA만의 고민이 아니었다. 국가안전보장회의나 국방부 정보국이나 기타 미국의 어떤 정보기관도 언론도 학자도 수긍할 수 있는 분석을 내놓지 못해 전전긍긍하고 있었는데, 그들이 '황병서 미스터리'라 부르는 이 의문은 바로 북한의 권력서열 문제였다.

북한의 최룡해와 황병서의 권력서열은 최근 1년여의 시간이 흐르는 동안 2위와 3위를 벌써 네 번이나 오르내리고 있었는데, 이것은 도저히 이해할 수 없는 일이었다. 권력이란 아무리 하찮은 자리라도 오를 때면 신이 나고 떨어질 때는 부끄럽고 화가 나기 때문에, 역사상 어느 강력한 독재자도 이렇게 장난치듯 서열을 올렸다 내렸다 하지는 않았다. 동서고금을 막론하고 권력서열 2위는 1위가 되든 아예 권력을 모두 잃든 하는 법이지, 3위로 떨어졌다 다시 2위로 올라가는 법은 없다. 더군다나 두 사람처럼 1년 새 네 번이나 권력서열이 2위와 3위를 오르락내리락하는 일은 불가사의였다.

"김정은이 지시하는 게 아니에요. 그 둘이 짜고 하는 일이죠."

국가안전보장회의에 비밀리에 출석한 태미의 답변은 너무도 간단했다.

"짜고 하다니?"

CIA 국장이 미간을 좁혔다. CIA 전문가들은 김정은의 권력이 이미 마음 내키는 대로 이들의 진급과 강등을 반복할 정도로 공고히 자리 잡았고, 김정은을 로마의 네로 황제 못지않은 공포의 폭군이자 변덕쟁이로 분석하고 있었다.

"정확하게는 수면 아래 있는 조직 지도부와 군부가 표면에 떠올라 있는 이들 두 사람을 그렇게 하도록 시키는 거예요. 아시는 대로 황병서는 조직 지도부 출신이고 최룡해는 군부 출신이에요. 조직 지도부의 일인자 이제강도, 군부의 일인자 이영호도 장성택에게 당했어요. 북한에서 가장 강한 권력을 지닌 두 분야의 수장들이 공동의 적에게 당한 거예요. 그리하여 이들은 장성택에게 복수심과 두려움을 느끼며 쿠데타를 같이 모의했고 성공시켰어요. 그런 다음 이들은 김정은을 앞에 내세우고 서로 간 권력 다툼을 하지 말고 집단지도체제로 가자는 약속을 했고, 그 결과 황병서와 최룡해가 계속 서열을 바꾸며 조직 지도부도 군부도 우위에 있지 않다는 걸 서로 다짐하는 거예요."

"으음!"

허를 찔린 듯한 신음이 여러 사람의 입에서 새어나왔다.

"현영철이 죽고 나서도 보도선전 영상에서 계속 김정은 곁에서 지워지지 않고 있는 건 김정은이 절대존엄이 아니란 것과 현영철이 김정은의 노여움을 사 죽은 게 아니란 두 가지 사실을 말하는 거예요. 김정은이 절대존엄이고 현영철을 미워해 죽였다면 당연히 그의 영상은 즉각 지워졌겠죠."

"조직 지도부와 군부가 그런 관계를 오래 유지할 수 있겠소? 아무리 서로 서열을 바꿔가며 집단지도체제를 다짐한다고 해도 그런 관계는 보통 오래 지속되지는 못하는 것 아니오?"

"문제는 군부에서 언제 일이 터지느냐예요. 지금 죽거나 숙청당한 사람들을 보면 군부 인사가 월등히 많아요. 아니 조직 지도부 측에서는 단 한 사람도 처형당하거나 숙청된 사람이 없어요. 조연준, 김경옥, 황병서, 김원홍 등 모두 서슬이 시퍼런 권력자가 되어 있어요. 그러니 이 쿠데타는 조직 지도부가 주도하고 군부가 가세했다고 보는 것이 맞아요. 조직 지도부 출신의 황병서가 최룡해 대신 군부의 가장 윗자리인 총정치국장 자리를 꿰찬 걸 보면 조직 지도부가 군부를 상당히 누르고 있다고 봐야 해요. 이영호에 이어 현영철까지 거세당해 동요가 심한 군부에서 일이 터질 가능성이 높아요."

"당신의 분석이 완전히 잘못된 거라면?"

"그럼 더 간단해요. 김정은이 후계자가 된 지 불과 2년여 만에 북한 최고권력자 다섯 명 중 세 명을 죽였으니 더 위험하죠. 어느 경우든 북한의 붕괴는 앞으로 2년이 채 걸리지 않아요."

태민은 단언했다.

이 회의가 있은 후 태민은 졸지에 록히드마틴의 일개 영업사원에서 미국 정보계통에서 매우 특별한 존재로 부상했다. 미국의 각종 정보기관들은 북한 문제에 관해 조언을 얻으려 수시로 태민을 찾아오곤 했다. 하지만 태민은 바야흐로 미국 정보계통에서 자신의 성가가 최고조에 달했을 때 회사에 사직서를 제출했다.

"무슨 소리야? 영웅이 회사를 그만두겠다니! 연봉을 더 많이 줄 수도 있고 직급을 올려줄 수도 있어. 뭐든 얘기만 해."

그러나 태민은 고개를 가로젓고는 사직서를 던진 후 뒤도 돌아보지 않고 한국으로 돌아와버렸다. 그가 회사에서든 워싱턴 정보계통에서든 최고로 올라선 바로 그 순간 모든 걸 던지고 한국으로 돌아온 데 대해 사람들은 이해가 가지 않는다는 표정을 지었지만 태민은 아랑곳하지 않고 테헤란로에 작은 사무실을 하나 냈다. 그리고 그는 2년 만에 무려 50억 원을 순수익으로 챙기는 기염을 토했다.

에이전트

한국으로 돌아와 사무실을 연 태민이 가장 먼저 찾아간 사람은 이 회장이었다.

"이태민이라고 전해요."

무기 에이전트로 이름을 날리는 이 회장은 미국의 관련업계 사정에 정통한지라 이태민이란 이름을 듣는 순간 문밖에까지 나와 반겼다.

"미스터 리!"

"사업 얘기를 좀 하시죠."

"하고말고!"

"제가 미국 정보기관장 회의에서 북한이 어느 경우든 앞으로 2~3년 안에 붕괴한다고 얘기한 건 들으셨지요?"

"듣다마다. 미국 놈들이 모두 깜짝 놀랐고 CIA에서는 미스터 리를 스페셜 애널리스트로 초빙했다는 얘기까지 들었소."

"북한의 붕괴는 우리에게는 큰 기회예요. 한반도는 앞으로 점진적으로 극도의 불안 상태에 빠질 테고, 이런 심리적 공황 상태는 무기 구매로 치닫게 되어 있어요."

"우리? 우리란 누굴 말하는 거요?"

"물론 저와 회장님이에요. 동업을 해야죠."

이 회장은 태민을 물끄러미 바라보았다. 이제 나이 서른도 안
된 친구가 찾아와 동업을 하자는 제의를 어떻게 받아들여야 할
지 몰랐다. 처음 태민이 찾아왔다는 얘기를 들었을 때 살인적 연
봉을 주더라도 직원으로 써야겠다는 생각은 했지만 당돌하게 동
업을 하자는 얘기를 듣게 될 줄은 몰랐던 터였다. 그러나 이 분
야에 탁월한 감각을 지닌 그는 맹랑하다는 느낌을 숨기고 물었
다.

"조건은?"

"반반이에요."

"내가 할 일은?"

"전부 다 하셔야 해요."

"자네가 하는 일은?"

"심리분석이에요."

"심리분석?"

"네."

"심리분석이라니? 무슨 심리분석 말인가?"

"무기 구매는 기본적으로 심리치료예요."

"좀 알아듣게 얘기해보게."

"잘 아시겠지만 무기는 사기만 할 뿐 쓰지는 않아요. 국가든

국민이든 무기를 사는 이유는 심리적 만족도를 높이기 위해서죠. 가령 북한이 핵개발을 한다 하면 요격용 미사일을 사야 마음이 편한 거예요. 그러니 한 국가나 사회의 집단심리 분석이 무기 판매의 기본이에요."

이 회장은 묵묵히 무언가 생각하다 불쑥 물었다.

"사드는 왜 저렇게 질척거리는 거지? 자네 얘기대로면 북한 핵 위협이 절정으로 치닫고 있는 이 순간 한국은 사드를 덥석 물어야 하지 않느냔 말이야."

태민은 망설임이 없었다.

"전적으로 주한미군의 잘못이에요."

"주한미군?"

"사드 3개 포대만 배치하면 핵 걱정은 끝이라고 했을 때 한국인들은 모두 사드를 사야 한다고 생각했어요. 북한의 핵 위협이라는 치명적 근심거리를 해결해주는 천사로 사드가 등장한 거죠. 그런데 그걸 주한미군이 펑크 낸 거예요."

"그들이 무얼 잘못했다는 거지?"

표정에 드러내지는 않았지만 이 회장은 태민의 말을 받아들일 수 없었다. 누구보다도 앞서 사드 배치의 필요성을 주장하는 사람이 주한미군사령관 스캐퍼로티인데 어째서 주한미군이 잘못했다고 하는 건지 이해할 수 없었다.

"그들은 본토에서 온 전문가들과 사드 배치 후보 지역을 물색했죠. 그래서 원주, 대구, 기장, 평택을 꼽았고 이게 그대로 발표

되었어요."

"……."

"사드 3개 포대면 한반도 핵 걱정은 끝이라는 슬로건은 한국 인들의 심리를 정통으로 찔렀지만, 이 후보 지역은 한국인들로 하여금 정신을 차리게 만든 거예요. 집단최면에서 깨게 만들었 다는 얘기죠."

"어째서?"

"후보 지역에는 당연히 서울이 첫 번째로 들어가야죠. 지나가 는 사람 백이면 백을 놓고 물어도 한국인들에게는 서울이 가장 중요해요. 사드가 한국을 지키는 것이라면 당연히 서울이 배치 1순위예요. 그런데 주한미군이 원주, 대구, 기장, 평택이 후보라 하니 모두 고개를 갸우뚱한 거죠. 한국인들은 눈치 하나는 세계 에서 가장 빠른 사람들이잖아요. 결국 사드는 한국 국민이 아니 라 평택으로 모이는 미군을 보호하기 위한 것이라는 인식이 자 리를 잡으니, 왜 2조나 되는 돈을 한국이 내야 하느냐 하는 문제 와 함께 현재 한국에 밥을 먹여주는 중국이 저리도 심하게 반대 하는데 꼭 그런 짓을 해야 하느냐 하는 회의론이 대세가 되어버 린 거죠."

"스캐퍼로티, 이 바보 같은 놈!"

이 회장의 입에서 즉각 욕설이 튀어나온 것은 그가 태민의 논 리에 바로 공감했다는 뜻이었다.

"그럼 이제 어떻게 하면 사드를 팔 수 있는 거야?"

이 회장은 나름 사드에 관여하고 있는 부분이 있는지라 태민에게 보채듯 물었다.

"기회는 많아요. 미군이 전방을 떠나 평택으로 철수하면 한국인들의 불안심리가 극으로 치닫게 되죠. 그때 적당한 논리 하나 내놓고 팔면 되지만 앞으로 사드 배치 후보 지역에는 반드시 서울을 넣어야 해요. 그래야 한국인들이 납득하죠."

이 회장은 한참 태민을 정면으로 응시하다 이윽고 고개를 끄덕였다.

"동업은 성사되었네. 내 건물로 들어오게."

태민은 질풍노도처럼 무기시장을 휩쓸었다. 한국군에는 팔아넘길 세계 각국의 무기가 너무도 많았고, 물리학을 전공해 누구보다도 무기의 성능을 잘 설명해줄 수 있는 데다 북한 관련 뉴스가 터질 때마다 군인들이 무슨 무기를 사고 싶어 할지를 귀신처럼 짚어내는 태민에게는 국방부와 방위사업청은 물론 각 단위부대의 영관급들이 줄을 섰다. 본래 물건이란 파는 쪽에서 신발이 닳도록 돌아다니는 법이지만 무기는 오히려 사는 쪽에서 쫓아다니는 경우가 많고 보니, 태민은 회사를 차린 지 얼마 되지 않아 구매자의 전화도 골라 받는 위치로 수직상승했다.

많은 사람들 중에도 태민을 만나 가장 큰 득을 본 사람은 이 회장이었다. 이 회장은 태민의 사소한 뒤치다꺼리를 해주고 이익금의 반을 챙기는 외에도 이제껏 보유하지 못했던 진정한 기술영

업의 전문가를 초빙한 거나 마찬가지였다. 이제까지 그의 영업이
란 그야말로 주먹구구식이었다. 실수요자인 군에서 어떤 종류의
무기가 필요하다는 걸 알게 되면 그는 불문곡직하고 구매 라인
에 돈부터 갖다 안겼다.

"군바리들 고생해, 고생한다구!"

이 말은 그의 진심이자 그가 일생을 군을 상대로 사업을 하면
서 깨달은 최고의 영업철학이었다. 일단 돈을 갖다 안기면 그다
음은 어떤 계약 위반도 잔소리 한 마디 하는 법 없이 군인들이
다 알아서 처리하는 데다 하자가 발생해도 군이란 워낙 상명하
복의 조직이라 그냥 덮어버리곤 했다.

이 회장은 폐선 직전의 군함도 갖다 팔아먹었고 100발 이상
쏘면 터져버리는 총도 갖다 팔았고 100킬로미터도 못 가 방전돼
버리는 탱크 배터리도 팔아먹었다. 그러다 보니 물속에 가라앉은
배를 건져내는 용도로 만든 통영함은 정작 세월호가 가라앉았
을 때는 엉터리 소나(수중음파탐지기) 때문에 현장에 출동도 하지
못했지만, 외양만 그럴싸하면 눈먼 세금을 긁어내는 데는 아무
런 지장이 없었다.

"멕여야 돼, 배고픈 군바리들 멕여야 된다니까. 높은 놈이고 낮
은 놈이고 좌우간 군바리들은 멕여야 해!"

무기시장은 신기하게도 '멕이면' 그걸로 끝이었다. 하지만 매
우 민감한 몇몇 무기는 국회에서 설명도 하고 국방과학연구소 전
문가들을 설득해야 하는 일도 있었는데, 본사에서 나온 외국인

기술자들로서는 영업에 한계가 있었다.

테이블 위에서 일일이 자료를 짚어가면서 메마른 표정으로 설명하는 외국인 기술자 외에 마구 흐트러진 술자리에서 핏대를 세워가며 무기를 과학적으로 설명할 수 있는 태민의 결정력은 타의 추종을 불허했다. 이것은 술자리에서 형동생을 외치며 매사를 결정하면서도 뭔가 근거 있는 신뢰를 보장받으려는 한국인들의 이중적 심리 때문이었다.

태민과 이 회장의 동업과 협업은 제식훈련이 잘된 행사보병의 발걸음처럼 착착 맞아나갔다. 태민은 자신이 부분적으로 참여한 이 회장의 아이템이 성사될 경우 이익금의 5퍼센트를 받았지만 이것도 상당히 큰 수입원이었다. 여하튼 태민의 사업은 하루가 다르게 번창했고, 그는 사무실을 연 지 2년 만에 현금으로 50억 원을 은행에 보유하게 되었다.

하지만 태민은 여기서 만족하지 않았다.

'이대로 3년만 밀고나가자. 이제 붕괴가 임박한 북한 놈들이 점점 광분할 테니 한반도의 긴장은 높아만 갈 테고 국민들은 불안에 절규할 것 아닌가. 지난 2년이 자리 잡는 시간이었다면 앞으로 3년은 본격적으로 한밑천 땡기는 시간이다. 빨리 벌고 빨리 은퇴해 캐나다나 알래스카에 가서 평생 손에 먼지 안 묻히고 연어낚시나 하면서 사는 거야.'

범죄수익

    태민은 사무실을 연 지 만 2년이 되는 날 저녁 강남의 한 이탈리아 레스토랑에서 혼자 선명한 붉은빛이 감도는 카베르네 소비뇽 한 잔을 기울였다. 그간 영업을 위해서는 휴일에도 토악질을 해대며 술을 마셨지만 스스로 즐기기 위해 술을 마시는 건 처음이었다. 이제 충분한 실적도 생겼고 무엇보다도 탄탄대로일 수밖에 없는 미래가 완전하고 확고하게 자리를 잡았기 때문이었다.

    그러나 태민의 인생은 예측대로 흘러가지만은 않았다. 처음으로 자족의 와인을 마신 다음 날 태민은 회사에 출근해 왠지 이상한 기분을 느꼈다.

    "사장님, 이 회장님 회사에 압수수색이 들어왔대요."

    "압수수색? 어디서?"

    "검찰이요."

    "검찰?"

    태민은 무언가 이상하다는 생각이 들었다. 검찰이든 어디든 한국에서 이 회장을 건드리는 사람들이 있다는 건 이해할 수 없었다. 설사 어디선가 감사를 해 의심스러운 거래가 드러났거나 했다 하더라도 이 회장의 사무실에 압수수색을 들어온다는 건 있을 수 있는 일이 아니었다.

이 회장은 군은 말할 것도 없고 총리를 비롯한 여러 장관들, 정치권의 실세들과 두터운 친분을 쌓고 있었고 오히려 그들 쪽에서 이 회장과 친해지려 무진 애를 쓴다는 걸 태민은 잘 알고 있었다.

"혹시?"

태민은 세월호 사건 이후 날카로울 대로 날카로워져 있는 대통령을 생각했다 이내 다시 고개를 가로저었다. 어마어마한 돈이 왔다갔다하는 주요 프로젝트의 최종 결정권은 청와대에 있었고, 따라서 대통령이 방위사업을 건드린다는 건 자신의 사람들, 즉 자기를 건드린다는 것에 다름 아니었다.

'음!'

태민은 잠시 생각하다 이 회장의 전화번호를 눌렀다. 염려와 달리 이 회장은 바로 전화를 받았다.

"회장님 회사에 압수수색이 들어온 게 맞아요?"

"맞아."

"무슨 일로요?"

"해군 함정들이 줄줄이 문제가 생기자 대통령이 격노했다는 군."

"그러나 큰일은 청와대가 최종 결정을 하잖아요?"

"윗선까지는 손을 못 대겠지만 어느 정도 아랫것들은 훑을 모양이야."

"그런데 왜 회장님 방까지 압수수색을 했을까요? 혹시 아주 세게 나오는 거 아녜요?"

"수사본부를 차렸으니 체면치레는 하려는 거겠지."

그러나 자신만만하던 이 회장이 다음 날 검찰에 소환된 후 그 자리에서 속전속결 영장이 청구되자 태민은 이맛살을 찌푸리며 경리를 불렀다.

"미스 최, 은행에 가서 잔고를 모두 인출해와. 53억 5천만 원. 10억짜리 다섯 장, 1억짜리 세 장, 나머지는 5만 원권으로."

태민은 은행에 전화를 걸어 미스 최를 사무실까지 에스코트 하도록 요청까지 했지만, 미스 최는 은행에 도착하자마자 비명 섞인 목소리로 전화를 걸어왔다.

"사장님, 예금이 모두 몰수돼버렸어요."

"뭐라고, 몰수?"

태민의 목소리가 거세게 갈라졌다.

"그럴 리가? 누가 왜 했다는 거야?"

"중앙지검에서 범죄수익 은닉 어쩌고 하는 법에 의거해 전액 몰수했다는데요."

"뭐라고? 그게 무슨 범죄수익이야! 그건 이 회장 게 아니고 내 돈이란 말이야, 내 돈!"

"……."

"내가 정당하게 번 돈이라고! 내 돈이란 말이야!"

"은행에서는 이미 돈이 빠져나갔대요."

"무슨 개소리야! 어떤 개자식들이 내 돈을 제 맘대로 빼가? 은행 놈들이 도대체 무슨 권한으로 내 돈을 내게 상의도 없이 빼줬다는 거야?"

"저도 그렇게 물어봤는데 검찰이 영장을 갖고 오면 찍소리 못하고 내줘야 한다는데요."

태민은 벌떡 일어났다.

"중앙지검 어디로 가면 되는 거야? 담당 검사가 누구라는 거야?"

"특수 1부의 최현지 검사님이래요."

"최현지? 여자 아냐! 내 당장 들어가서 이년을!"

태민은 문을 박차고 나섰다.

검찰청이란 엉뚱한 곳이었다. 이유 없이 자신의 돈을 빼앗아간 데 대해 항의를 하러 들어간 태민은 부를 때까지 가서 기다리라는 말을 듣고 기가 찼지만 민원실 직원은 막무가내였다.

"당신들이 착오를 범한 거란 말이오. 나는 내 회사를 운영했고 나의 독립적인 계좌를 갖고 있었으며 그 돈은 내가 내 마음대로 처분할 수 있는 내 소득이란 말이오."

"어쨌든 검사님이 부를 때까지 가서 기다려요."

"아니, 엉뚱한 사람 돈을 착오로 빼앗아갔으면 당장 해명을 하든 사유를 들어보고 돌려주든 해야지. 부를 때까지 기다리라는 게 도대체 무슨 경우란 말이오? 도대체 사람을 뭘로 알고 그러는 거야?"

민원실 직원은 태민이 거세게 항의하자 검사실로 전화를 걸었다. 잠시 얘기를 나눈 그는 전화를 끊으면서 마치 크게 태민을 봐주는 듯한 표정으로 말했다.

"당신 구속 대상이니 가서 기다려요."

"뭐요? 구속? 도대체 왜 날 구속한단 말이오?"

그러나 전화상으로 무슨 얘기를 했는지 직원은 더 이상 태민을 거들떠보지도 않았다. 태민은 분을 참지 못하면서도 한편으로는 마음속 깊은 곳에서 일말의 불안감이 휘돌아나오는 걸 느꼈다. 하는 수 없이 사무실로 돌아온 태민은 이제까지의 사업내역을 검토하기 시작했다. 어느 하나도 거리낄 것은 없었지만 하나 근심되는 일이 있다면 이 회장과 사업체를 분리해놓지 않은 것이었다.

내용상은 다르지만 외형적으로 볼 때 자신은 이 회장의 직원이었고 자신의 개인계좌에 있는 돈은 이 회장 회사의 돈으로 보일 수 있었다. 태민은 최현지라는 여검사에게 반드시 이 점을 이해시키고 돈을 한 푼도 빠짐없이 찾아오리라 다짐하며 서류를 덮었다.

과연 며칠 지나지 않아 검사실의 계장이라는 사람으로부터 전화가 걸려오자 태민은 검찰청으로 뛰어들어갔다.

"이태민? 저기 앉아요!"

날카롭고 딱딱한 목소리의 주인공이 의외에도 20대 여자 타이피스트인 걸 확인한 태민은 기가 막혀 잠시 할 말을 잊었다. 이제 갓 스물이나 넘어 보이는 처녀가 초등학교 학생이나 다루는 듯한 태도로 자신을 대했기 때문만은 아니었다. 정작 자신이 앉으라고 지시받은 자리의 남자 직원과 검사 최현지라는 명패 앞의 젊은 여성은 자신에게 눈길 한 번 주지 않아 크게 자존심이 상했던 것이다.

"야! 너 몇 살이야!"

검사실 사람 모두에 의해 촉발된 분노는 타이피스트에게 직선으로 날아갔다. 타이피스트가 당황해 맞은편의 남자 직원을 향해 어색한 웃음을 짓자 이번에는 남자 직원이 똑같은 목소리를 내질렀다.

"이태민, 뭘 잘했다고 삿대질이야, 삿대질이! 어서 이리 와 앉아!"

태민이 기도 막히고 화가 나 순간적으로 할 말을 찾지 못하는 사이 검사실 직원의 반말은 이어졌다.

"이태민, 너 오늘 여기 왜 왔는지 알아?"

"내 돈 몰수한 거 찾으러 왔다, 이 자식아!"

"뭐, 이 자식?"

"그래, 이 새끼야! 착오로 남의 돈 빼앗아간 연놈들이 잘못했다고 빌어도 시원찮을 판에 어디서 상소리야! 새파란 계집애까지!"

조사관이라는 명패를 앞에 둔 남자 직원은 잠시 어이없다는 표정을 짓더니 말투를 약간 누그러뜨렸다.

"당신 여기 앉아봐요."

태민은 자리에 앉으며 곁눈으로 뒷자리의 여검사를 살폈으나 명패 뒤의 여검사는 미동도 하지 않은 채 보고 있던 서류에 눈길을 고정시키고 있었다.

"있는 그대로 대답해야 돼요. 만약 거짓말을 하거나 하면 불이익을 받게 돼요. 성명은 이태민 씨 맞아요?"

이렇게 시작된 조사가 다섯 시간이 넘도록 여검사는 태민에게 전혀 관심을 보이지 않았고 계장은 유사한 질문을 수없이 반복한 후에야 쟁점을 명확히 했다.

"그러니까 당신 얘기는 사무실을 같이 쓰고 일을 같이 했어도 엄연히 이 회장과 당신은 다른 회사를 운영하고 있었다. 그러니 당신은 이제껏 제기된 어떠한 범죄도 저지른 적이 없고, 몰수한 범죄수익금은 다 돌려달라 이런 거요?"

"정확히 그런 얘기요."

"부르면 다시 와요."

"뭐라구요?"

"검사님이 검토하실 테니 부르면 다시 오란 말이오."

태민은 비어 있는 검사의 책상으로 눈길을 돌렸다. 검사 최현지라고 쓰인 명패 뒤에는 주인 없는 의자만 덩그러니 놓여 있을 뿐이었고, 태민은 잠시 자괴감에 휩싸였다. 자신은 검사와 얘기를 나누러 왔는데 정작 검사는 철저히 자신을 무시하고 하급 직원만 상대했다는 사실에 자존심이 상했지만, 그런대로 오늘 방어를 잘했으니 다음에는 검사를 제대로 눕혀야겠다고 자위하며 태민은 돌아섰다.

여검사

"그걸 누가 증명하지요?"

최현지 검사는 군더더기 없는 발음으로 물어왔다.

"이 회장이 얘기할 거예요."

"이 회장의 말밖에는 증명할 수 있는 수단이 없나요?"

"내가 마음대로 넣었다 뺐다 하는 계좌이니 계좌조회를 해봐도 알 수 있어요."

"이제껏 넣기만 하고 뺀 적은 없던데요."

"네? 아, 지난 2년간 너무도 열심히 일만 하느라 돈을 쓸 시간도 쓸 곳도 없었어요. 며칠 전에야 비로소 와인 한 잔 사마셨는걸요."

"당신의 회사가 이 회장 회사와 다른 회사라면 이 회장과 이익을 반씩 나누기로 한 계약서가 있나요?"

"계약서는 없어요. 우리 세계에서는 말이 곧 법이기 때문에 계약을 하고 말고 할 것이 없어요."

"계약서 있어봐야 소용도 없지만…… 지금 이 회장 회사 건물에 사무실이 있는 건 맞지요?"

"네."

"임대차 계약서가 있나요?"

"없어요. 그런 건 말 한마디로 되는 거라……."

"사무실 직원 월급은 누가 주나요?"

"그건 이 회장이 줘요."

"로비자금을 포함한 영업비용은 어떻게 지불하지요?"

"이 회장이 다 지불해요."

"그럼 하나부터 열까지 모든 비용을 이 회장이 다 지불하고 본인은 이익금만 반씩 나눈다는 건데, 그게 설득력이 있어요?"

"그러나 그게 사실인 걸 어떻게 해요?"

"이태민 씨는 어떤 일을 하죠?"

"나는 군인들이나 방사청 직원들에게 앞으로 어떤 식으로 전쟁이 전개되고 따라서 어떤 무기가 필요한지 알려주고 무기의 성능을 설명하는 일을 해요."

"무기 성능은 해당 무기 제조회사의 직원들이 가장 잘 설명할 수 있는 거 아닌가요?"

"그들은 단순히 공돌이일 뿐이고, 저는 전략적 사고를 심어줘요."

"전략적 사고를 심어준다고요? 내가 보기에는 당신이 중개하는 무기를 사도록 하는 상술에 불과한데, 어쨌든 그런 보이지도 않는 일을 한다고 해서 이익금의 반을 수령한다는 게 말이 되나요?"

"무기 거래에는 그게 제일 중요한 일이고, 오로지 나만이 할 수 있어요."

여검사는 태민의 이 자신만만한 말에 큰 관심을 보였다.

"혼자만?"

"네. 나는 상대방이 무기를 사지 않으면 안 되도록 심리를 조종할 수 있어요."

"그게 무슨 말이죠?"

"상대에게 이 무기는 반드시 필요하다는 신념을 불어넣어주고 내가 소개하는 무기를 사기 위해서는 무슨 짓이든지 하도록 만드는 능력이 있어요."

"흠!"

여검사가 처음으로 자신에게 관심을 갖는 표정을 지으며 귀를 기울이는 걸 본 태민은 힘이 났다.

"남들이 도저히 쫓아오지 못하는 혼자만의 어떤 특별한 능력을 갖추었다는 얘긴가요?"

"바로 그래요. 나는 국제정세, 특히 북한의 정세를 분석해 한국군이 어떤 무기를 갖추는 게 필수적인지 뼈저리게 느끼도록 하는 능력이 있어요. 아니, 느끼게 하는 정도가 아니라 거의 신념을 갖도록 만들 수 있어요."

"그 특별한 능력은 어디서 나오나요?"

태민은 이제 신이 났다. 돈을 몰수당하고 지금에 이르기까지 처음으로 검찰청의 어떤 인간인가가 자신을 인정해주는 것이었다. 그것도 담당 검사가. 이렇게 생각하자 그간 괴물같이만 보았던 여검사의 인상이 이제와는 달리 제법 여성적으로 보이는 듯도 했다. 날카롭고 공격적으로 보이는 인상은 여전했지만 매정한 가운데도 사근사근하다는 느낌도 들었고 사람의 마음을 이해하는 다정함이랄까 상냥함도 갖춘 요조숙녀 같은 기분도 들었다. 그러고 보니 얼굴이 좁고 코가 오뚝하며 입술도 도톰해 검사란 직분을 벗기고 인물만 내놔도 모자랄 것이 없다는 생각이 들었다.

태민은 목표인 3년 내 500억 원을 채우면 미혼으로 보이는 이 여검사에게 청혼해 같이 캐나다로 건너가리라는 상상까지 하며 목소리에 무게를 실었다. 그러고 보니 이제까지 너무 옹색한 태도와 목소리로 일관한 것 같기도 해 스타일을 구겼다는 생각도 들었다.

"나는 칼텍에서 최우수 2퍼센트 안에 들었고, 물리학에서 국제정치학으로 전공을 바꿔 스탠퍼드 대학원을 들어갔지만 원래부터 정치학을 전공하던 미국 아이들을 크게 앞질렀어요. 물론 물리학이든 정치학이든 박사 받고 교수 되는 건 조금도 어려움이 없었지만, 5년 내 500억을 벌기로 결심하고 무기중개상으로 나선 거예요."

"어머! 5년 내 500억이요?"

여검사는 흥미를 넘어 존경스럽다는 표정으로 태민의 목소리에 귀를 기울였다.

"북한이 2~3년 이내에 붕괴한다는 걸 미국 정보수장들 회의에서 설파하고 바로 사무실을 연 지가 며칠 전으로 만 2년이 되었어요. 그 브리핑이 내 사업에 큰 도움이 된 건 사실이에요. 북한의 붕괴를 누구보다 잘 이해한 사람이란 사실이 미국과 한국 양쪽에서 작용하고 있으니까요. 그간 자리 잡느라 50억밖에 못 벌었지만 앞으로 3년간 450억 채워 500억 만들면 그때는 좋은 여성 만나 캐나다로 갈 겁니다. 그동안은 술도 안 마시고 여자들도 안 만날 거예요."

"……."

여검사는 크게 놀란 표정이었고 태민은 속이 시원했다. 요즘 젊은이들로서는 생각조차 할 수 없는 자신의 역량을 보인 게 기쁘기도 했고, 무엇보다 여검사의 인간적 관심을 확 끌어왔다는 시원함에 미소까지 띠었다. 그러고 보니 여검사는 자신에게 이성으로서의 관심까지도 갖게 된 것 같기도 했다.

"이 회장에게도 오직 실력 하나로 덤벼들어 결국 반반씩 나누는 동업을 하게 된 거고요. 나는 이제껏 정직하게 돈 벌었지, 무슨 부정을 하거나 그런 건 하나도 없어요."

태민이 500억 원 번 후에 좋은 여성 만나 캐나다로 갈 것이고 그전에는 여자를 만나지 않겠다 한 건 물론 여검사를 의식해서였다.

여검사는 태민의 개인적 이야기에 동요하지 않으려는 듯 서둘러 신문을 이어갔다.

"이 회장이 사무실도 거저 제공하고 직원 월급도 자신이 내고 영업비와 로비자금도 다 냈지만 결국 거래 성사는 당신의 탁월한 머리 덕분이라는 건가요?"

이제 태민의 목소리에는 자존심이 살아났다.

"네."

"당신이 북한의 정세에 입각해 소개하는 무기는 무조건적으로 군인들이 사고 싶어 했으며 무슨 짓을 해서든 꼭 군에 배치해 두고 싶어 했다는 거고요?"

"네. 무기는 심리이기 때문이에요."

"무기가 심리라는 건 무슨 말이죠? 가령 천안함 사건 이후 링스 헬기가 미약하다고 판단한 한국군에 당신이 잠수함 공격 전문인 영국제 와일드캣을 소개한 게 그런 경우인가요?"

"……."

태민은 다른 좋은 예도 많이 있는데 여검사가 좀 애매한 경우를 예로 들었다는 생각에 대답을 하지 않았다.

"그 와일드캣은 링스 헬기보다 한참 못하다는 판정이 나 지금 보통 문제가 아닌데, 그걸 당신이 주도했다는 얘기죠?"

"그, 그건 내가 주도한 게 아니라……."

"주도했어도 문제는 없어요. 멍청한 건 당신이 아니라 그런 걸 사겠다는 군이니까. 와일드캣 구매 사건에서 가장 큰 문제는 아직 시제품도 나오지 않은 시점에 시험비행이 이루어졌다는 사실이에요. 시험비행이란 뭐죠?"

"문자 그대로 시험비행이에요."

"당신이 군에 넘기기로 한 와일드캣이란 헬리콥터를 직접 날려보는 걸 시험비행이라 하지 않나요?"

"맞아요."

"그러려면 뭐가 있어야 하죠?"

"……"

"시험비행을 하려면 그 헬리콥터가 있어야 하지 않을까요?"

"……"

"그런데 헬리콥터는 없었어요. 시험비행 현장에. 물론 당신도 현장에 있었으니 누구보다 잘 알겠지만."

"……"

"헬리콥터 대신 경비행기를 띄우고 200가지가 넘는 헬리콥터 성능 시험을 마쳤어요. 헬리콥터의 성능을 시험하는 현장에 헬리콥터는 없었고 경비행기를 띄웠다니까요."

"내가 한 일은 아니에요."

"물론 군인들이 한 일이에요. 하지만 당신으로부터 이 모든 일이 비롯되었어요. 당신이 헬리콥터를 약속한 대로 인도하지 못했으니까요. 아니, 애초에 인도란 불가능했어요. 당신은 있지도 않은 물건을 인도하겠다 했고, 결국 군인들로 하여금 허위 시험성적서를 조작하게 했어요."

"덮어씌우려 하지 마세요. 내가 한 게 아니라니까요."

"당신이 조작했다는 게 아니에요. 당신이 한 건 있지도 않은 물건을 인도하겠다고 한 거짓말이에요. 바로 원인 제공자지요. 그리고 있지도 않은 물건의 인도 계약을 체결한 건 사기예요. 즉, 당신은 방위사업청을 상대로 사기의 범죄를 저질렀고, 계약 금액이 10억이 넘으니 특정경제범죄가중처벌법 위반이에요."

"있지도 않은 물건이라뇨? 시제품 생산 도중 문제가 발생해 시간이 걸렸을 뿐이에요."

"아까 당신은 자신에게는 아주 특출한 능력이 있다고 했죠? 무기를 사지 않으면 못 배기게 만드는 능력 말이에요. 그 능력이 십분 발휘되어 군인들로 하여금 있지도 않은 무기를 사지 않고는 못 배기게 만든 거예요."

"인도가 늦어졌을 뿐 없는 무기가 아니라니까요!"

"당신의 사기범죄를 입증하는 증거는 또 있어요. 와일드캣은 링스보다 성능이 턱없이 떨어진다는 건 어린애가 봐도 알아요. 수중 잠수함 탐지 능력은 엉망이고 요격용 미사일도 한 대밖에 없어요. 장난감 수준이라고 모든 전문가가 증언하고 있어요. 그런데 당신은 그걸 링스를 몇 배 능가한다고 군인들을 기망한 거예요. 조금 전 당신은 스스로 그 기망에 특출한 능력이 있다고 증언했고요."

"이, 이제 보니!"

태민은 자신이 여검사의 수법에 넘어갔다는 걸 깨달았다. 아까 은근히 관심이 있는 듯 보였던 건 슬쩍 허연 허벅지를 내보인

몸 파는 여자와 같은 짓으로 결국 자신을 옭아넣기 위한 수법이었다는 걸 깨닫는 순간 태민은 치를 떨었다.

"으음!"

끓어오르는 화를 억지로 삼키는 신음이 태민의 입에서 새어 나왔다.

"뿐만 아니라 당신이 벌었다고 주장하는 모든 돈이 다 유사한 수법으로 갈취한 거예요. 푼돈 몇 푼에 넘어가는 어스러기 군인들을 요리 이용하고 조리 조종하여 뜯어낸 더러운 돈이란 말이에요. 기뢰를 제거하는 소해함에 기뢰 제거 기능이 없다든지 가라앉은 배를 끌어올리는 견인함에 소나 장비가 불통이라든지 하는 말도 안 되는 피해를 국가에 끼치면서 긁어모은 범죄의 수익금이에요."

"나는 정당하게 어떤 무기가 왜 필요한지를 설명하고 그 무기의 성능을 설명했을 뿐이에요."

"그 설명이 전부 거짓말이었던 거죠. 거짓말로 상대를 현혹한 거예요. 현란한 거짓말과 금품 제공을 통해."

"금품 제공한 일 없어요."

"그럼 그들이 받은 돈은 누가 줬단 말이에요? 말도 안 되는 무기 사줘서 고맙다고 국민들이 한 푼 두 푼 모아줬어요?"

"나는 무기의 필요성을 제시하고 설명만 했을 뿐이에요. 돈은 이 회장이 다른 직원 시켜서 준 거예요."

"당신과 이 회장은 이익금을 반씩 나누기로 했다고 했죠?"

"네."

"그 이익금이란 매출액인가요?"

"아니, 매출이 아니고 본사의 공급가와 수요자의 매입가 사이의 차액으로, 그야말로 이익금이에요."

"그 이익금을 반으로 나눈 후 각자 경비를 다시 계산하나요?"

"아니, 그게 아니라 모든 경비를 먼저 턴 후 순이익금을 나눠요."

"그 경비 안에는 출장비, 술값, 음식값 등 모든 게 다 포함되었을 거 아녜요?"

"네."

"이 회장이 군인들에게 제공한 돈도 포함되었을 거 아녜요?"

"네."

"그러고 나서 이익금을 반씩 나눴다?"

"네."

태민은 속사포 같은 질문에 끌려 있었던 대로 대답을 하면서도 뭔가 일이 잘못되어간다는 걸 확연히 느낄 수 있었다.

"당신은 이 회장과 동업자라 했어요. 그러면 그 경비의 공동 지출자도 되는 거예요. 내 말이 틀렸나요?"

"……."

"그 경비에 군인들에게 제공된 금품도 포함되었으니 당신 역시 이 회장과 마찬가지로 금품 제공자예요. 당신은 자기 손으로 안 건넸으니 관계없다 주장하지만, 당신과 당신의 동업자인 이 회장이 심부름꾼을 시켜 자신들의 돈을 건네준 거예요. 즉, 뇌물 공여죄의 공동정범이란 말이에요. 이 외에도 당신의 범죄행각은 수없이 많아요."

태민은 덜컥 무서운 생각이 들었다. 이 여자가 무기 거래에 필연적으로 동반되어온 관행 전체를 수사하겠다고 덤비면 리베이트 제공에 외환관리법 위반까지 털어내는 족족 범죄가 될 수밖에 없었다.

"검사님, 저는……."

자기도 모르게 태민의 말투가 바뀌고 있었다.

"이 회장이 구속된 건 일단 금품 제공 때문이에요. 그런데 아까 당신은 자신도 금품 제공을 하고 군인들을 속이는 특별한 재주가 있다고 고래고래 고함을 질렀어요. 그러니 갈 데가 교도소밖에 더 있어요?"

"그, 그게 아니라……."

태민은 이제 말조차 더듬었다.

"계장님, 여기 내가 요점을 적어두었으니 이 부분들을 집중 조사한 후 청구이유서 초안 잡아요."

순간 태민의 머리는 망치로 맞은 것 같았다. 청구이유서라니, 그건 바로 구속영장을 말하는 것 아닌가.

"검사님, 그게 아니라……."

이상하게도 말이 이어지지 않았다. 여검사는 계장에게 지시를 내리고는 핸드백을 챙기는 모습이 외출을 하려는 것 같았다. 태민의 뇌리에는 이 기계 같은 남자에게 넘겨지기 전에 상황을 바꿔야 한다는 필사적인 의식이 뻗쳤고 결국 태민은 이 세상에서 가장 가련한 목소리를 내고 말았다.

"검사님! 제발 저의 마지막 한마디를 들어주십시오."

핸드백을 들고 사무실을 나서려던 여검사는 태민의 호소에 고개를 돌렸다.

"돈은 포기하겠습니다. 그러나 경비 지출을 이 회장에게 맡겼다는 이유로 금품 제공의 공범이 되어 구속까지 된다는 건 너무하지 않습니까?"

"돈은 당신이 포기한다고 국고에 귀속되는 것도 아니고 포기 안 한다고 해서 당신 게 되는 것도 아니에요. 하지만 상식적으로 생각해도 헬리콥터를 팔기로 해놓고 경비행기로 시험비행을 한 후 돈을 챙겼다면 그건 당연히 범죄행위이고 부당이득이잖아요. 몰수가 당연한 거예요. 지금 문제는 돈이 아니라 신병이에요. 당신이 한 일련의 행위는 절대로 구속을 면할 수 없어요."

"그건 검사님이 이 무기의 세계를 몰라서 그렇습니다. 무기 거래는 관행적으로 리베이트를 비롯해……"

"범죄가 관행이니 봐달라는 얘기예요?"

"그런 건 아니지만…… 제발 구속만은…… 저는 한 푼도 제 손으로 군인들에게 건넨 적이 없습니다."

"구속은 내가 시키는 게 아니고 판사가 시키니 판사에게 사정해요. 나는 있었던 사실을 조사해 넘길 뿐이니까."

"검사님께서 군이 영장 청구는 안 해도 되지 않습니까?"

"당신 진술대로 당신이 이 회장의 동업자이자 공동정범인데 어떻게 안 할 수 있어요?"

"그럼 처음 검사님 논리로 돌아가면 되지 않습니까? 저는 이 회장의 일개 직원인 걸로 하면 되지 않습니까?"

"지금 대한민국 검사보고 실체적 진실을 다 듣고 난 후 범인이 하자는 대로 허위로 서류를 꾸미라는 거예요? 당신 진짜 혼쭐이 좀 나봐야 정신 차리겠어요! 계장님, 이 사람 계좌하고 대조해 모든 무기 거래를 한 건도 빼지 말고 샅샅이 다 조사해요. 껀껀이 다 불법투성이일 테니까. 한 건도 빼지 말고 다 조사한 다음 아무리 비싼 변호사를 써도 판사가 징역 5년 이상 때리지 않을 수 없게 영장 초안 잡아요."

"아, 아니. 검사님, 제발……."

비굴할 대로 비굴해지고 초라할 대로 초라해진 태민의 얼굴을 노려보던 검사는 잠시 후 안심이 안 된다는 표정으로 계장에게 다시 지시했다.

"이 사람 반성은 티끌만큼도 안 하고 곧잘 자기가 잘했다고 우기니 웬만큼 해서는 안 되겠어요. 죄질도 워낙 나쁘고. 내일 내가 직접 조사하고 영장 칠 테니 그냥 돌려보내요. 당신 내일 오전 10시까지 틀림없이 들어와요."

베이징의 해장국집

　다음 날 태민은 인천공항에서 베이징으로 날아가는 첫 비행기에 몸을 실었다. 밤새 생각해본 결과 검찰청에 들어갔다간 구속을 면하기 어려울 것 같았다. 태민이 비행기를 타기로 결심한 데는 검사 경력을 거쳐 변호사를 하는 동네 선배의 심야 조언도 작용했다.

　"지금 국민의 여론이 들끓는 데다 대통령 특명으로 방산비리 합수부가 차려졌어. 시시한 건이라도 하나만 걸리면 무조건 속죄양으로 들어갈 수밖에 없어. 소나기는 피해가랬다고 일단 몸을 피하는 게 상책이야."

　"어디로?"

　"일단 미국으로 가. 거긴 네가 놀던 물이잖아. 거기서 시간 보내고 있다 합수부 해체되고 언론 관심도 시들해지면 내가 수사팀에 다리를 놓아볼게. 그때 되면 불구속으로 간단히 조사받고 몰수된 돈도 일부는 찾을 수 있을지 몰라."

　태민은 선배의 조언을 받아들이기로 했다. 아니 받아들이지

않을 수 없었다. 최현지라는 이름의 독종 여검사가 하던 양으로
봐서는 오늘 들어가면 무조건 영장 신청이었다. 하지만 태민은
미국을 목적지로 잡는 대신 베이징으로 향했다. 한국 검찰이 미
국으로 수사공조 요청을 할 경우 자신은 평생의 기반인 미국에
서 큰 망신을 당하는 건 물론 평생 미국 출입이 금지될 것이었다.

비행기가 콘코스를 빠져나와 활주로 출발선에 서는 순간 태민
의 눈에서는 주르르 눈물이 흘렀다. 혼신의 힘을 기울여 설계했
던 젊은 날의 삶이 성공 직전에 촛농처럼 녹아내리고 있는 것이
었다. 그리고 그 실패와 좌절의 건너편에서 한 사람의 모습이 악
몽처럼 스르르 떠오르고 있었다. 최현지.

자신을 철저히 파괴시킨 여자. 지난 2년간 이를 악물고 번 돈
을 모두 빼앗고 그것도 모자라 자신을 교도소에 보내려 했던 여
자. 더욱 아픈 기억은 나이도 비슷한 그 여자에게 처량한 목소리
로 생을 구걸하는 비굴한 태도를 보였다는 점이었다.

태민은 자신의 어디에 그런 비굴함이 있는지 몰랐지만 막상
구속을 시킨다고 하자 비굴하기 짝이 없는 태도가 어디에선가
튀어나왔고, 지금 와서 그 기억은 잃어버린 돈보다도 더 아프게
가슴을 할퀴고 들었다.

"최현지, 복수하겠어, 반드시!"

태민은 몬테크리스토 백작을 떠올렸다.

'나는 목숨을 잃는 한이 있더라도 500억을 모은다. 그다음 멋
도 모르는 최현지의 남편에게 접근한다. 돈을 빌려주어 나에게

실수를 하도록 만든 다음 조금씩 압박해들어가 나중에는 가정을 파멸시키고…….'

　베이징의 한 한갓진 호텔에 자리를 잡은 태민은 재기를 위해 이리저리 머리를 굴리다 중국은 북한과 가깝다는 사실에 주목했다. 한국에서 사는 무기가 모조리 북한을 적으로 하는 현실에서 북한을 휘저어놓는 것은 훌륭한 전략이었다.

　비록 그 길이 멀고 멀더라도 자신의 슈퍼 두뇌를 최대한 발휘하면 의외의 결과를 얻을 수 있다는 희망 하나로 태민은 발품을 팔고 팔아 베이징의 한 구석진 곳에 위치한 북한 사람들의 식당을 찾아냈다. 이 식당은 서울의 어느 식당에서 종업원으로 일한 경험이 있는 조선족 여주인이 아침에 안주 몇 가지와 해장국을 만들어 팔았는데, 태민이 노린 포인트가 바로 이것이었다. 아침 해장국 자리에서의 술 한 잔은 사람을 급속히 가깝게 만드는 특효약이었다. 더군다나 해장술의 질펀하고 흐트러진 분위기는 남북한 간의 묘한 긴장감을 녹여내기에 더할 나위 없을 터였다.

　과연 태민의 예상은 그대로 적중해, 지난 한 달 사이 태민은 온갖 북한 사람들을 이 해장국집에서 만났다. 물론 이 식당이 꼭 북한 사람들만을 위한 건 아니었지만, 아침 해장국 식당이란 어중이떠중이가 오는 게 아니라 단골들만이 끼리끼리 몰려 찾는 곳이다 보니 베이징에서 둥지를 틀고 사는 북한 사람들은 술이 과한 다음 날 아침에는 약속이나 한 듯 죄다 이곳으로 몰려왔다.

여기에 오는 북한 사람들은 대략 두 부류로 나눌 수 있었다. 하나는 일절 태민과 아는 체를 하지 않고 자기들끼리만 얘기를 나누는 사람들이고, 다른 하나는 어느 정도 자유롭게 태민과 인사를 나누면서 가벼운 농담 정도는 편안하게 주고받는 사람들이었다.

태민의 관심은 당연히 후자의 사람들에게 쏠렸는데, 이들은 대개 외화벌이 일꾼들이나 39호실의 비자금 관리인들, 외교관, 중앙통신 특파원 등 나름 힘이 있는 사람들이었다. 이들은 늘상 소주 한두 병 정도는 시켜 해장술로 속을 풀곤 했는데, 가끔 태민에게 술잔이 건네어질 때도 있었다.

"난 중앙통신 북경 특파원이라우, 동무레 머 하는 인민이길래 거의 맨날 아침마다 혼자 해장국에 소주 한 잔씩 하는지 궁금했수다레."

북한 사람들 일색인 식당에서 늘 혼자 조용히 술잔을 기울이며 숟가락으로 해장국을 휘휘 저어대는 태민이 만만해 보이는지 아침술에 기분이 난 북한 인사들은 태민에게 이런 식으로 말을 걸어오곤 했다.

"저는 이태민이에요. 한국에서 사업하다 문제가 좀 생겨 당분간 중국에서 시간을 좀 보내는 중이죠. 이상하게 보이겠지만 국정원이나 이런 쪽하고는 아무 상관도 없으니 편하게 봐주세요."

"그럼 죄를 짓고 온 거란 말이오?"

"죄라뇨? 개떡 같은 여검사한테 걸려 돈 다 뺏기고 나쁜 놈으로 몰렸을 뿐이에요."

태민이 북한 사람들에게 집착하는 이유는 그들에게 미국 쪽의 공포스러운 정보를 흘려주는 데 있었다. 즉, 가공할 미국 무기의 위력이나 감추어진 미국의 북한 공격 시나리오 같은 걸 흘려주어 북한으로 하여금 한층 더 격렬하게 남한을 위협하도록 하는 것이었다. 어쨌든 북한의 위협이 고조될수록 무슨 무기든 팔수 있는 기회가 많이 생길 것이었다.

이런 확고한 목적을 가진 태민의 눈에는 시간이 가면서 자동적으로 북한 사람들의 활용가치가 분류되었다. 외교관이나 중앙통신 특파원들, 또는 39호실을 위해 움직이는 외화벌이 일꾼들은 A급, 나머지는 모두 B급이었다. 해장국집에 드나드는 모든 북한 사람들은 이런 식으로 확고하게 태민의 뇌리 속에 분류되어 있었다.

태민이 해장국집에 오는 북한 사람들을 한 사람도 놓치지 않고 기억하려 애쓰는 반면 전혀 신경 쓰지 않아도 저절로 기억되는 한 사람이 있었다.

킬리만자로.

마치 킬리만자로의 표범처럼 늘 혼자 다녀 태민이 이런 별명을 붙인 사나이였다. 그는 나이가 30대 후반 정도에 전혀 말이 없어 무얼 하는 사람인지는 도저히 짐작할 수 없었지만 늘 큼직한 가방을 하나 어깨에 걸치고 아침이면 해장국집에 나타나곤 했다. 외모에 무심한 듯 머리는 덥수룩하고 언제나 허름한 검은 재킷을 입고 있었지만, 옷차림에 무심한 중에도 어딘지 맵시가 있는 그의 외양으로 보아 서구에 체재한 적이 있는 북한 기관원이거나 김정은의 비자금을 관리하는 인물일 수도 있다는 생각이 들었다.

태민은 언젠가 마주친 그의 눈빛이 범상치 않다는 생각에 그가 옆 테이블에 앉은 날 자연스레 말을 걸었다.

"어디서 오셨어요? 저는 서울에서 온 이태민이에요."

태민이 손을 내밀자 그는 잠깐 경계하는 듯 표정이 굳어지더니 이내 누그러지며 가볍게 악수를 나누었다. 그러나 그때뿐 태민을 거의 매일 보면서도 그는 말을 걸지도 않고 별로 아는 체를 하는 일도 없었다. 태민은 그를 비밀이 많은 북한 출신으로 잠정적으로 결론짓고 좀 더 지켜보기로 했다.

그러던 어느 비 오는 날, 마침 아무도 없는 식당에서 태민은 혼자 테이블 위에 소주병을 놓고 앉은 킬리만자로에게 말을 걸었다.

"오늘 비가 오니 고향 생각이라도 하시나 봐요. 저도 서울 생각이 나 울적하던 참에 혼자 잔을 기울이시는 걸 보니…… 고향은 어디 함경도나 평안도……?"

"……"

킬리만자로는 태민이 말을 걸 때 아는 체하며 돌아보지도 않았고, 태민이 말을 하는 와중에도 묵묵히 소주잔만을 기울였으며, 태민이 멋쩍어하며 자리로 돌아가려 할 때에도 미동조차 없었다. 태민은 상대가 접촉하기 무척 어려운 사람이라는 걸 깨닫자 어쩌면 이 사람이야말로 진짜 힘 있는 북한 기관의 요원일지 모른다는 생각이 들었다. 그러고 보니 과연 이 사람이 나타날 때면 북한의 외교관 등이 기색을 살피던 것 같은 기억도 떠올랐다.

태민은 슬쩍 자신의 일을 알려 상대의 관심을 끌어야겠다는 생각이 들어 명함을 꺼냈다. 사람들은 누구나 무기 거래 에이전트라고 하면 관심을 보이는 법이었다.

"저는 무기 거래를 하는 에이전트인데 사정상 여기 중국에 와 있어요."

그러나 태민의 예상과 달리 이 과묵한 사나이는 전혀 반응이 없었고, 태민은 사나이의 냉기랄까 무관심이랄까, 좌우간 당기지 않는 기색의 한가운데로 명함을 쑥 밀어넣은 채 자신의 자리로 돌아왔다.

그 후 묘하게도 동선이 겹치는지 이 사람은 태민이 가는 곳마다 눈에 띄었다. 그는 큼직한 키에 서구적인 준수한 용모 때문에 표정 관리에 무심하고 키가 작은 중국인들 사이에서 단연 돋보였다. 그를 보면서 태민은 셰익스피어의 희곡에 나오는 거무스름한 피부의 오셀로를 연상하곤 했다.

태민은 해장국을 먹고 나면 지하철을 타고 국가도서관으로 갈 때가 많았는데 묘하게도 킬리만자로 역시 같은 코스를 다니고 있었다. 어떤 날은 바로 옆 테이블에서 해장국을 먹고 지하철의 같은 칸에 앉는 데다 심지어는 같은 열람실 옆자리에 앉는 경우도 있을 정도였다. 그는 도서관에 앉으면 큼직한 가방 속에서 노트북을 꺼내 들여다보거나 두드리거나 하곤 했다. 태민은 그가 무엇을 하는지 궁금했지만 모니터를 들여다볼 수는 없었다.

일본 정보부의 공작

태민은 해장국집에서 재기를 위한 자신만의 발걸음을 꾸준히 옮겨디뎠다. 어느 정도 익숙해진 중앙통신 특파원들이 해장국을 후딱 해치운 후 뭔가 아쉬운 듯한 모습을 보일 때면 태민은 어김없이 소주와 양고기 접시를 들이밀고는 대화에 섞여들었다.

"그런데 여기 가끔 오는 그 검은 재킷 입은 사람은 뭐 하는 사람이죠? 딱히 하는 일도 없는 걸로 보아선 무슨 비밀 기관원 같던데요."

"이제껏 단 한 마디도 한 적이 없으니 우리도 알 수 없수다. 대사관 아이들도 극히 조심하던데."

"왜 조심하죠?"

"피양에서 가끔 감시요원들이 나온단 말이오. 우리야 비교적 자유롭지만 대사관 아이들이레 시켜놓은 소주 한 잔도 못 먹고 해장국만 한 그릇 딱 뜨고 일어서는 거 동무도 보지 않았소?"

"그렇군요. 어쩐지 서구 물 좀 먹은 것 같더라니. 그런데 무얼 감시하는 거죠?"

"아니, 그렇게 소소한 걸 감시하는 건 아니구, 피양에 변화가 생겨 대사관 아이들이나 외화벌이 아이들이나 불량한 아이들이 있을지 모르니 감시하갔지."

태민은 평양의 변화라는 건 장성택 처형이고 불량한 아이들이란 외국으로의 망명을 획책하는 장성택의 사람들이라 판단했다. 역시 킬리만자로는 오래전부터 외국 생활을 하던 북한의 감시요원이었다. 태민은 킬리만자로의 정체가 풀리자 대화를 바꿨다.

"이제 사정이 크게 바뀌었어요. 일본 놈들이 집단자위권 운운하는 바람에 미국이 북한의 핵시설을 폭격하기가 훨씬 용이해졌다는 얘기예요. 그게 원래 미국 놈들이 노린 거긴 하지만."

특파원들인 데다 워낙 민감한 주제라 그런지 상대방들은 쉽게 얘기에 이끌렸다.

"무시기 얘기요?"

"미국과 일본이 급속히 가까워지는 건 알고 있잖아요?"

"기래서요?"

"문제는 미국이 조만간 북한의 핵시설을 폭격하려 든다는 말입니다. 지난 94년에 영변 폭격 계획을 세웠듯이 말이에요."

"기깐 새끼들, 아무리 꼼수를 써봐야 우리 원수님이 외눈 하나 깜짝할 줄 압네까?"

"이젠 상황이 많이 달라요. 원래 일본 헌법에 자위대는 전수방위만 가능하다고 되어 있어요. 전수방위란 적국의 침공을 당했을 때만 군사력을 사용한다는 것으로, 철저히 평화적이고 방어

일변도죠. 하지만 최근 일본은 다른 나라를 선제적으로 공격할 수 있다고 전수방위의 개념을 바꾸었는데, 이게 한반도에 근본적인 변화를 갖고 오는 거예요."

"어떤 변화를 갖고 온다는 겁네까?"

"놈들이 남한의 동의 없이 북한을 공격할 수 있다는 거예요. 당장은 미국의 함선이나 항공기가 북한으로부터 공격을 당한다는 전제조건이 붙어 있긴 하지만, 이런 전제는 또 시간이 좀 지나면 봄눈 녹듯 사르르 없어지는 거죠. 이게 왜 치명적인지 아시겠죠?"

"리 선생은 어떤 생각을 갖고 있소?"

"일본 놈들이 마음 내키는 대로 남북한 간에 전쟁을 붙일 수 있다는 얘기예요. 이제 우리 민족 간의 이간질을 일본 놈들이 더 마음대로 할 수 있게 된 거죠. 일전 리설주 사건 기억나세요?"

"리설주 동무 사건?"

"네. 그 당시 남북한은 박근혜 정권 들어 처음으로 관계가 최고로 좋아졌어요. 오랫동안 끊겼던 개성공단을 다시 돌리고 내친김에 금강산 관광과 이산가족 문제까지 해결하자고 양측이 기염을 토했잖아요?"

"그랬시요. 내가 피양에 있을 땐데 당시 남조선 현대 관계자들이 수십 명 금강산에 다시 올라왔고 내가 취재 가기로 되어 있었지비. 그런데 갑자기 뚝 끊겼수다레. 박살이 나버렸단 말입네다. 남조선 측에서 맘이 변해 또 괴뢰질 했지 않았습네까?"

"그게 아닙니다. 북한 당국이 뚝 끊어버렸지요."

"무슨 말입네까? 우리 당국이레 당시 얼마나 열떠서 그걸 추진하려 했는데 기런 말을 합네까?"

"숨기긴 했지만 당시 북한 당국으로서는 엄청난 일이 있었어요."

"그게 뭡네까?"

"남한 언론들이 일제히 리설주 추문이란 걸 대서특필했거든요. 리설주 추문이란 김정은 위원장의 부인인 리설주 씨가 예술단 시절 몸을 함부로 굴렸고 같이 음란한 행동을 하던 배우들이 집단 처형당했다는 내용이었어요."

"머이? 말조심하라! 감히 누구한테 그따레 말을 하는 기야?"

기자들은 앞을 다투어 욕지거리를 뱉고 나섰지만 이미 김이 빠져 있는 제스처에 불과했다. 은하수예술단원들의 처형은 그들도 이미 알고 있는 사실이었다. 태민은 잠시 기다렸다 말을 이었다.

"남북관계가 바야흐로 최고조로 돌입하려는 순간 찬물을 끼얹은 이 절묘한 뉴스는 일본 〈아사히신문〉에서 흘러나왔어요. '아사히'라는 탈을 썼지만 일본 정보기관의 냄새가 풀풀 나는 흉악한 음모였지요. 어쨌든 당시 그 좋던 남북관계는 이 기사 하나로 다 날아가버리고 망해버린 겁니다."

"기거이레 남조선 언론 일꾼들이 잘못한 거 아닙네까? 기런 흉측한 보도를 안 했으면 아무 일 없이 남북관계가 잘됐을 거 아닙네까?"

이제껏 묵묵히 대화를 듣고만 있던 기자단장이 다른 기자들 보다는 다소 점잖은 목소리로 가세했다.

"기런 거레 조금 참고 있다 남북관계가 잘되고 난 다음 보도해도 되는 거 아닙네까? 언론 일꾼들이 그 정도 감각이 없다면 남한 정보당국에서 당신네들이 흔히 말하는 엠바고 요청을 해 금강산이고 이산이고 해결한 다음 가십거리 정도로 보도해도 되는 일 아니겠습네까? 우리 북조선에서는 그 기사가 최고존엄을 모독하는 상상도 못할 기사지만 당신네 남조선에서는 연예계 흥밋거리 정도에 불과한 거 아닙네까?"

"맞아요. 아무리 언론이 마음대로 하는 세상이지만 일본 정보부의 음모에 너무 쉽게 넘어가버리는 한국 사회가 과연 옳은가는 따져볼 여지가 있어요. 하지만 지금은 지난날의 잘잘못을 따지기보다는 앞으로 일본 놈들이 남북 간 전쟁을 붙이기가 너무 쉽게 되었다는 거예요. 이 점이 미국과 일본이 다른 점이에요."

"원쑤 미제 놈들과 살살이 일본 놈들이 어떻게 다르다는 말이오?"

"미국은 북한이 남한에 보복을 가하는 걸 우려해 몇 번이나 북한에 대한 무력 응징을 포기했어요. 하지만 일본은 거꾸로예요. 일본이 어느 날 위협을 느낀다며 북한의 군사시설을 폭격하면 북한은 달리는 복수할 방법이 없으니 남한을 침공할 거 아니에요? 그러니 남북 간 전쟁을 붙이는 게 지들 마음에 달렸다는 거예요."

"흐음!"

중앙통신 기자들은 태민의 논리에 쉽게 빠져들었다.

"우리 남한도 앞으로 일본에 대한 경계를 높이겠지만, 일본이 제일 무서워하는 건 역시 북한의 핵과 미사일이니, 이 부분을 좀 더 세게 밀어야 해요."

북한 특파원들은 남한 정부에 잔뜩 불만을 품은 태민의 이야기에 고개를 끄덕였지만 태민이 외화벌이 일꾼으로 분류해둔 한 사람이 옆자리에서 갑자기 목청을 높였다.

"남한 정부 아이새끼들이레 전쟁 나면 일본 아이들하고 같이 우리 북조선에 마구 쏟아부을 텐데 그런 새끼들하고 어떻게 같이 일본에 대비하겠슴메! 그 새끼들은 이제 우리 민족도 동포도 아임메. 간나새끼들, 5년간 외국을 도와준 돈이 3조 5천억이나 되면서 우리 북조선 인민 몇백만이 굶어죽어도 쳐다도 안 보니, 이걸 어이 동포라 그럴 수 있슴메. 우리 북조선 인민들은 남조선이 아이라 중국과 통일했음 하고 바라고 있으니, 이 어찌 민족의 비극이 아이겠는가!"

태민은 몇 마디 동조하다 자리에서 일어나버렸다.

킬리만자로

"뚜뚜뚜뚜!"

태민은 잠결에선 듯 들려오는 휴대폰 벨소리에 손을 뻗고는 습관처럼 이름 석 자를 중얼거렸다.

"무기중개상 이태민입니다."

"……"

"에이전트 이태민이에요."

태민은 언제나 자신의 이름 앞에 무기중개상이라는 말을 붙이곤 했다. 상대는 물론 자신에게도 자신의 직업이 무언지 무슨 일을 해야 하는지 확고히 각인시키려는 노력이었다.

"……"

수화기 건너편에서 아무런 소리가 없자 태민은 전화를 끊어버렸다.

"뚜뚜뚜뚜!"

다시 걸려온 전화에 아직 잠이 깨지 않은 태민은 신경질적으로 이름 석 자를 내뱉었다.

"무기중개상 이태민입니다."

"해장국집에서 가끔 뵙던 사람이에요. 호텔 건너편에서 세 블록 내려오면 아메이 찻집이 있는데 지금 그리로 좀 와주세요."

상대는 이쪽이 뭐라고 대답하기도 전에 전화를 끊어버렸다. 태민은 잠결인 데다 처음 들어본 목소리였기 때문에 무시하고 그냥 잠을 청하려다 왠지 이상한 예감이 들었다. 자신의 바뀐 전화번호를 아는 한국인이 중국에는 없기 때문이었다. 태민은 전화번호를 보았다. 010으로 시작하는 한국 전화였다. 그렇다면 상대는 중국에 와 있는 한국인이었다.

'설마……?'

한국 검찰에서 자신을 체포하러 왔을 수 있다는 생각이 순간적으로 들었지만 태민은 이내 고개를 가로저었다. 검찰이 중국에 대한 침략과 같은 그런 일을 할 리도 없었고, 해장국집을 알 리도 없었다. 다시 찬찬히 생각을 정리하던 태민은 중국에서 자신의 바뀐 번호를 알고 해장국집도 아는 사람은 단 한 사람밖에 없다는 결론에 도달했다. 자신이 명함을 건네주었던 사람. 그는 바로 킬리만자로였다.

'킬리만자로는 북한 사람이 아니었다는 말인가?'

눈을 비비고 시계를 보니 새벽 2시였다. 그냥 무시하고 잠을 청할까 하는 생각이 들었지만, 상대가 이 시간에 전화를 걸어왔다는 사실이 마음에 걸렸다. 몇 달간 만난 횟수로 보면 그래도 킬리만자로가 가장 가까운 사람이란 생각에 태민은 거절을 해도 만나서 하는 게 낫다는 생각으로 자리에서 벌떡 일어나 옷을 챙겨입고 로비로 내려갔다. 불과 세 블록 거리지만 그는 택시를 잡았다. 택시를 타기로 한 건 혹시 무슨 함정일 수도 있다는 생각에 안전을 고려해서였다.

아메이 찻집 앞에서 태민은 기사에게 넉넉히 돈을 내밀고 당부했다.

"길 건너편에서 지켜보다 내가 나오면 호텔로 돌아가면 되고 너무 오래 안 나오거나 사람들에게 끌려가거나 의식을 잃은 채 차에 실려가거나 하면 추적하면서 공안에 신고해줘요."

든든히 뒤를 부탁하고 아메이 찻집에 들어선 태민은 빈자리를 골라 앉았다. 찻집에는 손님이 아무도 없어 중국인 여주인은 반가운 표정으로 태민에게 다가왔다. 태민이 차를 주문하려는 순간 문이 열리면서 한 사나이가 나타나 태민의 앞으로 걸어왔다. 과연 짐작했던 대로 킬리만자로였다.

"늦게 미안해요."

처음으로 들어보는 킬리만자로의 목소리에 태민은 알 수 없는 쾌감을 느꼈다.

"괜찮아요."

킬리만자로는 차 주문을 받으려는 주인을 손으로 물리고는 마른 목소리를 급히 토해냈다.

"집에 돌아가는 길인데…… 불길한 예감이 들어서……."

"……?"

태민은 본능적으로 찻집 문을 열고 주변을 둘러보았다. 이미 늦은 시간이라 거리에는 아무도 없었다.

"물건 하나를 좀 맡아줄 수 있겠어요?"

태민은 사태의 위험성을 생각해보았다. 킬리만자로의 능숙한 서울 말씨로 보아 한국인이겠지만 어쩌면 북한의 대남 공작원일 수도 있었다. 그럴 경우 가장 염려가 되는 것은 남한 첩보당국이었다. 가뜩이나 검찰의 표적이 되어 있는데 정보사범으로까지 연계되면 큰일이었다. 또 하나 염려할 건 북한의 정보기관이었다. 이 사람이 부정한 돈이든 정보든 뭔가 북한을 배신하는 걸 넘기려 든다면 자신은 북한 당국의 암살 대상이 될 가능성도 있었다. 태민은 복잡한 생각의 갈래를 누르고 물었다.

"무슨 물건인데요?"

킬리만자로는 대답 대신 재킷 주머니에서 새끼손가락만 한 물건 하나를 꺼내 태민에게로 밀어놓았다. 유에스비였다.

"중국의 치명적 약점이에요."

"무슨 말이죠?"

"지금 설명할 시간이 없어요. 이걸 가지고 있다가 다음번 나를 만날 때 다시 돌려주면 돼요."

"유에스비 같은데 구태여 나에게 줄 필요가 뭐 있어요? 이메일 같은 데 보내두면 훨씬 안전할 텐데……."

"해킹 염려가 있어서요. 나중에 설명할게요. 그리고 내게 전화를 걸지 않는 게 좋겠어요."

태민이 내켜하지 않자 그는 불쑥 손을 내밀어 태민의 손을 잡았다. 그의 손에서 느껴지는 감촉은 예상외로 부드럽고 촉촉했다. 태민이 손을 빼려 하자 그는 진지하다 못해 울 것 같은 표정으로 말했다.

"중요한 일입니다. 우리 모두에게."

태민은 그의 검은 눈동자가 자신을 빨아들이는 듯한 야릇한 기분에 서둘러 손을 뺐다.

"뭐, 급하시다니 잠깐 맡아두긴 할게요. 그러면 해장국집에서……."

처음 들어왔을 때부터 서두르던 킬리만자로는 태민이 말을 마치기도 전에 찻집 밖으로 황급히 나가 자취를 감춰버렸다.

호텔로 돌아온 태민은 일단 유에스비를 금고 속에 넣었다. 비밀번호 네 자리를 입력하고 금고 문을 닫는 태민의 표정에 약간 후회하는 기색이 자리 잡았다. 아무리 상대가 서둘렀어도 좀 더 물어볼 건 물어봤어야 한다는 생각과 상대의 신분은커녕 남한 사람인지 북한 사람인지조차 묻지 않은 건 큰 실수라는 생각이 들었다.

다음 날 아침 태민은 늦잠을 자고 일어나자마자 해장국집으로 갔다.

"그 사람 안 왔어요?"

"누구?"

"늘 검은 재킷 입고 가방 메고 말없던 사람이요."

"아, 벙 선생 말이군요. 안 왔어요."

"벙 선생이라뇨?"

"하도 입을 안 열어 우리끼리 그런 별명으로 불러요."

여주인 뒤에 서 있던 중국인 종업원들이 키득거렸다.

"근데 그 사람 뭘 하는 사람이죠?"

"몰라요. 통 입을 열지 않으니까."

"북한 사람이에요?"

주인이나 종업원이나 모른다는 뜻으로 고개를 가로저을 뿐이었다. 태민은 시간을 보내며 북한 사람들이 오기를 기다렸지만 오늘따라 북한 사람들은 아무도 오지 않았다.

다음 날도 또 다음 날도 태민은 해장국집에서 킬리만자로를 기다렸지만 킬리만자로는 오지 않았다. 하지만 북한 사람들이 대거 몰려와 왁자지껄했기에 태민은 테이블마다 돌아다니며 물었다.

"그 말없던 사람 말이에요, 평양에서 온 감시요원 같은 사람."

"말하라요."

"그 사람 혹시 못 봤어요?"

"못 봤수다레."

"남한 말씨를 쓰던데…… 정작 남한 사람은 아닌 것 같기도 하고……."

"그날 망자 양반이 뭐 하는 사람인지 궁금해하길래 대사관 아이들한테 물어봤더니 그들도 모른다던데, 허긴 진짜 감시요원이면 대사관 아이들도 알 수 없갔지. 기건 기렇고, 오늘 한잔 하자우요."

'망자 양반'이란 중앙통신 기자들이 붙인 태민의 별명이었다. 그들은 이제 태민의 정체를 어렴풋이 아는지라 처음 장난삼아 '도망자'라 불렀던 게 이제는 아예 내놓고 '망자'라는 농담 반 진담 반의 호칭으로 부르는 것이었다.

"무슨 좋은 일이라도 있나요?"

"모르갔시다. 피양에서 온 사람이 이제 며칠 있으믄 반개운 소식이 하나 터질 거라면서 기분 좋아 합디다. 아, 피양이 기분 좋으면 우리도 기분 좋은 거 아닙네까? 또 우리가 기분 좋으면 망선생도 기분 좋은 거 아닙네까? 이렇든저렇든 우리는 동포 아닙네까? 동무들, 길티 않아?"

"고롬, 고롬!"

북한 사람들은 무슨 일인지 기분 좋아 와자지껄했고 태민은 적당히 응대하다 식당을 나와 평소와 같이 지하철역을 향해 걸었다. 언젠가는 킬리만자로와 앞서거니 뒤서거니 걸었던 길인 걸 떠올리자 태민은 자신도 모르게 뒤를 돌아다보았다. 그러나 킬리만자로는 보이지 않았고 태민은 어느새 조금씩 걱정이 되기 시작했다.

지하철을 내려 국가도서관에 도착한 태민은 킬리만자로가 늘 가던 열람실을 살폈으나 그의 자취는 없었고 다른 열람실과 휴게실을 모두 찾아봐도 그는 어디에서도 보이지 않았다. 곁에 있을 때 킬리만자로는 말도 없고 예의도 그다지 갖추지 않아 별로 염두에 둔 사람이 아니었다. 하지만 막상 곁에 없고 어쩌면 큰일이 생겼을지 모른다는 생각이 들기 시작하자 왠지 정이 들었던 사람 같은 느낌이 생겨나 태민은 종일 여러 번 일어나 도서관 이곳저곳을 살폈다.

지하철을 타고 호텔로 돌아온 태민은 샤워를 하려다 노크 소리를 듣고 서둘러 문을 열었다.

"이태민?"

몇 사람의 남자가 문을 밀고 들어오자 태민은 문으로 막으며 저지했다.

"저항하지 마! 공안이다."

태민은 사내들이 일제히 신분증을 꺼내들자 문에서 떨어졌다.

"무슨 일이에요?"

사내들은 일단 방에 들어오자 여기저기 살피기 시작했다.

"무슨 짓이에요?"

태민이 옷장 문을 열려는 사내를 제지하자 두 사내가 태민을 벽으로 밀어붙였다.

"당신들 왜 이러는 거야?"

태민의 외침에도 아랑곳없이 방을 살피고 난 사내는 태민을 잡고 있는 사내들에게 눈짓으로 놓아주도록 했다.

"무슨 일이오?"

"이태민, 당신 전준우와 어떤 사이야?"

"전주우? 전준우는 누구고 당신늘은 뭐야?"

"공안이랬잖아."

"공안이면 이렇게 무례해도 되는 거야?"

태민의 고성에 사내들은 조금 누그러졌다. 사내들 중 우두머리로 보이는 자가 나머지 두 사람을 뒤로 물러서게 한 다음 물었다.

"전준우와 무슨 사이요?"

"전준우가 누구요?"

"시치미 떼지 마시오."

"시치미라니? 도대체 전준우가 누구냔 말이오?"

"사흘 전 심야에 통화한 소설가 말이야."

"사흘 전? 소설가라고?"

공안은 바로 킬리만자로를 얘기하고 있었다.

"사흘 전 밤에 만난 사람이 있지만 그의 이름이 전준우인지는 몰랐어요."

"이름을 몰랐다고? 그의 전화기에는 당신 이름이 있는데."

태민은 잠자코 자신의 전화기를 내밀었다.

"봐요, 여기 전준우라는 이름이 있는지, 그리고 평소 통화한 적이 있는지. 나는 한 달 전 그에게 명함을 주었을 뿐이고 며칠 전 심야에 모르는 번호로부터 전화가 두 번 걸려왔기에 처음에는 그냥 끊었고 다음에는 식당에서 만나던 사람인 게 확인돼 요 앞 찻집에서 만났어요."

"그 늦은 시각에 만났다? 무슨 얘기를 했어요?"

"신변의 위협을 느낀다고 했어요."

"신변의 위협? 정확히 뭐라 그랬어요?"

태민은 본능적으로 유에스비를 숨겼다.

"집에 돌아가는 길인데 왠지 불안하다며 노트북을 맡아줄 수 있느냐고 하던데요."

"맡았어요?"

"아니, 내가 좀 망설이자 이내 생각이 바뀌었는지 그냥 자기가 가져가겠다고 했어요. 그러고는 바로 나가버리던데요."

"음, 그래요?"

"그런데 그 사람이 소설가라고요?"

"그렇소, 소설가요. 한 달 전 명함을 주었다면 어디서 그를 만난 거요?"

태민은 해장국집에서 처음 그를 만났을 때부터 최근에 이르기까지의 얘기를 사복공안들에게 다 해주었다. 얘기래야 사실 별로 할 것도 없었다.

"그런데 왜 이 소란이죠? 그가 무슨 잘못이라도 저질렀나요?"

"죽었어요."

경악한 태민은 입을 다물지 못했다.

"아니, 뭐라고요? 왜요?"

"피살되었어요."

"언제?"

"그날 밤."

그날 밤이라면 바로 자신과 만나고 돌아가서 죽었다는 얘기였다. 태민의 뇌리에 그가 집에 돌아가는 길인데 왠지 불안하다고 하던 말이 천둥소리처럼 울렸다.

"어떻게? 어떻게 죽었나요?"

"집에서 목이 졸려 죽었어요."

"범인은요?"

"몸에 나 있는 저항흔으로 보아 여럿이 침입한 걸로 보이는데, 이웃은 전혀 기척을 못 느꼈다 하니 보통 놈들은 아닐 거요. 프로의 청부살인 같은 기분이오. 피해품은 노트북 정도인 것 같고 집 부근에서 기다리다 따라들어가 죽인 걸로 보여요. 주변 사람과 금전이나 원한 관계를 맺은 적이 없고 치정도 아닌 듯한데, 어떤 놈들이 왜 이런 범행을 저질렀는지 통 알 수가 없소. 한국에서 온 사람인 데다 뭔 소설가라니 빨리 해결하지 못하면 골치 아픈데……."

"아니, 그가 한국 사람이라고요?"

"서울에서 온 사람이오."

공안은 킬리만자로, 즉 소설가 전준우가 약 1년 반 전 인천공항을 출발해 베이징에 왔으며 주로 국가도서관에서 글을 써왔다는 수사 결과를 알려주고는 다시 한 번 태민과의 관계를 꼼꼼히 따져물은 후 명함을 주고 돌아갔다.

　태민은 충격을 이기지 못하고 한참이나 망연자실하여 서 있다 자신도 모르게 금고를 열고 전준우가 넘겨준 유에스비를 꺼냈다. 살해 이유가 금전도 원한도 치정도 아니라는 공안의 얘기나 그날 밤 전준우가 보인 태도를 생각하면 이 살인은 자신이 금고에 보관하고 있는 유에스비와 연관이 있음에 틀림없었다.

　태민은 유에스비를 호주머니에 넣고는 서둘러 노트북을 메고 밖으로 나섰다. 어쩌면 자신도 위험할지 모른다는 생각이 갑자기 덮쳐든 까닭이었다.

　호텔에서 제법 떨어진 한적한 카페에 자리 잡은 태민은 유에스비를 노트북에 넣었다. 화면이 뜨기를 기다리는 동안 전준우가 유에스비를 맡기면서 중국의 치명적 약점이라던 한 마디가 의미심장하게 다가왔다. 그렇다면 이 유에스비가 킬리만자로 피살의 원인과 배후를 밝히는 단서라는 생각에 태민은 잔뜩 눈에 힘을 모았다.

　유에스비에는 뜻밖에도 무슨 소설 작품이 하나 담겨 있을 뿐이었다. 프롤로그와 열세 개의 소제목으로 이루어진 쓰다 만 소설이 화면에 가득 뜬 걸 바라보며 태민의 궁금증은 한층 더 깊어졌다. 소설이라니, 도대체 무슨 내용이기에 중국의 치명적 약점이란 말인가…… 아니, 그게 어떻게 살인의 이유가 된다는 말인가. 태민은 온 신경을 집중해 프롤로그부터 읽어나갔다.

프롤로그

어두운 석굴 안, 횃불이 일렁이는 가운데 한 선비가 무릎을 꿇듯 주저앉아 정면을 노려보고 있었다. 선비의 정면에 있는 것은 색이 바랜 벽화. 벽화의 한가운데에는 뿔 난 머리의 흉포한 괴물이 두 눈을 튀어나올 듯 부라리고 있었다. 발밑에는 잘린 머리 수십 개가 나뒹굴었고 주위로는 평야와 나무, 짐승과 과실이 있을 뿐 살아 있는 사람이 없어, 벽화 가장자리에 이르러서야 겹겹이 그려진 산 뒤에 숨어 겁먹은 채 몇몇이 몸을 벌벌 떨고 있었다. 선비의 붉어진 눈은 그 산 뒤의 겁먹은 사람들에게 고정되어 있었다. 선비는 이를 보며 무슨 생각을 떠올린 것인지 주먹을 꽉 쥐었다. 잠시간 눈을 감고 몸을 떨던 선비는 이윽고 결의에 찬 얼굴로 굴을 나섰다.

석굴 밖에서 그를 기다리고 있던 것은 품격 높은 의복의 사내 하나와 그를 호위한 여러 병사였다. 오랜 시간에도 지루한 기색 하나 없이 기다리던 사내는 선비를 보고 한 걸음 묵직하니 다가서며 낮은 목소리를 던졌다.

"묻어라!"

"폐하!"

"묻으면 될 것이 아니냐. 태우고, 묻고, 없애면 될 것이 아니겠느냐."

"그리 해서 될 일이 아니옵니다."

"천하의 주인은 나다. 내일의 주인은 내 아들이다. 옛 귀신 따위가 무어 두려우랴."

선비는 고개를 저었다.

"그대는 나의 스승이다. 그대는 늘 남이 보지 못하는 것을 보고 나를 일깨웠지. 나는 평생 그대에게 글을 배웠고 그대를 의지해 정신을 세웠다. 그대의 말은 틀린 적이 없었다. 그러나 안 된다. 이번만큼은 도무지 그대의 말을 들어줄 수가 없다."

"……."

"차라리 전쟁은 어떻겠느냐. 내가 군사를 일으키겠다. 저 귀신의 자손을 모조리 죽인다면 어떻겠느냐. 나는 그럴 자신이 있다."

사내는 눈을 번뜩이며 주먹을 쥐었다. 선비는 그제야 입을 열었다.

"폐하!"

"조정 만신이 모두 반대하고 만백성이 모두 곡을 한대도 내 강행하겠다."

선비는 가벼이 웃었다.

"이것은 소신이 해야만 하는 과업입니다. 설령 폐하라 하여도 대신할 수 없습니다."

"허하지 않겠다."

"해야만 합니다. 폐하께서 허하지 않으신다면 다른 길을 택해서라도 저는 해야만 합니다."

"자장(子長)!"

선비는 고개를 저었다.

"저에게 사형을 주십시오. 그러면 저는 궁형(宮刑)을 선택하여 살아날 것입니다."

"자장! 그 입 다물라!"

"듣는 이는 모두 그 참혹함에 이 일을 기억하지 않을 수 없도록, 천년이 가도 잊히지 않도록 하셔야 합니다. 폐하, 사정을 두면 둘수록 오히려 그것이 소신을 패하게 하는 것임을 잊지 마십시오."

"자장!"

"명군 중의 명군이신 폐하의 공덕에 큰 흠을 내는 일입니다. 다만 그것이 송구할 뿐입니다."

유약한 체격의 선비는 한 치 흔들림이 없는 자세로 꼿꼿이 사내를 바라보았다. 그를 마주 바라보는 사내는 어울리지 않게 몸을 떨며 눈물을 흘렸다.

"그대의 승리를 빌겠다."

사내는 울먹이며 선비를 꽉 부둥켜안았지만 선비는 다만 부드러운 미소를 지을 뿐이었다. 이윽고 돌아선 그들은 각기 다른 길로 산을 내려갔다.

보름 후 수도 장안.

사내는 서릿발 같은 명을 내렸다. 전쟁에 패하여 흉노에 항복한 이릉의 삼족을 멸하라는 지시였다. 조정의 모든 신하들이 굽힌 허리조차 제대로 펴지 못하는 대전에서 오직 선비가 조용한 발걸음으로 사내 앞에 나섰다.

"북정대장군 이릉은 비록 패했으나 훌륭한 장수이옵니다. 투항한 것은 휘하 군사를 살리려 본인의 오욕까지 감수한 일. 이는 오히려 여러 장수의 본이 될 만한 일이옵니다. 그의 패전이란 오로지 폐하께서 그의 수하에 비루한 이를 보내어 배신당한 탓이니, 이는 폐하의 인복과 상관하는 일이옵니다. 이릉을 벌하심은 옳지 않습니다."

남몰래 피가 나도록 입술을 깨물던 사내는 억지로 입을 떼었다. 목소리는 분노만은 아닌 다른 격렬한 감정에 의해 떨려나왔지만 그는 간신히 감정을 삼켰다.

"인복이라. 네가 지금 나를 탓하는 것이냐."

"다만 폐하의 복이 모자랐을 뿐이옵니다."

너무도 과감하고 무례하기까지 한 발언에 대신들이 경악을 금치 못하는 가운데 선비는 다시금 조용조용한 목소리를 이어갔다. 목소리는 크지 않았지만 내용은 청천벽력과도 같았다.

"반드시 이릉을 처벌하시려거든 먼저 그 자리에서 내려오소서. 그래야 앞뒤가 맞을 것이옵니다."

부서지도록 팔걸이를 움켜잡았던 사내는 자리에서 벌떡 일어섰다. 붉을 대로 붉어진 눈을 튀어나오도록 부라리며, 그러나 도저히 그 눈을 선비와 마주치지 못한 채로 그는 격노한 외침을 터뜨렸다.

"네 감히!"

일어선 사내는 말을 잇지 못하고 이를 꽉 물었다. 그의 뇌리에 보름 전 선비가 당부한 말이 꽉 차올랐다. 사형을 내리시라, 그러면 궁형을 택하여 살아남으리라, 천년을 이을 이야기가 되도록. 사내는 거세게 고개를 저었으나 그 순간 선비의 엄중한 눈길이 그를 마주하였다.

"이자를 사형에 처하라!"

좌우에서 병사들이 달려나와 선비의 양팔을 잡은 채 끌고 나갔다. 불세출의 강권통치로 조정을 벌벌 떨게 한 사내였지만 선비의 처절하고 결연한 의지 앞에서는 차마 고개를 돌릴 수밖에 없었다. 하지만 선비는 알 수 없는 기이한 눈빛을 내뿜으며 입가에는 야릇한 미소조차 떠올린 채 순순히 끌려나갔다.

선비는 사형을 면하기 위해 궁형을 택했다. 생 불알의 껍질이 벗겨지는 내내 얼굴빛 한 번 변함이 없던 선비는 가랑이 사이에 피를 흘리며 옥으로 내쳐질 때에도 입을 꾹 다문 채 신음 한 번 흘리지 않았다. 그날 밤, 그는 옥리에 의해 남몰래 전달된 붓 한 자루와 죽간을 받아들고 이를 악문 채 제자리에 정좌하고 앉았다. 눈을 감고 억지로 고통을 다스리던 선비는 이윽고 붓을 들어 죽간 위에 검은 획을 그어갔다. 달무리가 죽간을 비추니 붉은 듯 검은 듯 글씨가 나타나기 시작했다.

殷本紀(은본기)

바른말 하다 거세를 당한 선비. 거세를 당하고도 평생을 통해 사서를 편찬해낸 선비. 온 세상을 통틀어 그보다 정직하고 올바른 손으로 쓰인 역사가 또 어디 있으랴. 후일 고금 제일의 사가(史家)로 일컬어지는 사마천(司馬遷)이 그의 이름. 이해할 수 없는 그의 요구를 받아들여 사형을 명한 사내는 바로 한무제 유철이었다.

여기까지가 프롤로그였다.

도대체 이게 무엇일까? 태민은 짐작과는 달리 너무도 낯선 프롤로그에 고개를 갸웃거리며 그 아래 '유생 석정'이라는 소제목이 붙은 1장으로 눈길을 옮겼다.

유생 석정

신대태왕.

그는 죽고 나서야 빛이 났다.

그가 한평생 입버릇처럼 달고 산 백성을 지키겠다는 신념. 비록 어느 사가도 어느 논객도 그의 왕도가 생전에 이루어졌다고 기록하지는 않았으나, 사람들은 언젠가부터 그를 사랑하기 시작했고 어느새 봄날 목련향기처럼 피어오른 그에 대한 그리움은 고구려 전역을 물들였다.

그리고 그의 유지를 이어 새로 왕위에 오른 남무는 세상을 향해 두 팔을 활짝 벌리며 외쳤다.

"온 천하의 사람들이여, 고구려로 오라. 고구려는 그대들의 출신을 묻지 않겠다."

국경 너머로 바람을 타고 퍼져나간 이 소문은 사방팔방의 온갖 부족민들에게 퍼졌다. 동예나 옥저, 부여 등 이름만 남아 명맥을 유지하던 나라들은 아예 군현 단위로 고구려에 복속되기를 청해왔으며 오랜 부족 간의 전쟁에 지치고 지친 선비나 돌궐 등의 민족, 끝없는 흉노와의 대립에 지친 한 등에서도 고향을 잃고 나라를 등진 자들이 너도나도 고구려로 희망 어린 발길을 옮겼다.

서쪽 국경과 국내성 사이에 위치한 정만현은 이 이주민들이 뒤섞여 고구려에 동화된 땅이었다. 이주한 자들 가운데는 유목과 방랑을 일삼던 북방의 거친 무리들도 있었고 농사일 외에는 아무것도 모르는 동쪽의 순박한 사람들도 있었으나, 눈에 띄는 것은 한에서 도망온 지체 있고 학식 있는 자들이었다. 이들은 사냥이나 농사를 하는 대신 사람들을 모아 예의와 학문을 가르쳤다.

그중에서도 스스로를 '유생 석정'이라 칭하는 초중년의 한 유학자는 덕이 높고 수양이 깊어, 비록 약탈을 일삼던 거친 부족 출신이라 하더라도 그 앞에 서면 은연중에 옷깃을 여미고 고개를 숙이게 되었다.

"교언영색에 선의인이라."

깊은 학문과 덕으로 수없이 한 조정의 부름을 받았음에도 불구하고 한 번도 출사하지 않은 채 향리의 인재들을 가르쳤다는 그가 드물게 내는 한 마디 한 마디는 다 천하에 없는 명언이라 사람들은 다투어 그의 말을 경청하였고 열성 있는 자들은 하루 온종일 그를 따라다니며 그 행실을 본받고자 하였다.

"무슨 뜻인지요?"

"말을 잘하고 얼굴이 보기 좋은 사람은 대체로 깊이가 없고 어질지 못한 법이니 그렇게 되도록 노력할 일만은 아니다."

두 왕의 치세 아래 지속된 고구려의 평화 속에서 정만현 사람들은 무기 대신 농구를 들고 밭을 갈아 어느 정도 먹고사는 일이 안정되었다. 그러자 사람들은 너나 할 것 없이 예를 찾았고 대소사의 예법에 막힘이 없는 유생 석정의 한 마디 한 마디는 정만현에서는 그대로 규칙이요, 법이었다.

"두둥둥둥 두둥둥."

봄볕이 따스하게 내리쬐는 어느 날 솟대가 높이 걸린 무당의 거처 무터에서는 하루 종일 북소리가 울려퍼지다 땅거미가 질즈음 차차 잦아들었다.

"소홀라가 눈을 감았다!"

누군가의 외침에 솟대 위에 앉아 있던 까마귀 한 마리가 놀라 날개를 푸드덕거리며 깃털을 하나 떨어뜨리고 날아올랐다. 이어 짐승의 울음을 닮은 꺼이꺼이 소리가 병든 촌장 주위를 에워싸고 있던 사람들의 입에서 터져나왔고 이내 남녀노소 할 것 없이 마을 사람들은 원을 그리면서 돌기 시작했다.

"아야아야 소홀라! 카라카라 소홀라!"

산발한 머리에 붉은 천을 머리에 질끈 동여맨 무당의 입에서 알 수 없는 주문이 흘러나오고 수십 명의 남녀가 그 주문을 따라 중얼거리며 이제 막 일생을 마친 소홀라의 주변을 돌고 돌았다.

소홀라는 인자한 촌장으로 사람들의 신뢰가 두터워 그의 죽음을 대하는 마을 사람들의 감회와 슬픔은 남달랐다. 그리하여 사람들은 마치 자신의 일인 양 벌써 며칠이나 무터에 모여들어 소홀라의 몸에서 눈을 떼지 않고 지키다 마침내 그가 숨을 거두자 슬픔에 잠기는 것이었다. 사람들은 저마다 갖가지 표정과 동작을 지으며 그의 시체를 가운데 두고 돌았다.

"아야아야 아야야!"

무당은 북을 치면서 이따금씩 알 수 없는 소리를 짐승처럼 내질렀고 이 소리가 마치 소홀라가 세상을 향해 지르는 마지막 인사말로 받아들여지는지 혹자는 눈물을 흘리기도 하고 곡을 하기도 하였으나 동시에 누군가는 춤을 추기도 하고 누런 이를 드러내며 웃기도 하는 등 천차만별로 소홀라의 죽음 앞에서 슬픔을 같이 나누며 돌고 돌았다.

하지만 단 한 사람만은 미동도 하지 않은 채 한 곁에 서서 이런 사람들을 날카로운 눈초리로 쏘아보고 있었다. 그는 근자에 이르러 혼례나 장례 때면 늘 모셔지는 유생 석정이었다. 눈초리가 점점 치켜지던 석정의 입에서는 급기야 한 줄기 성마른 고함이 터져나왔다.

"그만하라!"

웃고 울고 춤추며 각양각태로 소란스럽게 소홀라의 주변을 돌던 사람들은 석정의 고함에 움찔하며 돌이를 멈추었다.

"도대체 뭐 하는 짓들이냐! 사람이 죽어 슬픔을 나누는 자리에서 우는 자는 뭐고 웃는 자는 뭐며 춤추는 자는 또 뭐란 말이냐!"

평소의 차분하고 부드러운 성정은 간데없이 분노에 찬 음성만이 사람들의 귓속을 날카롭게 파고들었다.

"이것을 어찌 짐승의 작태라 하지 않을 수 있겠느냐! 예로써 조용히 슬픔을 나누어야 할 자리가 이 무슨 난장판이냐!"

모두가 어찌할 바를 모르고 석정의 눈치만을 살피자 석정은 날카로운 중에도 약간 목소리를 낮추었다.

"그대들의 잘못만은 아니다. 천하가 그간 너무 어지럽고 살기힘들어 그대들이 예를 접할 기회가 없었던 탓이니…… 하긴 한 고조 유방도 황제가 되고서야 비로소 예를 알았다."

석정의 싸늘한 눈길이 이번에는 무당을 향했다.

"너의 그 차림은 무엇이냐! 소홀라 촌장이 귀신이란 말이냐! 너의 이 울긋불긋 우스꽝스러운 차림에 어떤 경건함이 있으며 망인에 대한 어떤 안타까움이 있을 것이냐!"

무당은 원망과 증오가 담긴 눈으로 석정을 노려보았지만 아무 말도 하지 못했다. 그간 길하고 흉한 갖가지 일상사를 당하여 불려간 곳에서 십수 회나 석정과 부딪쳤지만 단 한 번도 언변에서나 예법에서나 그를 당한 적이 없는 까닭이었다.

"무터는 예를 차릴 곳이 되지 못하니 소홀라의 식솔들은 시신을 집 마당으로 옮긴 후 문에 작은 기름등을 달고 천으로 덮어 바람을 막으라. 이는 사람이 죽었음을 알리고 안팎으로 조심하여 몸가짐을 삼가라는 표시이며, 또한 찾아올 손님들에 대한 안내이자 예의이다. 그리고 모든 사람들은 집으로 돌아가 얼굴과 손발을 씻은 다음 가장 아끼는 옷을 입고 촌장의 집으로 모이라. 또한 사람 많이 다니는 길과 저잣거리, 그리고 촌장의 집으로 오는 길과 문에 이걸 붙이라."

석정은 미리 준비해온 천을 여러 장 내놓았다. 하얀 천에는 굵은 붓으로 힘차게 내려쓴 글씨 한 자가 꿈틀대고 있었다.

- 吊 -

"이게 무슨 글자란 말인가?"

저잣거리에 나붙은 글자를 보고 대개의 사람들은 그냥 지나 치기 마련이었지만 나름 견식이 있는 사람들은 석정이 내다붙인 글씨를 보자 고개를 갸웃거리기도 하고 흥미있어하기도 하였다.

"입 구 밑에 수건 건이 있으니, 사람 사는 집에 수건을 걸어 라?"

여러 사람은 제각각의 짐작을 해댔지만 이 간단한 글자 한 자 가 무엇을 의미하는지는 알 수 없었다.

"이건 소홀라 촌장의 죽음을 당하여 유생 석정이 붙인 글씨라 는데, 이럴 게 아니라 한번 가보세."

촌장의 집에 찾아간 사람들은 문에 기름등이 걸려 있고 그 위 에 '吊(조)'가 적힌 하얀 천이 덮인 것을 볼 수 있었다.

"사람이 죽었을 때는 이 글자를 쓰는 게 예인 모양이야."

그러고 보니 어둠 속에 켜진 등불을 받아 은은히 빛나는 글자 를 보는 순간 사람들은 자신도 모르게 경건하고 숙연한 기분이 드는 듯했다.

소홀라의 집 마당에서 석정은 장례를 예에 따라 엄숙히 진행 했다. 몸을 씻은 후 깨끗한 옷을 입고 모인 사람들은 석정의 지 시에 따라 소홀라의 시신에 두 번 절하고 한 번 반절을 했다. 북 을 치고 꽹과리를 치고 각종 현란한 주문을 외며 울고 웃는 춤 을 출 때보다 훨씬 안타까움과 슬픈 마음이 생겨났고 망자와 함 께했던 시간과 추억을 되새기는 데도 더없이 좋았다.

또한 많은 사람이 모였음에도 불구하고 이제까지의 와자지껄

하고 소란한 분위기와 달리 차분했고, 그 숙연하고 애잔한 분위기 속에서 석정의 고요하되 낭랑한 목소리가 허공을 갈랐다.

"소인의 죽음은 그 육체가 나하였기에 사(死)라 하고 군자의 죽음은 그 도를 행함이 끝났기에 종(終)이라 한다. 하지만 죽음은 신성한 것이므로 모든 죽음을 우대하여 두 글자를 합한 상(喪)으로 표현하는 것이다."

석정은 의식을 행하는 중간중간 장례의 법도에 대하여도 설명하였다.

"사람이 죽으면 먼저 집 밖에 등불을 내걸고 안팎으로 알려 소란을 막고 엄숙함을 유지할 것이며 그 위에 수건을 덮어 불이 꺼지지 않도록 해야 한다. 또한 사람이 다니는 곳에 망자의 이름과 '弔'를 써붙여 친분이 있는 사람들에게 작별할 기회를 주어야 한다."

이렇듯 여러 일을 당하여 사람들은 예의 편안함과 중요함을 느끼게 되었고, 형편이 넉넉지 못한 집이라 하더라도 중요한 행사를 치를 때는 반드시 유생 석정을 모시거나 사람을 그에게 보내 문의하였다.

첫 장을 읽은 태민은 막연히 '예(禮)'의 기원에 관한 이야기인가 보다 짐작하며 일어나 커피 한 잔을 더 사들고 다시 자리에

앉아 킬리만자로의 소설을 읽어나갔다.

아야촌의 살수들

　정만현에 속한 한 작은 마을 아야촌 어귀에 들어서던 현의 순관은 어딘지 이상한 기분에 몸을 흠칫 떨었다. 50여 명이 사는 작은 마을이었지만 평소의 활달함과 분주함은 간데없고 알 수 없는 깊은 정적만이 감돌고 있기 때문이었다.

　"순관님! 뭔가 이상합니다."

　수하의 긴장된 목소리가 순관의 귀를 파고들었다.

　"너도 이상한 기분이 드느냐?"

　"왠지 무서운 광경이 기다리고 있을 것만 같습니다."

　순관은 자신도 모르게 손을 칼집에 갖다대며 두 사람이면 머릿수가 너무 적다고 생각했다. 어딘지 섬뜩한 이 기분으로 미루어서는 오늘 어쩌면 살아 돌아갈 수 없으리라 느끼며 순관은 말고삐를 죄었다. 일개 미물에 불과한 말도 주인의 비장한 기분을 느끼는지 보폭을 좁히며 머리조차 숙이고 코를 킁킁거렸다.

　"비린내야!"

　전쟁터에서 맡곤 하던 바로 그 피비린내가 코끝을 찔러오자 순관은 반사적으로 칼을 빼들었다. 알 수 없는 공포로 짓눌려 있던 머리가 피비린내에 섞이면서 긴장은 극에 달해 순관은 말을 멈추고 눈을 가늘게 뜬 채 미올의 동정을 살폈다. 수하 역시 순관의 뒤에 선 채 한참이나 앞을 살피다 나지막한 목소리로 소곤거렸다.

"움직이는 건 아무것도 없습니다."

순관은 마른침을 삼키며 천천히 앞으로 나섰다. 마을의 한가운데로 다가갈수록 피비린내는 심해졌고, 마침내 채 굳지도 않은 질퍽한 핏덩어리들이 눈에 들어오는 순간 순관과 수하의 입에서는 헉 하는 비명이 터져나왔다.

시체는 한두 구가 아니었다. 정확히 마을에 살고 있던 사람 수만큼의 시체가 눈을 가득 메우자 두 사람은 헛구역질을 멈출 수가 없었다.

"어헉! 이게 어떻게 된 일일까요?"

수하가 손으로 입을 덮어 간신히 토악질을 막으며 떨리는 목소리로 물었지만 순관 역시 어질거리는 머리를 숙이며 아무 대답도 할 수 없었다.

몰살.

그야말로 몰살이었다. 마을 사람 모두가 단 한 사람도 남김없이 혹은 목이 달아나고 혹은 심장을 찔린 채 어지럽게 두 사람의 눈에 가득 널렸다. 그러나 전쟁터에서 잔뼈가 굵은 순관은 두근거리는 가슴을 억지로 누른 채 시체더미를 뒤집었다.

"혹시 살아 있는 사람이 있나 살펴라!"

순관과 수하는 이를 악문 채 집집마다 문을 열고 죽은 자 사이에서 산 자를 찾아내려 하였지만, 이미 도살장으로 변한 마을에서는 사람은 물론 개와 닭에 이르기까지 어떤 살아 있는 생물의 움직임도 찾아낼 수 없었다.

"살아 있는 건 쥐새끼 한 마리조차 없습니다."

"도대체 어떤 놈들이 이렇듯 아야촌을 죽음의 도가니로 만들었단 말이냐!"

"적일까요?"

"적이라면 어떤 놈들을 말함이냐?"

"선비 아니면 돌궐……."

말을 이으려던 수하는 이내 탐탁지 않은 표정을 지었다.

"너무 거리가 먼데요……."

신대태왕에 의해 단단히 혼쭐이 난 선비는 크게 위축되었고 근간에 이르러서는 고구려를 침략하기는커녕 망아지 한 마리 서안평을 건너오는 경우가 없었다. 선비만이 아니라 돌궐 역시 근래에 이르러서는 위축될 대로 위축되어 고구려와 화살 한 대 주고받은 적이 없는 터였다.

"십중팔구 도적이다!"

순관은 수하를 이끌고 집집마다 다니며 도적의 만행임을 확인하려 했다. 그러나 이상하게도 어느 집 살림도 흐트러져 있지 않았고 잡곡 한 톨 낟알 하나 땅바닥에 버려진 게 없이 깨끗했다.

"도적도 아니올시다."

어떠한 범인도 떠올리지 못한 채 두 사람은 피로 물든 마을을 샅샅이 살핀 후 아야촌의 모든 사람이 몰살당했다는 것과 누구의 소행인지 도저히 알아낼 도리가 없다는 두 가지 사실을 확실히 깨달았다. 순관은 살벌하고 끔찍한 광경에서 살아 돌아갈 수 있음에 안도의 한숨을 내쉬며 현청으로 내달았다.

정만현 태수 안망은 새로운 백성들이 대거 유입됨에 따라 신태왕이 특별히 보낸 사람으로, 신중한 성품이었다. 혼비백산해 달려온 순관의 보고를 받은 그는 생각에 잠겼다. 신태왕이 등극한 이래 크고 작은 어떤 전쟁도 없었고 심지어는 고구려를 상대로 한 조그마한 시비도 없는 잔잔한 세월이 흐르고 있는 요즈음이었다.

"으음!"

안망은 먼저 선비나 백제 또는 하루가 다르게 일어났다 스러지는 서북방의 어느 나라가 국경을 넘어 침략해왔을 가능성에 대해 생각하다 고개를 가로저었다.

아야촌은 국경 쪽에서는 정만현 한가운데를 지나야만 당도하는 곳이니 자신이 모르는 새 외부의 군사가 정만현을 거쳐 아야촌에 당도했을 리는 없는 것이었다. 그렇다고 해서 거꾸로 국내성이 있는 동쪽에서 외적이 몰려오는 건 더더욱 상상할 수 없는 일이었다.

"이것은 군사가 저지른 일이 아니다. 그렇다면 산적이나 비적이란 말인가?"

그러나 안망은 다시 한 번 고개를 가로저었다. 순관이 아야촌에 약탈의 흔적이 하나도 없었음을 보고한 데다 주변에 비적이든 산적이든 수상한 자들이 떼로 다닌다는 얘기는 한 번도 들어본 적이 없는 터였다.

안망은 복장을 갖춘 후 말에 올라 아야촌을 향했다. 정만현이하루가 다르게 커짐에 따라 신태왕 남무가 특별히 파견한 그는 문무겸전의 우수한 관리였다. 그는 100여 명의 군졸을 이끌고아야촌에 들어서기 전 추상같은 명령을 내렸다.

"나의 지시 없이는 절대로 시체를 건드린다거나 옮긴다거나 해서는 안 되고 어떤 물건에도 손을 대서는 안 된다."

안망은 군졸들이 함부로 행동하지 못하도록 단속한 다음 즐비한 시체들을 살피기 시작했다.

한참이나 시간을 들여 시신을 일일이 다 조사하고 난 그의 낯빛은 무겁기만 했다.

"너무나 무자비한 광경입니다."

태수의 낯빛이 침중한 걸 본 편장이 걱정스레 말을 건넸다.

"무자비하다만 그게 문제가 아니라……."

"……?"

"이것은 전문적인 살수들의 솜씨다. 아야촌 같은 곳에는 찾아올 리가 없는, 아니 찾아올 필요가 없는……."

"어떻게 전문적인 살수들인지 알 수 있습니까? 수하도 시신을 검증하였지만 둔하여 특별한 걸 느끼지는 못하였습니다."

"쉰여섯 명의 마을 사람들은 모두 예리한 검에 의해 베이거나 찔렸다. 즉, 사용된 무기는 활이나 창이나 도가 아니라 오직 검 하나다. 다섯 명이 모이면 다섯 종류의 무기가, 열 명이 모이면 열 종류의 각각 다른 무기가 들리기 마련인데, 이 모든 시신이 다 한 종류의 검, 그것도 세검에 의해 죽임을 당했다는 건 무엇을 말함이냐. 바로 이들이 집단적이고 고도의 전문적인 훈련을 받은 살수라는 게다."

태수 안망의 말은 이어졌다.

"게다가 이 시신에 난 상처를 보아라. 한 치도 되지 않는 작은 것이다. 즉, 검 날의 폭이 지극히 좁다. 이런 세검은 위력이 약하여 보통 사람이 사용하면 수없이 상대를 찌르거나 베어야만 사망에 이르게 할 수 있고, 따라서 상처는 수십 군데 나기 마련이다. 그러나 이 시신들에 난 상처들은 하나뿐, 고작해야 둘인 데다 좁지만 깊다. 또한 칼끝이 목과 심장과 명치에만 집중돼 있다. 살수들이 어떠한 자들인지를 말하고 있는 것이다. 하나도 예외 없이 모든 시체가 다 이렇게 작고 예리한 검에 의해 목숨을 잃었으니 고도로 훈련받은 자들이 아니면 흉내조차 낼 수 없는 솜씨가 아니냐."

"이제 알겠습니다."

"아야촌 사람들은 전혀 저항하지 못했을 것이다. 거의 움직이지 못한 채 죽음을 맞이했고 도망친 사람도 수십 번 달음질이 고작이었다."

"그런데 이들은 왜 이렇게 작은 검만을 사용했을까요? 병기란 크면 클수록 사용하기가 편하거니와 혹 강적을 만나면 이런 세 검으로는 마냥 불리하다는 걸 잘 알 텐데요."

편장은 손을 뻗어 허리에 매여 있는 자신의 금도를 매만졌다.

"두 가지 이유가 있을 것이다. 하나는 이들이 웬만한 상대를 마주쳐도 이 작은 검으로 충분히 해치울 수 있다는 자신감을 갖고 있다는 것이지. 하지만 그보다는 이들이……."

안망은 동네 어귀로 들어오는 작은 길에 눈길을 보내며 말을 이었다.

"정체를 숨기는 걸 더 중요하게 생각했을 것이다. 작은 검이라 소매 속에 넣거나 바지 안에 차면 보이지 않는다. 이걸 보더라도 이들이 비적이 아님은 확실하다."

"어떻게 작은 검을 쓴다 해서 비적이 아니라고 단정할 수 있습니까?"

"비적은 위력을 보이는 걸 으뜸으로 하므로 무기를 숨기지 않는다."

편장은 태수의 현명함에 혀를 내두르며 물었다.

"살수가 모두 몇 명 정도인지도 알 수 있습니까?"

"물론. 같은 검을 써도 사람의 솜씨는 다르기 때문에, 시신에 나는 상처는 비슷한 중에도 자세히 살피면 모양이 다 다르다. 죽은 마을 사람들 중에는 목이 옆으로 그어진 사람도 있고 위에서 밑으로 사선으로 그어진 사람도 있다. 또한 심장만 얕게 찔린 사람들도 있고 명치를 깊이 찔린 사람들노 있다. 흉수들이 좋아하는 노림이 다른 까닭이다. 시신을 다 모아 이런 기준으로 골라보면 흉수의 숫자가 나올 터이다."

편장은 평소에도 태수의 지혜로움을 익히 알고 있었지만 이와 같이 비상한 상태에서 신속하고 또렷하게 사태의 전말은 물론 흉수의 숫자까지 가려내는 혜안에는 다시 한 번 감탄하지 않을 수 없었다.

"알겠습니다."

편장은 군졸들에게 지시해 시신을 한데 모은 다음 태수의 가르침에 따라 상처의 유형을 세세히 조사했다.

"다 같은 세검이지만 자세히 보니 모두 다섯 종류의 각각 다른 수법이 쓰였습니다."

흉수의 숫자가 많지 않을 거라는 짐작은 하고 있었지만 막상 다섯이라는 숫자가 귀에 닿자 안망은 짧은 신음을 냈다.

"음, 다섯……."

"이놈들을 빨리 찾아 도륙을 내야 하겠습니다."

다섯 명밖에 안 되는데 걱정할 게 무어 있느냐는 듯 자신만만한 편장의 목소리와는 반대로 태수 안망의 표정은 더욱 무거워졌다.

"아야촌을 쓸어버리겠다고 온 놈들이 겨우 다섯이라……."

"그런데 이놈들은 도대체 무엇 때문에 아야촌 사람들을 완전히 몰살시켰을까요? 약탈한 흔적이 전혀 없는 걸로 보아서는 달리 무슨 이유가 있다는 것인데……."

진작부터 태수 안망의 머리를 무겁게 만들고 있는 것이 바로 이 문제였다. 도대체 아무런 볼 게 없는 이 산중 마을에 정체를 알 수 없는 무서운 솜씨의 살수들이 나타나 마을 사람들을 몰살시킨 이유란 도무지 짐작조차 할 수 없는 것이었다.

태수로부터 대답이 없자 편장은 잠시 생각하다 스스로에게 확신을 주려는 듯 고개를 주억거리며 입을 열었다.

"태수님, 이것은 원한 문제입니다."

"……."

"아야촌 사람들과 어디 다른 지역 사람들이 무슨 일인가로 서로 크게 다투었고 결국은 돌이킬 수 없을 정도로 악이 받친 것입니다. 그래서 그 지역 사람들이 작심하고 여기 와서 마을 사람들을 몰살시키지 않았을까요?"

약탈한 게 없으니 편장의 말이 전혀 틀린 것만은 아닐 수도 있었지만 태수는 고개를 가로저었다. 이 정도 솜씨를 가진 살수란 마을 열 개를 합쳐도 한 사람이나 나올까 말까 한 까닭이었다. 태수가 전혀 인정하지 않는 기색을 보이자 편장은 뭐가 문제인지 금세 깨닫고 내쳐 말했다.

"하긴 어느 마을이라도 이렇게 솜씨 있는 살수를 하나라도 제대로 가지고 있진 못하겠지요. 그렇다면 은자를 주고 여기저기서 살수들을 사왔을 가능성이 있지 않겠습니까?"

"살수들은 한곳에서 훈련된 자들이다."

"그런 기분이 들긴 합니다만……."

"아야촌 사람들의 몰살에는 마을 간 대립이나 감정싸움 같은 것과는 아예 뿌리부터 다른 비상한 이유가 있어 보인다."

안망은 목민관이었다. 보통의 태수라면 보잘것없는 산촌의 일쯤으로 여기고 직접 나와보지도 않았거나 대충 형식적으로 살피고 돌아갔을 테지만 그는 현장을 떠나지 않은 채 보이거나 생각나는 모든 걸 하나하나 꼼꼼히 사건과 연결하려 들었다. 온 마을에 진동하는 피비린내 속에서 코 한 번 막지 않고 오히려 피냄새를 맡아가며 생각을 거듭하던 안망은 무엇엔가 생각이 미친 듯태수의 일거수일투족을 구경만 하고 있는 군졸들을 향해 외쳤다.

"여기 내가 어디에 있느냐?"

군졸들 서넛이 동시에 대답했다.

"저 밑에 깨끗한 내가 있어 맑은 물이 항시 찰찰 넘칩니다."

"앞서라."

군졸들을 뒤따라 내에 이른 안망은 수십 명 군졸들에게 명령했다.

"살수들은 정체를 숨기기 위해 작은 검을 몸 안에 숨기고 다니는 자들이다. 도살장 같은 이 현장으로 미루어 놈들의 옷과 몸에는 반드시 피가 튀었을 것이고 이들은 필사적으로 핏자국을 없애려 했을 것이다. 그러니 너희들은 이 물길 전체를 샅샅이 살펴

라. 옷은 말할 것도 없고 작은 헝겊 조각 하나라도 흘린 게 있을
지 모르니 티끌이라도 가볍게 여기지 말고 내게로 가져와야 한
다!"

　마을 사람들을 몰살시키면서도 아무런 흔적조차 남기지 않은
살수들과 끈기 있게 티끌 하나라도 찾아내려는 태수와의 숨바
꼭질은 내에 이르기까지 치열하게 펼쳐졌고, 드디어 태수의 짐작
대로 군졸 하나가 내 옆의 숲속에서 머리띠를 하나 찾아내고야
말았다. 피가 두껍게 엉겨 있는 걸로 보아 작은 상처에서 나온
게 아님은 분명했다.

　정만현 현청으로 돌아온 안망은 실 잣는 자들을 불러 띠를 내
주었다.

　"너희들은 이 천을 잘 살펴라. 이게 우리 지역 천이냐?"

　"아닌 것 같습니다."

　한 사람이 나머지 사람들의 동의를 구하는 표정을 지으며 대
답했다.

　"부근 어느 지역에서 이런 천을 짓는지 알겠느냐?"

　서로 마주 보고 이런저런 얘기를 하며 잠시 소란해졌던 실장
이들은 고개를 가로저으며 대답했다.

　"이 부근에서는 이런 천을 만들지 않습니다."

　"어디서 만들었는지는 모르겠느냐?"

　"그것은 알 수 없지만…… 어쩌면 고구려의 것이 아닐 수 있습

니다."

"우리 것이 아니다?"

"저희는 여기 정만현에 오기 전 모두 여기저기 흩어져 살았습니다. 저는 국내성에 산 적도 있었고, 이 사람은 살수 부근에 살았고, 저 사람은 더 남쪽으로 아예 미추홀에 살았습니다. 그런데 우리 살던 어디에서도 이렇게 실을 듬성하니 잣지는 않습니다."

"너희들 천이 더 촘촘하다는 뜻이냐?"

"그렇습니다. 이 천은 어딘지 아낙이 차분하게 지었다는 느낌이 나지 않습니다."

"남자가 자았다는 것이냐?"

"그게 아니라, 우리네 여자들처럼 손이 맵지가 않고 거친 여자들이 실을 마구 자았다는 느낌이 납니다."

"이 천을 보고 어느 나라, 혹은 어느 부족의 것인지 말할 수 있겠느냐?"

실장이들은 다시 설왕설래하다 다들 고개를 가로저었다.

"저희가 견문이 그리 넓지 못해 그것은 알아볼 수 없습니다."

"알겠다. 너희들은 저 천을 잘라 한 조각씩 가지고 가 어떤 지역 사람들이 저렇게 천을 짓는지 알아보거라. 여기 정만현에는 각지에서 온 사람들이 섞여 살고 있으니 맞는 천이 나올 것이다. 서둘러야 하며 응분의 보상이 있을 것이다."

안망의 지시에 실장이들은 천을 갈라 가지고 돌아갔다.

큰 활을 진 아이

아야촌의 참사는 정만현에 널리 퍼졌다. 태수의 일처리는 빈틈이 없었지만 당장 살수들의 정체가 드러나지 않고 있었기 때문에 백성들의 불안은 가라앉지 않았다.

사건이 일어난 지 달포가 지난 어느 날 약간의 망설임이 밴 걸음으로 현청에 찾아온 사람이 있었다.

"저는 모피장수인데 아야촌 사건으로 태수님을 뵙고자 합니다."

이내 태수 앞으로 안내된 모피장수는 더듬거리며 얘기를 시작했다.

"저는 저잣거리에서 모피를 파는 미천한 놈으로 산에 다니는 사람들로부터 모피를 공급받습니다. 예전에는 저도 산엘 다녔지만 멧돼지를 쫓다 절벽에서 떨어져 다리를 못쓰게 된 후로는 장삿길로 나섰습니다."

모피장수는 태수가 자신의 입만을 바라보고 있는 걸 느끼자 신이 나는지 장황하게 얘기를 끌었다.

"제게는 좋은 모피를 갖다주는 놈이 대여섯 됩니다. 모두 짐승 냄새를 잘 맡고 걸음이 날랜 놈들이죠. 이놈들은 모피만 얻으면 바로 제게로 달려오곤 합니다. 제가 워낙 정직하게 값을 쳐주니까 다른 데로는 절대 안 갑니다."

편장이 장사꾼의 수다를 제지하려 하자 안망이 고갯짓으로 만류했다. 이에 모피장수는 눈치가 들었는지 돌연 긴장된 목소리를 내밀었다.

"그런데 그중 세 놈이 안 오는 겁니다. 셋 다 내터 놈이거든요. 곰 가죽을 어제 갖다주겠다고 했는데 오지 않았습니다. 살 사람이 국내성 사람이고 오늘 아침 떠난다는 걸 잘 알고 있어 안 올 리가 없는데 말입니다. 어제는 미친 듯이 화가 났습니다만 좀 전에는 덜컥 죽은 게 아닌가 하는 생각이 들었습니다. 아야촌처럼 말이에요. 이제껏 한 번도 빈말을 한 적이 없는 놈들이거든요."

내터는 아야촌과 같이 산속에 있는 작은 마을로, 내가 거기서 시작된다고 해서 내터라는 이름이 붙은 곳이었다.

"처음부터 곰 가죽이 없었거나 다른 데 팔아버려 못 오는 건 아니더냐?"

편장의 물음에 모피장수는 펄쩍 뛰었다.

"그런 놈들이 아닙니다. 죽으면 죽었지 약속은 지키는 놈들이거든요."

모피장수의 표현은 묘한 데가 있었다. 그 말을 뒤집어보면 약속을 안 지켰다면 그건 죽은 것이란 얘기였다.

"아야촌 생각이 났다고 하지만 아야촌과 내터는 방향도 다르고 너무 떨어져 있지 않으냐?"

"그렇긴 하지만…… 분명 이놈들한테 무슨 일이 있어도 있습니다. 죽기 전에는 반드시 올 놈들이거든요."

다시 한 번 모피장수가 자신감을 내보이자 안망은 고개를 들어 하늘의 해를 재보았다. 아마도 내터까지 도달하는 데 걸리는 시간을 짐작하려 함이라 생각한 편장이 생각을 내었다.

"먼저 말 잘 달리는 군졸 하나를 보내볼까요?"

많은 사람을 데리고 가기에는 시간이 애매하다는 생각을 하던 안망은 편장의 말에 고개를 끄덕였다.

밤이 깊어서도 내터로 달려간 군졸 마발은 돌아오지 않았다. 내터까지가 결코 가까운 길은 아니었고 돌아오는 길 또한 해가 져 어둠 속에서 말을 달려야 할 터이지만, 워낙 말을 잘 타는 마발인지라 현청에서 기다리는 사람들은 불길한 생각을 하지 않을 수 없었다. 밤이 지나고 새벽이 되어서도 마발이 돌아오지 않자 안망은 침소를 나와 현청 마당에 섰다.

편장 역시 제 방에서 태수의 동정에 귀를 세우다 따라나왔다.

"내가 갈 걸 그랬구나. 아무래도 무슨 일이 있다. 그런데 내터에는 얼마나 되는 백성이 사느냐?"

"아마 60여 명 사는 걸로 알고 있습니다."

"오늘도 실장이들로부터는 연락이 없는가?"

"매일 확인하는데 딱 맞는 천을 아직 못 찾았다고 합니다."

"그렇다면…… 살수들은 아주 멀리서 온 자들이란 뜻인가?"

두 사람이 심란해하던 중 현청의 대문이 급히 열리는 소리에 이어 수졸이 황급히 달려왔다.

"내터에 갔던 마발이 돌아왔습니다!"

"왜 이렇게 늦었다더냐?"

"온몸이 피투성이에다 입이 다 말라붙어 말을 못하고 있습니다."

두 사람이 달려나가자 마발은 바닥에 구르며 마른 핏덩이에 덮여 아래위로 붙어버린 입을 떼어내려 버둥거리고 있었다.

"아니, 무슨 일이 있었더냐? 어떤 놈들이 이렇게 한 것이냐?"

이미 가망이 없는 걸 한눈에 알아차린 편장이 땅에 구르는 마발의 몸을 붙잡고 외치자 마발은 입을 열려 했으나 머리와 얼굴의 상처에서 흘러내린 핏덩어리가 두껍게 말라붙어 입을 전혀 벌리지 못했다.

"얼른 물을 가져와라. 입을 씻어야겠다."

핏덩어리를 떼어내려던 편장이 수졸들에게 외쳤지만 마발은 이제 마지막 순간임을 직감하는지 손을 뻗어 허공에 길게 금을 그었다.

"뭐냐? 뭘 그리려는 거냐?"

마발은 필생의 힘을 모아 허공에 선을 몇 번 긋다 그만 힘이 다했는지 몸을 부르르 떨고는 숨을 잃고 말았다.

"눈을 떠라, 이놈아!"

편장이 목덜미를 받친 채 몇 번이나 거세게 흔들었음에도 한 번 감긴 마발의 눈은 다시 떠지지 않았다.

"혼자 보내서는 안 될 걸 그랬나 봅니다."

편장은 마발의 죽음이 자신의 책임인 양 고개를 숙였으나 태수는 어느새 마발의 옆에 드러누워 그가 조금 전에 손을 움직이던 그대로 따라하고 있었다. 손은 먼저 허공을 오른쪽으로 한 번 긋고 금이 끝나는 곳에서 밑으로 짧게 그어진 다음 다시 처음 금 밑에서 그만큼의 간격을 두고 위엣 금과 나란히 그어져 오른 끝에서 세로금과 붙었다.

마발의 시체 옆에 드러누워 한참이나 허공에 금을 긋던 안망은 이윽고 일어나 고개를 가로저었다.

"음, 이것만으로는 도대체 무엇을 말하려 했는지 알 수가 없구나. 서둘러 출발하자. 모든 결정적 판단은 현장에서 해야 한다."

편장은 즉각 군사들을 깨워 건식을 먹이며 길을 재촉해 해가 중천에 떴을 무렵에는 200여 군사가 내터 입구에 들어서게 되었다.

"먼저 마을을 철저히 봉쇄하라. 누구도 마을 밖으로 내보내선 안 된다."

편장은 군사를 지휘해 마을을 둘러싼 후 태수의 앞을 가로막으며 발걸음을 옮겼다. 마을은 산촌치고는 손길이 많이 가 아담하게 다듬어져 있었지만 동네 어귀에서부터 피비린내가 진동했다.

"이 짙은 피비린내는…… 또다시 몰살이란 말인가!"

가느다란 탄식이 안망의 입가에서 새어나왔다.

"뒤를 따르라!"

편장은 군사들을 거느리고 앞으로 달려나갔다. 그러나 온 마을에 즐비한 시체 외에는 살아 움직이는 거라곤 아무것도 찾을 수 없었다.

"아아, 어제 들이닥쳤으면 놈들을 잡을 수 있었는데……."

편장은 철저히 수색했어도 살수는커녕 그들이 남긴 흔적조차 발견하지 못하자 분을 끓였다. 안망은 지난번 아야촌 때와 마찬가지로 마을 사람들의 시체를 한 구 한 구 살폈다. 역시 아야촌에서 보았던 그 세검에 의한 상처가 그대로 보이는 게 동일한 살수들에 의해 저질러진 도살이었다.

시체를 꼼꼼히 살피고 난 후 고개를 들어 마을의 생긴 모양을 물끄러미 바라보고 있던 안망은 말을 끌고 마을 어귀로 되돌아나갔다. 그는 말을 마을 어귀 커다란 나무에 매어놓고는 주변을 살피며 천천히 걸어들어왔다.

태수가 걸어 마을 어귀로 나갔다는 보고를 받은 편장이 급히 달려와 주변을 살피며 물었다.

"태수님, 늘 호위군사를 거느리셔야 합니다. 그런데 여기서 무엇을 하십니까?"

"마발도 역시 마을 어귀에서 피비린내를 맡았을 테니 말을 숨기고 이 길 밑으로 은밀히 숨어들었을 것이다. 마발이 무언가를 보았던 지점을 찾아보자."

태수를 따라 편장과 몇몇 군졸이 길 밑으로 내려가 고개만 내민 채 마을의 동정을 살피며 때로는 경사를 내려가기도 하고 때로는 올라오기도 하면서 차츰 동네로 진입했다.

"태수님, 여기가 아닐까요? 바닥을 다진 흔적이 있습니다."

조심스레 바닥을 살피며 앞서가던 편장이 경사면의 흙을 발로 다진 자국을 발견하고는 손짓으로 가리켰다. 과연 거기에는 사람이 미끄러지지 않고 머물 수 있도록 발로 흙을 다져 얼마만큼 바닥이 편평하게 되어 있었다. 편장은 그 자리에 발을 딛고 몸을 경사면에 붙인 채 시야를 확보했다.

"태수님, 눈앞이 바로 무터입니다."

"무터?"

편장이 몸을 비켜 자리를 내주자 안망은 마발이 했을 그대로 눈만 내놓고 앞을 살폈다. 과연 솟대가 걸린 무터가 불과 열 걸음도 안 되는 앞에서 눈에 한가득 들어왔고 코앞에는 봉두난발을 하고 피가 엉긴 채 죽어 나동그라져 있는 무당과 비교적 깨끗한 모습으로 가슴을 찔린 채 죽어 있는 한 소년의 시체가 있었다.

"가만, 아야촌에도 무당의 집이 있잖았느냐?"

"있었습니다."

"거긴 불과 50여 명, 여기도 겨우 60여 명이 사는 곳이다. 그런데도 특이하게 두 마을에 다 무당이 있다."

"말씀 듣고 보니 퍽 이상합니다. 대개 몇백 명 이상이 사는 큰 마을에만 있는 무당이 왜 아야촌이나 내터같이 쥐꼬리만 한 마을에 있을까요?"

"음."

편장이 땅바닥을 이리저리 살피고 말했다.

"마발의 발자국은 여기서 끊겼습니다. 더 나아가지 않았으니 아마도 그는 여기서 볼 걸 다 본 모양입니다."

편장은 몸을 일으켜 길로 나온 다음 군사들에게 명했다.

"집 안에 있는 건 모두 밖으로 꺼내고 땅바닥까지 다 파헤쳐라!"

그러나 군사들이 벌떼처럼 달려들어 물건을 들어내고 땅바닥을 쑤셔댔음에도 나오는 게 없었다.

"소년은 이 활로 살수들을 상대하려 했던 걸까?"

무당과 그 옆에 쓰러져 있는 소년을 한참 바라보고 섰던 안망이 바닥에서 활을 집어들며 찬찬히 살폈다.

"밑동을 바깥으로 둥글게 만 것이 아야촌의 활과 모양이 같구나. 무당도 활도 같은 걸 보면 두 마을이 원래 한뿌리였다는 건데…… 참살의 이유가 먼 과거의 어떤 일에 있다는 이야긴가……."

편장의 눈길이 태수의 손에 들린 활을 거쳐 소년의 어깨에 메여 있는 이상할 정도로 큰 전통에서 멎었다. 그는 재빨리 소년의 어깨에서 전통을 풀어 이리저리 살폈다.

"태수님, 화살이 모두 석 대가 남아 있는 것에 비해서는 전통이 지나치게 큽니다. 이 전통은 화살이 100대까지도 들어갈 것 같은데요. 이런 걸 마을에서 메고 있을 리는 없지 않겠습니까?"

"음…… 마을에 쏘아진 화살이 있었더냐?"

"없었습니다."

안망은 혼잣말처럼 중얼거렸다.

"놈들은 왜 이 아이를 기다렸단 말인가……."

편장은 안망이 혼자 하는 말을 알아들을 수가 없어 멀뚱거리며 쳐다보기만 했다.

"무슨 말씀이신지……?"

"두 시신을 잘 비교해보아라. 엉겨붙은 피의 끈적거림이 다르지 않으냐."

편장은 얼른 손을 뻗어 손가락으로 피를 찍어보았다. 과연 무당의 피는 이미 완전히 딱딱하게 굳어 있는 데 반해 소년의 피에는 아직 약간의 끈적거림이 있었다.

"정말 죽은 시간이 차이가 많이 나는 것 같습니다."

"다른 시신도 모두 확인해보아라. 아직 끈적한 게 있는지."

"알겠습니다."

부하 몇과 마을을 돌고 온 편장은 손가락으로 소년의 시신을 가리켰다.

"이 아이의 피만 아직 끈적거립니다."

"그래. 그럼 이틀 차이의 의문은 해소가 되었다. 도살이 일어날 당시 이 아이는 마을에 없었고 놈들은 이틀간 오직 이 아이를 기다린 것이다. 그런데 도대체 왜 그랬단 말인가!"

"태수님, 우둔한 저는 태수님이 무슨 생각을 하시는지 전혀 따라갈 수가 없습니다. 죄송하지만 설명을 좀 해주십시오."

"생각해보아라. 사냥꾼들이 모피장수에게 나타나지 않고 하루가 지나서야 모피장수가 찾아오지 않았느냐? 그래서 마발을 이 마을로 보낸 것인데 마발은 놈들과 마주쳐 결국 죽었다. 그렇다면 놈들은 마을 사람들을 몰살시킨 후 이틀을 이 마을에 머물러 있었다는 얘기다. 그 이틀간의 차이가 이상하던 참이었는데, 이 아이의 죽은 시점이 그 의문을 풀어준단 말이다. 놈들은 무당을 포함한 모든 마을 사람을 몰살시킨 후 떠나지 않고 이틀이나 이 아이가 돌아오기를 기다린 것이다. 이 아이는 마을에 있지 않고 활을 가지고 어딘가 멀리 갔다 왔는데 이 큰 전통이 그걸 설명한다."

"아!"

"살수들이 이 아이를 기다린 이유를 알아야 하는데, 둘 중 하나다."

"……?"

"이 아이가 가지고 있던 걸 빼앗는 게 목적이었거나 이 아이까지 죽이는 게 목적이었다. 어쩌면 둘 다일 수도 있다."

"놈들은 이 아이가 돌아온다는 걸 어떻게 알았을까요?"

"무당이 알려주었다."

안망은 칼집으로 무당의 상처를 가리켰다. 칼로 베거나 찌른 상처가 아닌 검게 짓무른 상처가 여러 군데 있었다.

"불에 달군 쇠꼬챙이로 지졌군요. 그런데 겉으로 보아서는 평범한 동네 아이 같은데 굳이 이 아이를 기다렸다 죽일 필요가 있었을까요? 그보다는 애가 가지고 있던 무언가를 빼앗으려 했던 것 같은데요."

"그건 속단하기 어렵다. 아야촌도 여기도 마을 사람들이 모두 몰살당했으니까. 물건을 빼앗는 게 목적이라면 살아 있는 사람이 있기 마련이다. 그러나 마을의 사람이 남녀노소 할 것 없이 모조리 죽었다면 이것은 사람을 몰살시키는 것 또한 중요한 목적이라 볼 수도 있다."

"태수님, 도대체 이놈들을 어떻게 잡을 수 있습니까? 아야촌에 이어 내터까지 마을 사람들을 몰살시킨 걸 보면 정말 잔악한 놈들인 데다 또 다음 희생이 있을 수도 있지 않겠습니까? 그렇다고 정만현 내의 수십 개 마을에 항상 군사를 주둔시킬 수도 없고."

"추측하기 까다롭긴 하나 두 마을이 닮았다는 점에서 약간의 실마리가 나오긴 했다. 두 마을의 내력에 죽음을 부르는 어떤 이유가 있을 것이다. 일단 돌아가자."

풍장

"그들은 서맥족입니다!"

내터에서 가지고 온 활과 화살을 들고 정만현을 온통 돌아다닌 편장은 아야촌과 내터의 사정을 잘 아는 한 사내를 데리고

왔다.

"활의 밑동을 이렇게 밖으로 마무르는 건 맥족 중에서도 오직 서맥족만이 해오는 전통입니다."

고구려를 이루는 여러 부족 중에는 특히 맥족과 예족이 활을 잘 다뤘다. 맥족의 활은 크고 힘을 많이 들여 쏘는 활이라 이를 특히 맥궁이라 하고, 맥궁을 자유자재로 다루면 이미 최고의 궁수로 인정을 받았다. 예족의 활은 이에 반해 작지만 화살이 나가는 탄력이 좋고 크기에 비해 멀리 날아가 맥궁과는 또 다른 활의 한 전통을 이루고 있었는데, 맥족의 한 갈래가 바로 서맥족이었다.

"그대도 서맥족인가?"

"뿌리가 같긴 하지만…… 두 마을과는 좀 거리가 있습니다. 본시 서맥족은 다른 부족과 핏줄을 섞지 않았습니다. 혼인도 같은 씨족끼리만 했습죠. 그런데 동명태왕께서 고구려를 세우시자 서맥족은 고구려 백성이 되었고, 그때부터는 과거의 닫힌 습속에서 벗어나 다른 부족들과 섞였습니다. 그러니 이제는 순수한 서맥족이 거의 없습니다. 그 두 마을만 빼고 말입니다."

"음, 혹시 참살이 무당과 연관되어 있을 거란 생각을 해본 적은 없는가? 두 마을이 모두 작은 데 반해 무당이 꼭 있었다."

"원래의 서맥족은 대여섯 가구만 살아도 그중 한 가구는 무당이었습니다. 무당이 촌장이나 다름없는데 두 마을은 예전 그대로 살았으니 촌장 대신 무당이 있는 겁니다."

"흉수들이 마을에서 뭔가를 빼앗아간 것 같은데 그게 무언지 짐작이 가지 않느냐? 무터에 보관하는 귀중품이나 마을의 공동 재산 같은 게 없을까?"

"그건 저는 잘 모르는 일입니다. 저희는 뿌리만 서맥족이지, 이제는 그냥 고구려 백성입죠."

"그러면 말이다. 한 소년이 마을 사람과 떨어져 화살이 100대는 들어감 직한 큰 전통을 메고 어디론가 갔다 돌아와 무터에서 죽임을 당했다. 그런데 흉수들은 이틀간이나 이 소년이 돌아오기를 기다린 것 같단 말이다. 이 소년을 죽이려는 게 목적이었는지 아니면 소년이 가진 걸 빼앗으려는 게 목적이었는지는 알 수 없다. 그대는 혹시 짐작 가는 게 있는가?"

서맥족 사내는 잠시 눈을 껌벅거리다 말했다.

"흉수들이 빼앗아갈 정도로 귀중한 물건을 아이가 가지고 있었을 리는 없습니다. 만약 아이가 들판에 사냥을 나갔다 희귀한 짐승을 잡았다 하더라도 마을 사람들을 몰살시킨 흉수들의 마음에 찼을 리는 만무합니다."

"물론 사냥감 따위는 아니다. 아이가 무얼 잡을지 알고 기다리겠느냐?"

"죄송스럽지만 저는 그렇게 복잡한 일에 대해서는 아예 머리가 안 돌아갑니다."

서맥족 사내가 별 도움이 되는 대답을 하지 못하고 돌아가려는 순간 안망은 무엇엔가 생각이 미쳤는지 그를 다시 불러세웠다.

"그 아이 말이다. 아이는 왜 혼자서 그렇게 많은 화살을 가지고 마을을 떠났는지 모르느냐? 그것이 무당이 시켜 행한 미신 같은 게 아니냐?"

사내는 한참 생각하다 고개를 약간 갸웃거리며 대답했다.

"화살을 그리 많이 가지고 혼자 마을을 떠나 있었던 걸 보면 그 아이는 혹 식구가 죽어 장을 나갔던 게 아닐까요?"

"장을 나가? 그게 무슨 말이냐?"

"옛날의 서맥족은 사람이 죽으면 묻지 않고 나무 위에 걸쳐두거나 바위에 눕혀두거나 했답니다. 땅에 묻어 썩히는 것보다는 더 온전하게 왔던 곳으로 되돌아간다고 생각한 까닭입니다. 풍장(風葬)이라고 하는데, 이제는 그런 풍습이 없어졌지만 아마 케케묵은 그 두 마을에서는 아직도 그렇게 했을지 모릅니다."

"그 풍장이 소년이 활을 들고 나간 사실과 어떤 관계가 있느냐?"

"시체를 내다버리긴 하지만 어제까지도 같이 지내던 가족이라 활을 들고 나가 부모의 시체를 지킨다는 얘기를 들었던 것 같습니다."

"음, 그 아이는 그럼 짐승이 부모의 시체를 훼하는 게 가슴 아파 활을 들고 나가 지켰다는 말이냐? 그래서 그리 큰 전통을 멨던 건가."

"아마 그런 것 같습니다."

"그 아이가 풍장을 나갔다 돌아와 살해당했다면, 문제는 왜 풍장에 나간 아이를 기다렸다 죽였느냐는 것이다. 마을 사람들을 몰살시키라는 명령을 받고 온 자들이라 그걸 충실히 지켰다 볼 수도 있지만, 혹 아이가 풍장에 갈 때 무당에게 들러 소중한 무언가를 받아 가지고 갔고 그걸 빼앗기 위해 기다렸던 걸로 생각할 수도 있지 않겠느냐?"

"말씀드렸다시피 제가 서맥족이긴 해도 이제는 그 두 마을 말고는 풍장을 안 지내니 알 수 없습니다. 지금 드린 모든 말씀도 할머니께 들은 것일 뿐 저는 풍장을 본 적이 없습니다."

"알았다. 수고했다."

사내가 돌아가고 나자 편장은 실망스러운 표정으로 입맛을 다셨다.

"원 참, 아야촌이니 내터니 크게 떠들어서 도움이 될 줄 알고 데려왔는데 도대체 하나도 쓸모가 없는 놈입니다."

"아니, 그게 아니다. 아주 큰 도움이 되었다."

"네? 저자는 태수님이 기대를 품고 묻는 말에 하나도 대답을 못하지 않았습니까?"

"어차피 저자가 설명할 일이 아니다."

"그런데 이 사건은 정말 헷갈립니다. 이렇게 보면 놈들이 몰살시키려 아이를 기다린 것 같고 저렇게 보면 뭔가를 빼앗기 위해 기다린 것 같기도 하니 말입니다."

"이 일 자체가 워낙 괴이하다. 아무것도 없는 빈한한 마을에 일급 살수들이 나타난 것부터가 이상하지 않으냐."

"그렇긴 합니다만……."

"놈들이 소년으로부터 무언가를 빼앗으려 기다린 건 확실하다."

"네? 어떻게 그걸 확신하시는지요?"

편장의 시선이 안망의 입가에 꽂혔다.

"마발이 그었던 금을 생각해보아라."

"마발의 금이요?"

"그가 그린 금을 더 좇아가면 완성되는 글씨가 있다."

"……?"

안망은 손을 들어 허공에 마발이 그린 금을 좇아 금을 그었다. 그런 다음 금을 아래로 한 번 짧게 내린 후 다시 오른쪽으로 죽 그었다가 마지막을 둥글게 구부렸다.

"아!"

편장은 서둘러 칼집으로 방금 안망이 만들었던 글씨를 땅바닥에 써보았다.

"바로 활 궁(弓)이군요."

"이 밖에 마발이 그은 금으로는 수많은 글자를 만들 수 있지만 모두 상황과 맞지 않는다."

"활 궁 외자일까요?"

"그러하다. 활 궁 뒤로 어떤 글자를 붙여도 뺏고 빼앗기는 물건이 되지는 않는 데다, 그것보다도 글도 짧은 마발이 죽기 전에 복잡한 글자를 쓰려 했을 리도 없고 보면 활 궁 외자다!"

　　　　　　　　　　　　　　　　　글자전쟁

"마지막 순간에 쓰려 했던 글씨가 활 궁이라니, 그는 무엇을 얘기하려 했던 걸까요? 설마 자신이 활에 맞았다는 뜻은 아닐 테고요."

"마발은 무터 앞의 길 밑에 몸을 숨기고 살수들이 목적한 무언가를 손에 넣는 걸 보았고 그 무언가가 바로 죽기 전 쓰려던 글씨다. 즉, 살수들이 무언가를 빼앗지 않고 아이만 죽이는 게 목적이었다면 마발은 활 궁 자를 쓸 필요가 없었을 것이란 얘기다."

"아, 그렇군요. 그렇다면 흉수들이 강탈한 게 활이라는 말씀입니까?"

"그렇게 금을 그어서 얻을 수 있는 글씨는 활 궁뿐이니……."

"활이라니!"

편장은 몇 번이나 입속으로 활을 뇌어보았지만 도대체 한 마을 사람들을 깡그리 죽이고 강탈해간 게 활이라는 사실을 이해할 수 없었다.

"세상에 둘도 없는 보궁이거나 나라의 존망을 뒤흔드는 깊은 비밀이 있는 활이라야 그들이 마을 사람들을 모조리 죽이고 가져갔다는 사실과 맞아떨어질 것 같은데, 아야촌이나 내터나 빈한하기 짝이 없는데 그런 활이 있을 리가 없지 않습니까?"

"있을 리가 없지."

"그렇다고 살수들이 가져간 게 전혀 특별하지 않은 보통의 활일 리도 없는 것 아닙니까?"

"그렇다."

"게다가 아이가 가지고 갔던 활은 그냥 있지 않습니까?"

"그도 그렇다."

"아아, 저는 아무리 생각해도 모르겠습니다. 살수들이 아이를 이틀이나 기다려 가져간 게 활인데, 아이의 활은 무터에 그냥 있으니…… 마발, 이 빌어먹을 놈은 죽기 전에 도대체 왜 활 궁 자를 써놓고…… 저는 헛갈려서 뭐가 뭔지 도통 모르겠습니다."

"활이되 활이 아닌 것인데……."

편장은 안망의 말을 이해하려 애썼으나 도저히 알아들을 수 없다는 표정으로 안망의 앞에서 물러났다. 그러나 혼란스럽기는 안망 역시 마찬가지였다. 살수들이 이틀이나 아이를 기다려 무엇인가를 빼앗아갔음도 분명한 귀결이고, 마발이 쓰려 한 글자도 활 궁밖에는 있을 수 없는데, 흉수들이 활이나 빼앗자고 기다렸을 리도 없고 활도 소년의 곁에 그대로 있는 걸 보면 두 분명한 사실은 결코 하나로 엮어지지 않았다.

두 마을의 사건 후 한참의 시간이 지났지만 다시 참살이 일어나지는 않았다. 정만현의 사람들은 언제 그런 일이 있었냐는 듯 빠르게 기억을 지워버렸지만 한 사람만은 이 알 수 없는 일을 그대로 놓아보내지 않았다. 아니 오히려 그는 하루하루 더 사건에 집착하며 사람이 생각할 수 있는 모든 각도에서 이 사건을 생각했다 풀어버리고 생각했다 풀어버리곤 했다.

그는 정만현의 태수로서 자신이 이 사건을 제대로 이해하지 못한다면 사건이 더 이상 일어나지 않는다고 해서 안심할 수는 없다고 생각했다.

그는 기본적으로 이 사건이 살인사건이면서도 재물이나 원한 혹은 권력다툼 같은 통상적 이유 때문에 일어난 사건이 아니라고 확신했다. 직접 살인 행위에 동원된 살수들의 솜씨를 봐도 배후 인물이 웬만한 권력을 가진 사람 정도가 아니란 건 알 수 있지만, 도대체 의심할 상대도 없고 무엇보다 사건 자체가 괴이했다.

몇 달을 두고 고심에 고심을 거듭하던 안망은 어느 날 새벽 목욕재계 후 먹을 갈고 붓을 들어 장계를 썼다.

빼앗아갈 것이 전혀 없는 빈한한 서맥족 마을 아야촌에 다섯 명의 무서운 살수가 나타나 마을 사람 쉰여섯 명 전원을 몰살시켰나이다. 이어 그들은 같은 서맥족 마을 내터에서 예순일곱 명 전원을 죽였고, 활을 메고 풍장에 나간 소년을 이틀이나 기다렸다 그 소년 또한 죽이고 무언가를 빼앗아갔나이다.

군졸 마발은 이 장면을 목격하고 돌아와 세 개의 금을 긋고 죽었는데, 그것이 글씨라면 활 궁 말고는 달리 생각할 게 없을 것으로 생각되옵니다. 그러나 소년이 메고 있던 활은 그냥 있으니 가져간 게 아니었사옵니다. 확실하다고 유추하는 사실들이 서로 어긋나고 충돌하여 소관의 어리석은 머리로는 도저히 해결할 길이 없어

사직하는 길밖에는 달리 방법이 없다고 생각되옵니다.

부디 태왕 폐하께옵서 본관의 사직을 허하여주시옵기 바라옵나이다.

───────────────────────

여기까지 읽어내려간 태민은 고개를 갸웃거렸다. 소설은 고구려 신대태왕이 죽고 난 시점부터 시작하여 그 후대 왕인 고국천왕 때 일어난 의문의 살인사건을 소재로 하고 있었다. 하지만 이것은 생각과는 너무나 딴판이었다. 소설의 주제, 소재 및 전개는 중국의 치명적 약점이라는 킬리만자로의 말과는 거리가 상당히 있어 보였다.

'이 소설은 도대체 무얼 얘기하고 있단 말인가!'

원고지 백수십 매 분량을 읽어내려갔어도 고구려 시대의 살인사건 얘기밖에 나오지 않는 소설에 무슨 중국의 치명적 약점이 담겨 있는지 도무지 알 수가 없었다. 속았다는 생각까지는 아직 이르다 하더라도 뭔가 한참 번지수가 다르다는 생각에 적이 실망스러워진 태민은 노트북을 닫고 크게 손해 본 느낌으로 카페를 나섰다.

찬스를 잡다

공안이 찾아오고 나서 호텔을 옮기려던 태민은 유에스비를 열어보고 나선 생각이 바뀌었다. 전혀 위험할 것도 무엇도 없는 소설이라 구태여 그럴 필요까지 있겠느냐는 생각이 들어 태민은 편하게 잠을 이룬 후 아침이 되자 평소처럼 일어나 해장국집으로 갔다.

"여, 망자 양반. 이리 좀 와봅세."

금요일은 북한 사람들이 가장 많은 날이라 이들이 몰려 있는 테이블은 떠들썩했다. 외교관들도 있고 외화벌이 일꾼들도 있는 가운데 가장 낯이 익은 중앙통신 특파원들 중 하나가 〈조선일보〉를 들고 있다 마침 잘 만났다는 듯 태민이 의자에 앉기가 무섭게 신문을 내밀었다.

신문 머리기사에는 바닷속에서 미사일이 날아오르는 사진과 함께 북한의 잠수함이 위용을 자랑하며 찍혀 있었다.

"어떻소?"

태민의 눈이 사진에 이어 기사의 제목으로 옮아갔다.

또 다른 기자 하나가 성급하게 태민의 반응을 재촉했다.

"놀랍지 않소?"

순간 무언가가 태민의 머리를 쾅 내리쳤다. 갑자기 태민은 날아오를 것만 같은 쾌감을 느끼며 소리치듯 답했다.

"위대하군요!"

"이제 전쟁은 끝이오. 우리 잠수함들이 인천 앞바다든 부산 앞바다든 해저 깊은 곳에서 핵탄두를 남조선 어디에도 날릴 수 있으니, 무슨 사드니 패트리어트니 다층 방어니 하는 것들은 다 날아가버린 거요."

"정말 위대해요!"

태민의 입속에서는 자기도 모르게 위대하다는 말이 반복적으로 흘러나왔다. 태민은 이 위대하다는 단어와 더불어 잊을 수 없는 얼굴 하나를 떠올렸는데, 그는 바로 최현지 검사였다.

'그래, 바로 이거다! 한 방으로 모든 걸 이룰 수 있잖은가. 꿈도 이루고 복수도 이룬다. 바로 포세이돈이야.'

태민이 물밑에서 쏘아올린 미사일과 잠수함을 보는 순간 뇌리에 떠오른 건 바로 포세이돈이었다. 미국의 최신예 잠수함 초계기. 전세계 해군이 도입을 갈망하지만 워낙 비싸 감히 엄두를 내지 못하는 보잉사의 걸작품. 그러나 지금 이 사진, 북한의 잠수함 발사 미사일을 활용하면 한국 해군에 팔 수 있다는 희망이 가슴을 부풀렸다.

"테레비를 보니 남조선이 모두 난리가 났더구만요. 군 지휘관들은 말할 것도 없고 일반 시민들까지 이번에 우리가 쏜 잠수함 발사 탄도미사일에 모두 넋이 나갔시요. 오히려 핵실험보다 더 충격을 받았더구만요."

"위대해요!"

"그렇지비?"

북한 사람들은 태민의 넋이 나간 듯한 반응에 하나 예외 없이 얼굴에 미소를 피워올렸다. 그들은 남한 사회에 대소동이 난 걸 이미 알고 있는 터라 해장국을 먹으며 그 즐거움을 천천히 즐기려던 참에 마침 '망자 양반'이 나타나 더욱 즐거웠던 것이다.

"길타고 우리가 이걸 남조선 인민들을 향해 함부로 쏘던 않아요. 양키들이 일차 타겟이디. 제국주의자들이 MD다 뭐다 하는 등등으로 우리 탄도미사일을 막아낼 수 있다 생각하고 있지만, 아 잠수함에서 쏘아올리는 데에야 당해낼 재간이 있나. 잠수함이 평택 앞바다까지 기어가 물속에서 핵미사일을 쏘는데 그걸 어떻게 알며 무슨 수로 막습네까?"

태민은 벅찬 표정으로 외쳤다.

"바로 그거예요. 잠수함 발사 탄도미사일. 북한이 이걸 자유자재로 한다면 그 숱한 대공방어 체계니 미사일 요격 시스템이니 하는 건 하나같이 고철덩어리예요."

태민은 테이블 밑에서 주먹을 꽉 쥐었고 꽉 쥔 주먹 속에서 돌이킬 수 없을 정도로 깨진 것 같았던 인생이 다시 꿈틀거렸다.

"자, 우리 모두 건배해요."

태민이 잔을 들자 모두 태민을 둘러쌌다.

"제가 '위대한'이라 하면 여러분들은 '잠수함을 위하여!'라고 외치세요. 자, 위대한!"

태민의 선창에 따라 북한 사람들은 모두 우렁차게 외쳤다.

"잠수함을 위하여!"

태민은 잔을 내려놓고 북한 사람들 사이를 빠져나와 호텔로 돌아온 후 즉각 미국으로 전화를 걸었다.

"하이, 브라켄!"

"태미!"

30대 중반의 백인인 브라켄은 태민이 미국에서 왕성하게 록히드마틴의 국제영업을 할 때 뒤를 받쳐주던 파트너였다. 그는 태민이 회사의 고급 대우를 뿌리치고 뛰쳐나가 독립하는 걸 보고 큰 감명을 받아 태민의 삶을 복사하듯 따르는 중이었다. 그는 태민처럼 머리가 기민하지는 않았지만 성실과 의리로 몇 년 세월을 가꾸어 이제는 워싱턴에서 제법 알아주는 무기중개상이자 로비스트로 자리를 잡고 있었다.

브라켄은 자신의 인생에서 태민을 가장 고마운 사람으로 여기고 있었는데, 그 이유는 행로에 대해 깊이 고민할 때 태민이 던진 한 마디 때문이었다.

"저지르고 후회해!"

그는 이 말을 따랐고 결국 록히드마틴의 샐러리맨으로서는 꿈도 꿀 수 없는 액수를 벌어들이는 사업가로 성장한 것이었다.

"브라켄. 보잉의 P-8 포세이돈 영업본부에 약속을 잡아줄 수 있어?"

"물론!"

"깊은 얘기가 가능한 사람이어야 해."

"키맨을 만나게 해줄게."

"가장 빠른 약속을 잡아줘."

"거기 어디야? 베이징?"

브라켄은 태민이 한국에서 도주한 후 꾸준히 연락을 나누고 있는 유일한 미국 친구였다.

"가장 빨리? 그럼 모레로 잡아볼까?"

"부탁해."

브라켄은 곧 전화를 걸어왔다.

"출장 중인 보잉의 키맨을 모레 오후 5시 뉴욕 시내에서 만나기로 했어. 자네가 만나자고 한다니까 좋아하는 눈치야."

"그 사람 나 한국에서 사건 터진 거 모르지?"

"물론 몰라."

"보안 철저히 유지하고 존에프케네디로 나와줄래?"

"오우케이, 비행 스케줄 보내줘."

태민은 여행사에 전화를 해 티켓을 부탁한 후 이번에는 한국의 동네 선배에게 전화를 걸었다.

"형, 나 수배됐어?"

"이상하게 수배를 안 하고 있어. 사건으로 봐서는 소환 불응 즉시 수배를 올려야 맞는데……."

"혹시 무혐의로 해주려는 거 아냐?"

"무혐의는 꿈도 꾸지 마. 검사가 널 이 회장 못지않은 대단한 악질로 보고 있으니까."

"개같은 년. 그런데 왜 수배를 안 하는 거야?"

"그거야 검사 맘이지."

"그럼 나 한국에 들어갈 수 있어?"

"들어올 수는 있는데 나가지 못하는 일이 생길 수 있어. 들어와 있는 중에 출국금지든 수배든 얼마든지 때릴 수 있는 거니까. 요즘도 해군 장성들이 잇달아 구속되고 있는 걸 보면 상당히 위험해. 내가 너라면 웬만한 일로는 절대 안 들어온다."

태민은 한숨을 내쉬었다.

"생각 좀 해보고 다시 연락할게."

전화를 끊은 태민은 왜 그 악독한 여검사가 자신이 중국으로 도주했는데도 수배를 내리지 않고 있는지가 너무 궁금해졌다. 그날 검사는 자신을 가장 죄질이 안 좋은 범죄자로 규정했고, 계장에게 아무리 좋은 변호사를 쓰더라도 징역 5년 이상 나오게 영장 청구 초안을 잡으라고 하지 않았던가. 한참 생각했지만 마땅한 결론을 내리지 못한 태민은 한국 해군과의 접촉은 나중에 생각하고 일단 보잉과의 딜에 몰두하기로 했다.

P-8 포세이돈

비행기가 뉴욕의 존에프케네디공항에 내리자 태민은 걸음을 빨리해 맨 앞에 나왔다. 정장을 받쳐입고 짙은 선글라스를 낀 태민은 입국검사대를 통과할 때 가슴이 두근거리는 걸 어떻게 할 도리가 없었다. 여검사가 아직 수배를 내리지 않았고 설사 수배를 내렸다 하더라도 여기 미국 법무부의 컴퓨터에 올라 있을 리는 없었지만, 그렇다 하더라도 한 줄기 불안감이 가슴속 깊숙한 곳으로부터 똬리를 튼 채 고개를 들었다.

"직업이 뭐요?"

검사대의 심사관은 태민의 여권에 각국의 무수한 출입국 스탬프가 찍혀 있는 걸 보고는 흥미로운 눈길을 보내왔다.

"무기 중개, 아니 사업가요."

태민은 스스로도 깜짝 놀랐다. 과거에는 자랑스럽게 무기중개상이라고 말했는데, 오늘은 왠지 자신도 모르게 그 자랑스러웠던 직업을 알리기 싫은 것이었다. 태민은 스탬프를 받고 나오면서 자신의 이런 변화가 어디서 왔는지 생각하다 최현지 검사를 떠올렸다. 그 여자는 자신을 사기와 협잡과 뇌물로 돈을 벌어온 가장 죄질이 나쁜 범죄자로 규정했고 세계 무기 거래의 오래고도 당연한 관행인 리베이트 역시 범죄일 뿐이라고 했다.

태민은 자신이 혹시 최현지의 영향을 무의식적으로 받고 있는 건 아닌지 생각하다 이내 고개를 세차게 흔들며 한 마디 내뱉었다.

"미친년!"

세상을 모르는 일개 가난뱅이 여검사의 자기위안일 뿐이라 결론지으며 태민은 벗었던 선글라스를 다시 깊숙이 눌러썼다.

"하이, 태미!"

"브라켄!"

게이트 입구에서 기다리고 있던 브라켄은 태민을 보자 반갑게 달려와 포옹했다. 태민은 어느 때보다도 브라켄이 반가워 그의 두툼한 어깨를 힘껏 끌어안았다.

"고생 많지?"

"시련이야말로 인간을 단련시킨다잖아."

태민은 굳이 명언 한 줄기를 갖다대며 여유를 가장한 웃음을 날렸다. 대기하고 있던 차가 스르르 굴러와 문이 열리자 브라켄은 반대편으로 타며 좌석을 양보한 후 차 안에서 태민의 손을 잡았다.

"웰컴 홈!"

"홈?"

"타지에서 고생 많았어. 태미 고향은 여기잖아."

그러고 보니 태민은 자신에게는 미국이 편하다는 생각이 들었다. 무기 거래를 수사하겠다는 합수부도 없고 리베이트를 불법이라고 돈을 뺏으려 드는 여검사도 없었다. 태민은 자신이 한국에서 돈을 벌면 조기 은퇴해 살고자 하는 곳도 한국이 아닌 미국이나 캐나다인 걸 떠올렸다.

브라켄이 방금 자신의 고향을 미국이라 한 게 위로의 말이라는 걸 깨달으며 태민은 입가에 미소를 떠올렸다. 요 몇 달의 거칠고 고달픈 생활 중 처음으로 맡아보는 인간의 냄새였다.

"크게 한 건 할 게 있어."

"포세이돈 말이지?"

브라켄은 태민의 의중을 짐작하고 있었다.

"어떤 사람이지? 지금 만나는 자는?"

"보잉의 군수 계약 파트에서 오랫동안 사후관리를 맡아온 사람이야."

군수 계약에서 사후관리라면 바로 리베이트를 말하는 것으로, 브라켄의 말은 두 가지 뜻을 내포하고 있었다. 즉, 그는 실질적으로 보잉을 대표하는 사람이니 그와의 대화는 바로 보잉의 오너와 얘기하는 것이나 다름없다는 뜻이고, 또 하나는 그는 산전수전 다 겪은 구렁이 중의 구렁이라는 뜻이었다.

"요즘 포세이돈 영업은 어때?"

"미 해군에 순차적으로 180대 인도하는 중이고, 인도가 한번

에 20대 샀어. 호주와 캐나다도 사려 하지만 워낙 비싸 재고 있
는 중이야."

"동남아는?"

브라켄은 고개를 가로저었다.

"좋았어!"

한국이 사면 동남아 각국도 줄줄이 사게 될 거라는 점도 딜의
포인트 중 하나였다.

자동차는 미끄러지듯 달려 약속 장소인 어느 커피숍 앞에 두
사람을 내려놓았다. 두 사람이 들어가니 두툼하면서도 뾰족하게
생긴 한 사나이가 자리에 앉은 채 손을 흔들었다. 브라켄이 과장
스러운 동작으로 달려가 사나이와 포옹을 한 후 태민에게 소개
했다.

"여기는 워치맨, 보잉이 자랑하는 밤의 대통령이고 여기는 태
민, CIA가 사랑한 남자. 그리고 두 사람 모두 이 브라켄이 존경하
는 친구분들이죠."

브라켄은 코미디언같이 두 사람을 인사시키며 분위기를 이끌
고 커피 주문까지 받았다.

"한국의 미스터 리에게 일이 생긴 건 아시죠?"

워치맨은 커피잔을 입에 대며 천천히 고개를 끄덕였다. 한국
무기 중개의 대부 이 회장의 구속 사실은 미국에까지 알려져 있
었다.

"그분이 보잉 일을 많이 했지만……."

"전투기 사업은 나와 했소."

"이제는 비리 수사로 불가능하게 되었어요."

"……."

워치맨은 잠자코 태민을 바라보았다. 이 회장의 구속으로 한국의 모든 무기중개상이 완전히 자취를 감추고 있는 판에 나타난 이 친구는 도대체 무슨 말을 하려고 하는지 궁금하지 않을 수 없었다.

"한국에 포세이돈 다섯 대를 팔 거예요."

태민이 단도직입적으로 본론을 꺼내자 워치맨은 다소 놀란 모양이었다. 방산비리로 전국이 뒤집어진 판에 포세이돈을 팔겠다고?

"조건은?"

"한국의 권력자들에게 리베이트를 주지 않는 조건이에요."

태민의 이 말에 워치맨도 브라켄도 놀라는 얼굴이었다.

잠시 생각하던 워치맨이 물었다.

"한국 측과 얘기가 된 거요?"

태민이 고개를 가로젓자 두 사람은 태민의 얼굴을 물끄러미 바라보았다. 마치 제정신으로 하는 말이냐는 투였다.

"이제부터 할 거예요."

태민의 얼굴을 한참 들여다보던 워치맨은 고개를 가로저었다. 물론 불가능하다는 얘기였지만, 거기에는 당신 정신 있는 사람이요. 혹은 나를 놀리는 거요 하는 못마땅함이 배어 있었다. 아마 태민이 이름이 난 사람이 아니었다면 워치맨은 그냥 일어나 나가버렸을지도 모를 일이었다.

권력자들에게 리베이트를 충분히 줘도 예산 확보부터 시작해서 물건의 인도까지 복잡한 일이 얼마나 많은데, 리베이트 없이 물건을 팔겠다고 하는 건 너무나 비정상적이고 비상식적이었다.

워치맨의 생각을 읽은 브라켄이 끼어들었다.

"태미, 워치맨은 리베이트 없는 거래를 해본 적이 없어. 그러니 자네의 말이 의심스러울 수밖에. 도대체 포세이돈을 구입하겠다는 건지 말겠다는 건지 헷갈리는 거야. 그러니 자네가 어떤 생각을 갖고 있는지 설명을 좀 했으면 좋겠어."

희화적이었지만 이것이 세계 무기 거래의 현실이었다.

"알다시피 지금 한국은 무기 거래 비리로 나라가 온통 뒤집혀 있어요. 조무래기들만 처리하는 선에서 수사를 끝내기는 하겠지만, 윗선의 권력자들도 극도로 조심하고 있죠. 그러니 단 한 푼의 리베이트도 받으려는 자가 없고, 따라서 어떤 제품도 팔 수 있는 상황이 아니에요."

워치맨은 입을 커피잔에 갖다댔다. 자신 역시 한국의 무기 거래 수사가 전국민적 관심사로 떠오르면서 한국과의 거래는 당분간 불가능할 것으로 판단하고 있던 참이었다.

"하지만 북한의 잠수함 미사일 발사 시험이 성공하면서 한국민들의 불안이 극도로 증대되었어요. 세계 최고의 대잠초계기 포세이돈을 개발한 보잉으로서는 최고의 기회를 맞이한 거죠. 문제는 이 최악의 상황과 최고의 기회라는 두 개의 서로 충돌하는 요소를 어떻게 하나로 합하느냐예요."

"그게 합쳐질 수 있겠소?"

무기 거래는 바로 리베이트라는 공식을 머리에 입력해놓고 있는 워치맨은 여전히 미덥지 않은 표정이었다.

"물론이죠."

"어떻게?"

"리베이트를 권력자가 아닌 국민에게 주는 거예요."

"국민에게? 그게 무슨 뜻이오?"

"즉, 리베이트만큼 포세이돈의 가격을 내려 공급하는 거예요. 구매대금은 어차피 국민의 세금에서 나오니 결국 리베이트를 국민에게 주는 거죠."

"생기는 게 없는데 파워맨들이 예산을 주겠소?"

"그걸 역으로 이용하는 거예요. 잠수함 핵이 무엇보다 치명적인데 생기는 게 없으니 포세이돈은 물 건너가는가 하는 식으로 치는 거죠. 한국에서 현재 대대적으로 진행되고 있는 무기 거래 수사라는 장애물을 오히려 우리에게 도움 되는 쪽으로 활용하는 거예요."

"음."

가능한 얘기였다. 이 태미라는 젊은 사람의 생각이 날카롭다는 판단을 한 워치맨의 표정이 조금씩 변했다.

"또한 이 거래에는 중개상이 끼어도 안 돼요."

"한국 상황을 이해는 하겠지만 에이전트 없이 어떻게 거래를 할 수 있겠소?"

"내가 당신 밑으로 들어가 보잉의 직원이 되는 거예요. 외형상 보잉이 직거래하는 걸로 하는 거죠."

태민의 이 예상 밖 제안을 듣는 순간 워치맨은 활짝 웃었다. 두 다른 요인의 충돌 지점에서 좋은 요소는 살리고 나쁜 요소는 없애는 절묘한 논리라는 생각이 든 까닭이었다.

"직거래라…… 그럼 당신의 수수료는 어떻게 하지?"

무기 거래에 있어 권력자에게 주는 리베이트 못지않게 판매자가 챙겨야 하는 게 무기중개상의 수수료였다. 이 수수료는 거래 규모에 따라 다르지만 대략 5퍼센트 정도에서 결정되는데, 악덕 중개상은 권력과의 굳은 관계를 이용해 자신의 수수료를 물건값과 같게 책정하거나 심지어는 물건값보다 비싸게 책정하기도 했다.

한국 공군에 납품된 터키의 시뮬레이션 장비는 원가가 500억 원인 걸 중개상이 자신의 몫 500억을 물건값에 붙이도록 조작해 1천억 원에 버젓이 납품한 후 수수료를 500억이나 챙긴 것이었고, 독일산 잠수함을 소개한 자는 수수료를 무려 2천억 원 넘게 챙겨 해외에 도피시키기도 했다.

"5퍼센트로 하고 지정하는 은행으로 쏴주시죠."

"계약 완료와 동시에 보내면 되겠소?"

태민은 입술을 굳게 다물고 고개를 끄덕였다. 태민은 이 일에 승부를 걸 작정이었다. 포세이돈 다섯 대면 대략 1조 2천억 원 정도 되니, 자신은 이 거래만 제대로 성사시키면 인생의 목표액 500억 원 이상을 한번에 달성하는 것이었다.

"좋소, 내부 의견을 종합해 연락하겠소."

태민과 워치맨은 굳은 악수를 교환하고 자리에서 일어났다.

풀리지 않는 의문

북한의 잠수함 발사 탄도미사일을 기사회생의 묘책으로 삼아 보잉을 찾아갔던 일이 성공적으로 끝나자 태민은 새로운 기대를 안고 베이징으로 돌아가는 비행기에 올랐다. 하나 마음에 걸리는 거라면 한국에 출입하며 해군과 접촉하는 일이었지만 그건 보잉과의 이면계약을 완료한 후 부딪칠 문제였다.

브라켄의 배웅을 받으며 비행기에 오른 태민은 이 일의 진행 궤도를 마음속으로 면밀히 점검하다 역시 가장 중요한 건 북한이 끊임없이 잠수함 발사 미사일을 개발하고 그런 정보가 과장되게 한국 사회에 전달되어야 한다고 생각했다.

베이징의 해장국집에서 북한 사람들이 너나 할 것 없이 잠수함에 열광하던 모습을 떠올리며 태민은 다시 한 번 북한 잠수함의 성공을 기원한 다음 비행기에 비치된 한국 신문을 펼쳤다. 평소에는 기사의 제목만 보고 지나치던 종이신문이었지만 비행기 안이다 보니 기사를 샅샅이 훑어내려가던 태민은 낯익은 이름 하나를 발견하고 소스라치게 놀랐다.

전준우.

분명 공안들이 입에 담았던 킬리만자로의 이름이었다. 태민의
눈이 이 이름 밑의 글자들을 바삐 따라갔다.

소설가 전준우가 베이징에서 피살되었다. 중국 공안당국은 전씨
가 지난 13일 새벽 자택에 침입한 다수의 절도범을 발견하고 고함
을 지르려다 입막음당하는 과정에서 질식해 사망한 걸로 보인다
고 발표했다. 절도범들은 놀라 달아났고 피해품은 노트북인 것으
로 조사되었다. 평소 이웃과 왕래나 대화가 없어 이웃들은 이런
상황을 전혀 몰랐던 것으로 보이며 공안당국은 주변의 우범자들
을 상대로 탐문 중에 있다. 전씨는 2년 전 훈민정음 창제의 비밀
을 밝힌 『불휘 깊은 나무』라는 소설을 발표해 인기를 끈 바 있다.
이 소설은 한글과 한자는 쌍둥이 글자라는 내용으로, 몇 년간의
연구를 거쳐 집필되었다. 문단에서는 그를 허구라는 장치를 사용
하지만 드러난 사실보다 더 깊은 수면 아래의 진실을 캐낸다는 뜻
으로 '팩트 서처'라는 별명으로 부르고 있다.

"이런!"

기사의 내용은 심하게 왜곡되어 있었다. 호텔로 찾아온 중국
공안들은 킬리만자로가 프로로 보이는 자들에게 살해당했고 살
인 자체가 범행의 목적이라고 했지만 기사에서는 팩트가 전연
엉뚱한 쪽으로 둔갑되어 있었다. 어째서 중국 공안은 있었던 일

을 그대로 알리지 않는가 생각하던 태민의 눈에 킬리만자로의 별명이 들어왔다.

팩트 서처.

허구라는 장치를 동원하지만 수면 아래의 진실을 좇는 작가. 태민의 뇌리에 그의 소설이 떠올랐다. 그렇다면 그 다소 황당해 보이던 소설이 어떤 진실인가를 좇고 있었다는 말인가? 그가 말하려 했던 진실은 무엇이고 정말 그것 때문에 의도적 살인을 당했다는 말인가? 갑자기 태민은 그의 소설이 궁금해 견디기 힘들어졌다. 자신이 읽었던 부분은 본격적인 이야기를 꺼내기 위한 서두에 불과한 것이었고, 작가 전준우는 이 엉뚱해 보이는 고구려 시대의 소설 속에 뭔가 현대의 첨예한 비밀을 녹여냈을 거라는 생각에 태민은 소설을 던져버렸던 자신이 경솔하게 생각되었다.

그러고 보니 이미 목숨의 위협을 느꼈을지 모르는 킬리만자로가 자신을 찾아와 유에스비를 건넨 행위의 의미가 점차 무겁게 다가오면서 소름이 끼쳤다. 죽음을 코앞에 둔 채 자신을 찾았던 전준우. 그렇다면 그가 자신에게 유에스비를 넘긴 건 잠시 맡아달라는 의미만은 결코 아니었을 것이다. 자신에게 무슨 일이 생긴다면 뒤를 부탁한다는 뜻이 있었던 것일까? 그게 중국의 치명적 약점이라고? 그렇다면……

태민은 신문을 치우고 비행기 의자에 기대 목을 젖힌 채 소설의 내용을 가만히 떠올려보았다. 처음의 프롤로그는 중국의 역사가 사마천에 관한 이야기였다. 그가 지은 『사기』는 한국 사회에서는 필독 도서의 하나가 되어버린 터라 어린 시절부터 독서가 깊었던 태민 역시 『사기열전』을 읽으며 중국의 여러 인물에 탄복하기도 했고 배운 바도 있었다.

그런데 소설의 분위기를 보면 사마천이 받았던 궁형은 사마천이 작심하고 선택한 거란 느낌을 주고 있었다. 그 이유가 『사기』라는 거대한 작업을 완수하기 위해 자신의 발을 묶은 외에도 자신의 저작에 대해 후세의 모든 사람이 극도의 신뢰를 보일 수밖에 없도록 장치한 것이라는 분위기가 전준우가 쓴 프롤로그에는 분명 농후했다. 그렇다면 전준우는 그가 쓴 『사기』의 어떤 부분을 거짓으로 보고 있다는 얘기였다.

다음으로 생각나는 인물은 살인사건이 벌어지기 전 나온 '유생 석정'으로, 그는 한나라에서 고구려의 변방으로 와 학문을 전수하고 예법을 바로 세우고 있는 인물이라 중국의 치명적 약점과 당장 연결시키기는 어려웠다.

작가가 주안점을 둔 건 고구려의 두 마을에서 일어난 살인사건인데, 내용은 길게 이어졌지만 아직까지는 도대체 작가가 무슨 이야기를 하려 하는지 알 수 없었다. 그러나 대략 드러나는 윤곽이라면, 고구려 서맥족이 과거로부터 내려오던 어떤 물건인가를 고구려가 아닌 다른 외족에게 빼앗겼다는 내용이고, 작가는 오랜 장치 끝에 그것이 활과 연관된 무엇이었다고 얘기하고 있는 중이었다.

베이징에 도착한 태민은 먼저 호텔부터 옮겼다. 전준우의 피살사건이 사실과 다르게 보도되고 있는 건 이미 이 사건이 공안의 손을 떠났으며 공안이 압력을 받고 있는 사건이라는 걸 의미했고, 그런 만큼 자신에게 위기가 찾아올 확률도 더 높을 수밖에 없었다.

새 호텔에서 태민은 샤워를 하자마자 노트북을 꺼내 소설을 펼쳤다.

태민은 첫 문장을 읽기 전 숨을 골랐다. 지난번 쭈욱 읽고 나서 아무런 느낌이 없었던 걸로 미루어서는 편하게 끝까지 쭈욱 읽어버려서는 안 될 것이었다. 소설이란 아무래도 처음 읽을 때 긴장이 가장 높은 법이니 문장 하나하나를 찬찬히 생각하며 읽어야겠다는 생각에 태민은 자세를 바로 한 채 정독을 시작했다.

수수께끼를 푸는 사람

태왕은 정만현에서 올라온 장계를 국상 을파소에게 넘겼다.

천하에 그 비범함을 따를 이가 없다는 국상 을파소는 정만현 태수 안망이 올린 장계를 가지고 온 편장을 정각원으로 불렀다. 을파소는 궁에서 멀지 않은 산기슭에 정각원이라는 작은 정자를 지어놓고 틈틈이 거기서 생각에 잠기곤 했다.

"사건을 해결 못해 사임하겠다고? 안망이 참으로 묘한 꾀를 내었구나."

"꾀가 아닙니다. 태수는 몇 달 밤을 새우며 고민한 후 결심하였습니다. 워낙 어질고 현명한 분이라 현의 모든 관리가 다 말렸으나 태수는 듣지 않고 물러나겠다는 장계를 올렸습니다."

"이놈아, 태수가 내세우는 이유는 자신이 우둔해 사건을 해결할 수 없다는 것 아니냐?"

"바로 그렇사옵니다."

"그럼 태수를 내쫓는 나의 숙제는 무엇이냐?"

"그, 그것은……."

"우둔하다고 사람을 내쫓는 자의 숙제는 그 우둔한 자가 못 푼 숙제를 풀어야만 하는 것 아니냐? 그러니 안망은 지금 나더러 그 숙제를 풀라는 것이다."

"아!"

"필시 너는 내게 이 사건을 처음부터 설명할 수 있겠지, 그렇지 아니하냐?"

"처음부터 태수와 같이 사건을 겪었습니다."

"얘기를 해보아라."

편장으로부터 이야기를 다 듣고 난 을파소는 혼잣말처럼 중얼거렸다.

"살수들이 가져간 건 활이면서 활이 아니다."

편장은 놀라 입을 다물지 못했다. 자신의 허술한 보고를 한 번 척 듣고 난 국상의 입가에서 새어나오는 혼잣말은 바로 오랜 시간을 들인 후 태수가 중얼거리던 바로 그 말이었다.

을파소는 천천히 손가락을 뻗어 장계에 있는 마발이라는 이름을 짚었다.

"이 군졸이 남긴 실마리를 풀어야 한다."

편장은 깊이 고개를 숙인 후 물었다.

"그가 허공에 그린 금 세 개를 말씀하시는 것입니까?"

"그러하다. 마발은 죽기 직전이라 본 대로 쓸 수밖에 없었다. 생각해보아라. 피로 엉겨붙은 입이 열리지 않는 상태에서 죽음이 다가와 급히 쓴 글자가 그의 머릿속에서 만들어졌을 리는 없지 않으냐."

"마발이 허공에 대고 그은 금은 틀림없이 활 궁을 쓰려 했던 것입니까?"

"맞기도 하고 틀리기도 하다."

편장은 이 말을 어떻게 받아들여야 할지 몰랐다. 국상의 대답은 두 번이 다 아리송했다. 없어진 것은 활이면서 활이 아니며 마발의 글자 역시 활 궁이 맞기도 하고 틀리기도 하다는 말은 일맥상통하는 것 같기는 한데, 자신으로서는 이해할 수가 없었다.

"국상어른, 저는 우둔한 자입니다. 태수도 제게 여러 이야기를 하였지만 이해하기 어려웠고 지금 국상어른께서 말씀하시는 것은 아예 머리에 들어오지도 않습니다. 아까 제가 보고드린 것도 허접하기 짝이 없어 국상어른의 판단을 흐리게만 하였을 것입니다. 부디 태수를 불러 진상을 제대로 알아보시는 게 옳을 것으로 생각됩니다."

"안망이 내게 오고자 너를 보냈으니 당연히 내가 부를 것이다. 하지만 오기 전에 먼저 마을을 하나 만들고 이름을 서맥촌으로 지으라 하여라. 흉수들이 멀리로부터 달려와 고구려의 오랜 마을을 없앴다면 관리로서 마을을 다시 살리는 게 외적의 뜻을 꺾고 비명에 간 마을 사람들의 혼백을 위로하는 일이라 일러라. 하지만 서맥촌에 살 사람들은 정만현이 아닌 다른 곳에서 데려와야 한다."

잃어버린 글자

편장이 돌아와 을파소의 말을 전하자 안망은 자신이 흉수들을 쫓는 데만 열중하여 백성의 마음을 어루만지는 일에 크게 부족하였음을 깨달았다. 그는 국내성을 향하여 절한 후 정성을 다해 새로운 마을을 만들고 그 이름을 국상의 명대로 서맥촌이라 하였다.

안망은 마을을 완성하고 난 후 편장을 데리고 국내성에 도착했다.

"신 안망 국상을 뵙나이다."

"마을은 만들었는가?"

"분부대로 하였습니다."

"잘하였다. 잡을 수 없는 흉수를 쫓아다닌다면 그 어찌 헛되지 않다 하겠느냐."

"서맥촌을 만들어 민심은 안정되었으나 관장으로서 흉수를 잡는 일을 잊을 수는 없는 일입니다. 그런데 어이 흉수는 잡을 수 없다 하십니까?"

"네가 쫓아다녀서는 잡을 수 없다."

을파소의 단정적 선언에 안망은 고개를 숙였다.

"신에게 벌을 주십시오."

"네가 잘못해서가 아니라 그들은 아주 멀리 있는 자들이기 때문이다. 또한 흉수를 잡는 건 그리 중요한 일도 아니다. 문제는 흉수를 부리는 자를 잡는 것이다. 그는 정만현에 살고 있다."

"네엣!"

편장은 크게 놀라 자신도 모르게 소리를 질렀고 안망은 놀란 중에도 자신이 놓친 게 있나 싶어 기억을 더듬었다.

"제가 놓친 게 무엇인지요?"

"너는 조심스럽게 모든 걸 잘하였다만 마발의 죽음을 섬세하게 따져보지 않은 불찰이 있다."

안망은 잠시 생각했으나 당장 국상이 무엇을 말하는지 알 수 없어 깊이 고개를 숙여 사죄했다.

"저의 불민을 탓하여주십시오."

"마발의 행적을 따라가보아라. 마발은 어디서 놈들의 눈에 띄었겠느냐? 내터의 그 현장으로 생각되느냐?"

"그렇지 않겠습니까?"

"불과 다섯이서 한 마을 60여 명을 도륙내려 온 놈들이다, 살수들은."

"아!"

"이제야 알겠느냐? 만약 마발이 현장에서 놈들을 만났다면 죽는 외에는 다른 길이 없었다. 마발이 말을 빠르게 달린다는 건 그의 몸이 왜소하다는 얘기고, 따라서 그는 흉수 중 하나와도 상대가 되지 못한다."

"그럼 마발을 해한 자가 따로 있다는 말씀입니까?"

"그렇다. 마발은 현장을 벗어나 말을 타고 돌아오다 다른 자의 칼을 맞은 것이다. 아마 흉수를 부른 자일 것이다."

"그자는 도대체 무슨 이유로 흉수를 불렀습니까?"

"그 없어진 물건이 무엇인지 알아야 알 수 있는 일이다."

"마발은 흉수들이 이틀이나 기다려 아이에게서 무언가를 빼앗아가는 걸 보고는 활 궁 자를 남겼습니다. 하지만 소년의 활은 그대로 있었는데 이것은 어떻게 판단해야 하는 것입니까?"

"마발은 아주 가까이서 놈들이 물건을 탈취하는 장면을 보았다. 그러니 그가 남긴 글자는 정확한 실마리다. 그리고 네가 생각했듯 그것은 활 궁이다. 하지만 활이 그냥 있는 걸로 보아 그것은 실제의 활이 아니다."

"그러면?"

"활이되 활이 아닌 것. 그것은 바로 활 궁이 들어가는 글자가 아니겠느냐."

"아!"

안망은 눈앞이 훤해지면서 이제까지 서로 충돌하던 모든 의문이 한꺼번에 풀리는 시원함에 크게 숨을 들이켰다. 모든 게 서로 유기적으로 연결되어 일목요연한 사건의 진상이 보이기 시작하는 것이었다. 물론 국상은 더 높은 의문을 가지고 있겠지만 우선 자신을 괴롭혀온 지난 수개월간의 의문은 완전히 씻겨졌다. 그러자 안망의 물음도 한발 나아갔다.

"물건을 차지한 외에도 두 마을을 몰살시킨 건 혹 마을 사람들이 행하는 풍습 같은 걸 없애려 함이었을까요?"

"그러하다. 이 모든 것은 다 한 방향을 가리키고 있는 듯이 보인다."

"그게 무엇입니까?"

"풍장!"

"옛!"

"생각해보아라. 변이 난 두 마을은 다 풍장의 습속을 가지고 있다. 흉수들이 활 궁이 들어간 글자를 빼앗아간 곳도 풍장을 주관하는 무터였다. 흉수들이 기다린 소년 또한 풍장에서 돌아왔으니, 마을 사람들을 몰살시킨 이유 또한 이 풍장과 연관해 생각해볼 만하다."

"그럼 이 사건이 나라의 안위를 위협하는 위험과는 거리가 있는 것입니까? 일개 풍습을 두고 벌어지는 일이라면?"

"위험하고 않고보다 더 중요한 건 알고 모르고다. 관장은 자기 앞에서 벌어지는 일이 무언지를 알아야만 한다. 모르고 안전한 것보다는 알고 위험한 게 차라리 나은 법이다."

"어리석은 물음을 용서하십시오. 하지만 난마처럼 얽히고 서로 상충하던 사건들이 이제 또렷해지니 어떻게 해야 할지 방법이 보입니다. 우선 풍장의 풍습을 아직도 가지고 있는 서맥족의 무당을 찾아 활 궁이 들어간 글자를 묻는 것이 한 방법이고, 또 한 방법은 세상의 글자에 밝고 밝은 사람과 온갖 문헌을 찾아 풍장과 연관된 활 궁이 들어간 글자를 찾는 게 또 한 방법입니다."

안망의 계략

안망은 정만현으로 돌아오는 내내 마음이 가벼웠다. 하지만 정만현에 돌아온 그는 너무나 어이없는 사실에 다시 한 번 좌절하지 않을 수 없었다. 현청에서는 대거 사람을 풀어 풍장을 하는 서맥족을 찾았으나 의외로 정만현뿐만 아니라 부근의 어느 현에서도 아직까지 풍장을 하는 순수 서맥족은 찾아지지 않았다.

"서맥족이 아니라도 풍장을 하는 부족은 여럿 있고 활을 들고 들에 나가 지키는 것도 비슷하지만 정작 활 궁이 들어간 글자를 사용하는 부족은 어디에도 없습니다."

"으음!"

안망은 신음을 내었지만, 밤새 생각하고 난 그는 아침이 되자 어젯밤과는 달리 한껏 고조된 음성을 힘차게 내뱉었다.

"놈을 잡는다!"

"넷? 어떤 방법이?"

"방법은 이미 국상께서 일러주셨다."

"꿈에 나타나셨습니까?"

"아니다, 이미 국상께서 일러주셨으나 내가 알아듣지를 못했던 것이다."

"국상께서요? 그러면 저도 들었던 것입니까?"

"그렇다."

"어떤 방법인지 설명을 좀 해주십시오."

"바로 풍장을 지내는 것이다."

"풍장을? 현청에서요?"

"아니다, 서맥촌이 있지 않으냐."

한참 생각하던 편장은 기쁜 표정으로 주먹을 꽉 쥔 양손을 들어올렸다.

"아! 그것 참 묘안입니다. 풍장을 차려 흉수들이 달려오도록 만들겠다는 계책이시군요."

"문제는 그자를 어떻게 속이는가다."

"네? 그자는 누구이며 속인다는 건 무얼 말함입니까?"

"국상께서 말씀하신 대로 여기 정만현에는 흉수를 부리는 자가 있다. 그는 보통 사람은 알지도 못하는 아야촌과 내터의 사정까지도 속속들이 잘 알고 있다. 다른 부족은 풍장을 치러도 아무 일이 안 생기는 걸 보면 그를 유인할 수 있는 미끼는 단순한 풍장이 아니라 순수한 서맥족이 풍장 때 쓰는 글자다."

"하지만 천하의 글자를 다 찾아봐도 마땅한 글자는 안 나오지 않았습니까? 게다가 그 글자를 가지고 풍장을 지냈던 순수 서맥족은 이제 완전히 자취를 감추지 않았습니까?"

"나는 국상께서 서맥촌을 만들라 하실 때 크게 의아했다. 몰살당한 건 정만현 마을이고 달래도 정만현 백성을 달래야 하는데 왜 다른 곳에서 사람을 데려와 서맥촌이라는 이름까지 지으라 하셨는지 알 수 없었다만, 이제야 위장을 염두에 두셨다는 걸 알겠다. 활 궁이 들어가는 가장 근사한 글자를 찾아 서맥촌의 무당에게 주어야 한다."

"그러나 글자가 틀리면 놈들이 알아차리지 않겠습니까?"

"이 계략의 요체는 범인이 다가오게 하는 데 있다. 누군가 서맥촌의 풍장에 비상한 관심을 보인다면 그가 바로 범인이다. 하지만 범인이 그렇게 하지는 않을 것이다. 그는 깃발에 매달렸든 등에 붙었든 그 글자를 멀찍이서 은밀히 살필 것이다. 그러다 그게 만약 芎(궁궁이 궁) 같은 거라면 웃고 돌아서겠지. 하지만 뭔가 비슷하거나 의미가 있는 글자라면 다가설 것이다."

"상대를 포착할 시간을 많이 가지려면 아무리 가짜라도 터무니없으면 안 된다는 말씀이군요."

"그러하다. 문사들을 불러라. 그들에게 가장 적당한 글자를 고르도록 해야겠다."

그러나 문사들은 도저히 적당한 글자를 골라내지 못했다. 아무리 많은 전적을 갖다놓고 찾아도, 모두 머리를 맞대고 의논해도 활 궁이 들어가는 걸로 풍장과 어울리는 글자는 찾아지지 않았다.

"친구이신 석정 선생께 부탁을 하는 건 어떨까요?"

"그렇잖아도 그 생각을 하던 참이다."

안망은 답답한 마음을 품은 채 유생 석정의 거소로 향했다.

잠자코 안망의 얘기를 다 듣고 난 석정은 붓을 들어 종이에다 글씨를 하나 썼다.

夷

"기록에 동방을 夷(이)라 하였으니 이 사람들은 말이 어질고 고우며 천성은 유순하여 역(易)이 도(道)를 다스림에 이르렀다 하였으니, 이 夷란 글자는 상서롭고 길하기만 하네. 흉수를 유인하는 데에 가장 적당할 것이네."

"오오!"

안망은 처음 석정이 글자를 시작할 때부터 가슴이 두근거렸다. 석정은 마발과 같이 금 몇 개로 시작해 활 궁을 근사하게 써

보이고 나서는 너무도 간단하게 그 위에 클 대를 얹어버리는 것이었다. 처음 석정이 글자를 쓰기 시작할 때 이것은 다만 홍수를 유인하는 글자일 뿐만 아니라 이것이야말로 마발이 쓰려던 바로 그 글자가 아닐까 하는 느낌이 솟구쳐 안망은 주먹조차 불끈 쥐었다.

"오오! 이런 게 있었는가. 활 궁에 클 대라. 그런데 어째서 그토록 많은 서생과 문사들은 이 글자를 몰랐단 말인가?"

"夷족은 동편에 살아 동이(東夷)라고도 하네. 동이는 아주 오래전부터 전해내려오긴 하나 『위지』에 이르러서야 비로소 기록되기 시작했으니 얼마 전 일일세. 그러니 변방의 학자들이 모르는 걸 탓할 수는 없는 일이지."

안망은 석정이 써 보인 글자에 자신도 모르게 깊이 빨려들어갔다. 기이하게도 이 글자는 이제까지의 모든 상황과 딱 들어맞는다는 예감이 전해져왔다.

글도 짧은 마발이 기진하여 죽기 직전에 쓰려던 글자가 획이 많은 어려운 글자일 수는 없는 법인데, 이 글자는 정말 쓰기도 쉬웠고 활 궁에서 글자가 시작한다는 것도 기뻤다.

"아!"

안망의 입가에서 새어나온 뜻밖의 탄성에 석정은 고요하고 그윽한 눈길을 들어 안망을 바라보았다. 그의 안색에는 누구도 몰랐던 글자를 홀로 안다는 뽐냄도 우쭐거림도 없었다. 다만 평소와 같이 반듯한 몸가짐에 환히 빛나는 이마를 안망에게로 향할 뿐이었다.

"석정, 어쩌면 이게 바로 마발이 쓰려 했던 그 글자가 아니겠나? 그간 환 궁을 쓰는 너무도 많은 글자를 찾아헤맸지만 이렇게 글자다운 글자를 찾지는 못했네. 지금 이 글자를 보니 자꾸 마발이 쓰려 했던 바로 그 글자라는 느낌이 오네. 예족이든 맥족이든 모두 夷족의 갈래가 아닌가. 순수한 서맥족은 더더군다나 이 글자를 보존하면서 살아왔을 것이네."

석정은 곧은 자세로 고개를 움직이는 듯 마는 듯하며 찬찬히 글자를 뜯어보고 나서 고개를 가로저었다.

"너무 단정하는 게 아닌지? 이 글자는 부적도 아니라 뺏고 빼앗길 게 아니네."

"음, 그렇긴 한데…… 그게 참 유감이군."

잠시 말을 멈췄던 안망은 뭔가 생각났는지 급히 뒤를 이었다.

"이 夷라는 글자에는 바깥사람들은 알 수 없는 부족 간의 오랜 비밀 같은 것이 반드시 있을 것만 같네."

석정이 흥미가 담긴 눈길을 보내오자 안망은 급히 떠오른 생각을 정리하며 한 마디 한 마디를 차분히 내보냈다.

"이렇게 가정을 해보세. 오랜 세월을 살아오는 동안 夷족 간에 다툼이 생기고 갈라졌어. 그렇다 보니 서로 夷족의 정통한 후예임을 다투게 되었고, 이 글자를 자신들만 쓰려고 했던 걸세."

유생 석정의 표정이 다소 진지해졌다.

"서맥족은 과거 강성했지만 차츰 쇠약을 거듭했고 흩어졌네.

그렇다 보니 순수한 서맥족에게는 이제는 이 글자만 남게 된 거야. 그리하여 그들은 중요한 일이 있을 때마다 이 글자를 앞세워오다 같은 글자를 다투는 자들에게 빼앗기고 멸족까지 당한 건 아니겠나."

"달리 이 글자를 내세우는 부족이 있는가?"

"음……."

안망은 대답을 하지 못했다.

"이 글자는 그냥 흉수를 끌어들이는 용도로만 쓰는 게 낫겠네."

안망은 자리에서 일어났다. 일단 지금은 흉수의 앞잡이를 끌어들이 데는 더없이 좋은 글자 夷를 얻어간다는 데 만족하지만, 이 글자에는 알 수 없는 큰 비밀이 있을 것만 같은 기쁨에 몸을 떨었다.

"상대는 정체를 감추고 소리 없이 지켜볼 것이다. 장을 은밀히 치러야만 상대의 미세한 움직임이 노출되는 법이니 모두 모습을 감추고 숨을 죽인 채 다가오는 자를 기다려라."

안망은 쥐도 새도 모르게 이웃 현에서 죽음을 마주한 사람을 서맥촌으로 옮겨왔다. 그런 다음 그는 서맥촌의 무당에게 유생 석정이 준 글자를 넘겨 풍장을 치르게 하고는 군졸을 죽은 자의 아들로 가장시켜 등에 '夷'를 붙이고 들녘으로 나가 열흘을 머무르게 하는 등 내터의 풍습을 똑같이 하게 하였다. 하지만 기대와 달리 아무도 찾아오는 사람이 없었다.

"서맥촌은 물론 10리 떨어진 풍장터까지 은밀히 감시하였으나 다가오는 자라고는 하나도 없습니다."

"아마도 앞잡이는 은밀히 보았을 것이다. 군졸이 등에 큰 글자를 붙이고 열흘을 들판에서 보냈으니 앞잡이가 못 보았을 리 없지 않으냐"

안망은 200 군졸을 서맥촌의 뒤언덕에 기색 없이 머무르게 하고 밤낮없이 흉수들의 출현을 기다렸으나 한 달이 다 가도록 흉수는커녕 사람 하나 다가올 기미조차 없었다.

"무엇이 잘못되었을까?"

안망은 흉수가 나타나지 않는다는 사실을 믿기 어려웠다. 왜냐하면 이것은 자신의 생각이 아니라 지나가듯 툭 던져놓았지만 국상이 마련한 계책이라 믿고 믿었기 때문이었다. 국상이 서맥촌이라 이름 지은 것이나 다른 현에서 사람들을 데려오도록 한 것은 바로 순수 서맥족을 가장해 흉수의 앞잡이를 끌어들이기 위한 계략일 수밖에 없었고, 자신은 깊은 생각 끝에 국상의 원모심려를 알아차렸던 것이었다.

'함정임을 알아차렸던 것인가?'

안망은 다시 여러 번이나 자신이 그 계략의 실행에 있어 실수를 한 부분이 무엇인가를 생각했으나 국상이 와도 풍장을 치르는 한 상대의 눈을 피할 수 없다는 확고한 판단을 내렸다.

그러자 안망은 편장을 국내성으로 보낼 수 있는 자신감이 생겼다.

국상, 글자를 생각해내다

편장으로부터 풍장 치른 이야기를 듣는 을파소의 얼굴에 웃음이 번졌다.

"안망이 용케도 계략을 알아차렸구나. 하지만 일은 거꾸로 하였다."

"저는 우둔하여 이해하기가 어렵습니다."

"함정이란 파는 듯 파서는 안 되는 법이니, 안망이 너무 긴장하여 단번에 흉수를 가려내려 한 것이다."

"그러면 국상어른의 깊은 뜻을 태수가 그르친 것입니까?"

"적이 허술하여 바로 잡혔으면 오히려 안심이 안 되었을 터이니, 그리 잘못된 것도 없다."

"아뢰옵기 황송하오나 태수께서는 처음 국상어른의 원모심려를 그르친 것으로 생각하고 크게 상심하였지만, 오랜 생각 끝에 그 풍장은 누가 치러도 그렇게 될 수밖에 없다 판단하고 비로소 저를 보냈습니다."

"내가 했어도 그렇게 될 수밖에 없었다는 뜻이로구나."

"황송하옵니다. 저희의 우둔함을 꾸짖어주십시오."

"세상에 어찌 길이 하나만 있고 나머지는 다 틀리겠느냐. 다만 사람마다 자신이 좋아하는 길이 있으니 무엇이 꼭 낫다고 하지는 못하는 법이다. 이번에 안망은 실수를 하였다만 그 실수가 오히려 성공보다 못하지 않다."

"태수는 기회가 되면 반드시 여쭙기를 바랄 것입니다."

"내가 어떻게 하였을지 말이냐?"

"죄송하옵니다."

"안망은 적을 숨어 있는 자로 판단했다. 그러니 모든 걸 조심스럽게 진행하여 은밀히 다가오는 자를 잡으려 한 것이다. 그러나 상대는 예리한 자. 그 조심스러움이 오히려 더 드러나기 쉬운 법이다."

"그럼 어떻게 하는 것이 옳습니까?"

"그냥 그렇게만 일러라. 그래도 안망이 할 일은 다 하였다. 그 夷를 얻어 활 멘 군졸의 등에 붙인 건 참으로 그럴듯하였다. 또한 그 글자를 일러준 유자를 친구로 둔 것 또한 안망의 됨됨이를 말하는 것이니, 안망은 실패한 게 아니라 오히려 크게 성공하였다."

"하지만 태수는 이제 어떻게 할 방법이 없어 손을 놓고 있는 지경입니다."

"풍장을 다시 치러야지."

"엣? 풍장을?"

편장은 어이가 없어 자신도 모르게 을파소의 얼굴을 똑바로 쳐다보았다. 풍장의 함정이 이제 막 실패했는데 곧바로 다시 풍장을 치른다는 을파소의 말이 도저히 믿어지지 않았다.

"한 번 드러난 함정인 데다 상대는 허술한 자도 아닌데 실패하자마자 곧바로 똑같은 계략을 쓰는 것이 과연 성공할지, 저의 우둔한 머리로는 도저히 알 수 없습니다."

"상대가 허술한 자라면 사건이 이리 복잡하지 않았겠지. 안망의 함정에도 바로 걸려들었을 테고."

"상대가 풍장이 유인책인 것을 알면서 같은 함정에 걸려들겠습니까?"

"가장 무서운 함정은 알면서도 걸어들어가는 게 아니겠느냐."

편장은 국상의 말을 생각해보았으나 이치에 맞지 않는다는 생각이 들었다.

"함정이란 모르거나 착각하여 빠지는 것일진대, 알면서 걸어들어가는 함정이 어떤 것인지 저는 도저히 떠올릴 수가 없나이다."

"상대가 빼앗아가는 것이 무엇이냐?"

"글자입니다."

"그러하다. 아무리 찾아도 그 글자가 안 나오는 걸 보면 아마도 긴 세월에 걸쳐 많은 사람을 죽이고 그 글자의 씨를 말렸다고 보아야 할 것 아니냐."

"그렇습니다."

"그 수십 년의 노력을 모두 헛수고로 만들어버린다면?"

"……?"

"그 씨를 말린 글자가 다시 나온다면 함정인 줄 알아도 들어올 수밖에 없지 않겠느냐."

"그러나 아무리 찾아도 그 글자는 안 나오고 있습니다."

"편장아, 이제 그걸 너와 내가 만들어보자."

"네엣?"

편장은 너무도 놀라 벌어진 입을 다물지 못했지만 국상은 천연덕스럽게 말을 이었다.

"해내고 못해내고를 결정하는 건 그 일의 어려움이 아니라 일에 임하는 사람의 마음이다."

"국상어른, 그러나 사람이 어찌 글자를 만들어내겠습니까?"

"그럼 글자를 짐승이 만든 것이냐?"

"제 말은 글자란 수천 년, 수만 년 세월을 두고 흘러온 것일진대 어떻게 모르는 글자를 단번에 만들어내겠느냐 하는 것입니다."

"글자가 만들어지는 원리를 보아라. 임금 왕(王) 자는 작대기 하나가 작대기 세 개를 관통하는 모양이 아니더냐."

"그러합니다."

"작대기 세 개란 곧 땅과 사람과 하늘인 것이니, 임금은 땅부터 하늘까지의 모든 걸 다 통한다는 뜻이니라."

"생각해본 적이 없던 일입니다."

"지금부터 생각해도 충분하다. 좋을 호(好)란 여자가 자식을 안고 있는 모양이다. 간통할 간(姦)은 계집 녀가 셋이니 그리 될 수밖에 없지 않겠느냐."

편장은 감히 글자의 원리를 생각한다는 말에 기가 질려 아무 생각도 없이 그저 대답을 할 뿐이었지만, 그런 중에도 국상의 말을 가만 생각하니 글자라는 게 아무 이유 없이 만들어지는 건 아니었다.

"그런 원리를 생각하며 풍장과 활 궁이라는 두 사물을 이어 지금부터 글자를 만들자는 것이다. 거기 있는 붓을 잡거라."

"국상어른, 저는 빼시는 게 훨씬 나을 것입니다."

"쉽게 생각하는 것이 글자의 생성 원리이니 너나 나나 다를 것이 없다. 누가 더 쉽게 생각하느냐가 중요한데, 어쩌면 네가 더 나을 것이다. 생각해보자. 가족을 벌판에 내다버리는 풍습이 활 궁과 연관이 되었고, 실제 서맥족은 활을 들고 나가 날짐승에게 뜯어먹히는 가족의 시신을 지켰다."

"……."

"그런 사실을 글자로 표현한다면 어떻게 되겠느냐?"

"국상어른, 제발 저는 빼주십시오."

"활을 가지고 가 자신의 가족을 지키는 그림을 떠올려보기만 하면 된다. 활을 땅속에 묻어두겠느냐?"

"그것은 아닙니다."

"그러면?"

"활을 메고 있을 것입니다."

"그래, 그리 쉽게 생각하여라. 그러면 그 글자란 사람이 활을 메고 있는 형상이 아니겠느냐. 그것은 사람 인과 활 궁을 합한 글자일 것이다. 들고 있어도 마찬가지로 인과 궁의 결합이 된다. 거기에 쓰거라."

편장은 어쩔 도리가 없이 붓을 들어 사람 인을 쓰고 그 옆에 활 궁을 썼다.

"그다음은 또 어떤 모습이 그려지느냐?"

"활을 나무에 기대놓을 수 있겠습니다."

"그것은 나무 목과 활 궁을 합한 글자구나. 거기에 써라. 또 다음은?"

을파소가 쉽게 이끌자 편장은 생각 가능한 그림들을 자꾸 떠올렸다.

"나무가 없는 벌판에서는 활을 땅바닥에 그냥 놓아둘 것입니다."

"그렇다면 흙 토와 활 궁의 결합이다."

편장은 이어 군졸들이나 궁사들이 땅바닥에 활을 놓는 걸 매우 싫어하여 곧잘 작대기를 땅에 박고 거기에 활을 걸쳐두곤 하는 습관을 떠올렸다.

"어쩌면 작대기를 하나 땅에 꽂고 거기에 걸쳐두었을 것 같습니다."

"일리가 있구나. 그렇다면 지를 곤과 활 궁의 결합이다. 다음은?"

편장은 더 이상 다른 그림을 떠올리기가 어려웠다. 활을 가지고 풍장에 나간 사람의 모습은 의외로 그리 많지 않았다.

"참, 활에 살을 매겨 잔뜩 지키고 있을 수도 있겠습니다."

"활에 살을 매겼다 하면 활 궁과 작대기의 결합이로다. 거기 활 궁 옆에 작대기를 하나 그어라."

"국상어른, 이제는 다 된 것 같습니다."

을파소는 편장이 쓴 글자 다섯 개를 한참이나 들여다보더니 다음 말을 이었다.

"이제는 마발을 떠올려라. 죽기 직전 자신이 평생 처음 본 글씨를 쓰려 했다면 그 글씨는 어때야 하겠느냐?"

"글이 짧은 마발인 데다 당시 매우 겁이 났을 테고 돌아와서도 매우 급박했던지라 너무도 쉽고 쉬운 글자라야 쓸 엄두를 냈을 것입니다."

"바로 그러하다. 이제 글자를 한번 만들어보자꾸나. 우선 나무 목을 활 궁과 결합시켜보아라."

"어떻게 결합하면 되겠는지요?"

"나무 목을 쓰고 그 옆에 활 궁을 붙여보자꾸나."

편장은 국상이 시키는 대로 나무 목을 쓴 다음 그 옆에 활 궁을 붙여썼다. 처음에는 쉬울 것 같던 두 글자였지만 막상 붙이니 알아볼 수 없을 정도로 어려웠다.

"다음에는 활 궁을 쓰고 거기에 나무 목을 입혀보아라."

글자를 완성한 편장은 이내 고개를 가로저었다.

"국상어른, 이것은 더욱 어려워 도저히 알아볼 수가 없습니다."

"그러면 먼저 쓴 글자가 더 나으냐?"

"그렇긴 하오나 어렵습니다. 게다가 마발이 만약 이 글자를 쓰려 했다면 당연히 활 궁에 앞서 나무 목을 먼저 썼을 것입니다. 그러니 제 생각으로는 마발이 쓰려 한 글자는 이것이 아니옵니다."

을파소는 편장이 대견하다는 듯 얼굴에 웃음을 떠올렸다.

"그렇다면 나무 목은 아니라고 판단하자. 다음은 흙 토와 활 궁을 결합시켜보자. 흙 토를 쓰고 그 옆에 활 궁을 써라."

"이것 역시 나무 목과 마찬가지로 활 궁을 먼저 쓰지 않기에 생각할 바가 못 되는 것 같습니다."

"옳지, 그러면 활 궁 밑에 흙 토를 써보아라."

편장은 글씨를 완성하고 나서 고개를 갸웃거렸다. 쉽다면 쉽고 어렵다면 어려운 글자였다. 보통의 상태였다면 활 궁 밑에 있는 토를 구분하겠지만 흉수들에게 발각될 위험이 있는 상태에서 잠깐 보았을 글자라면 무슨 글자인지 알아차리기가 쉽지 않을 것 같았다. 편장은 너무도 쉽고 편하게 자신을 이끄는 국상에 대한 어려움이 많이 덜어져 자신도 모르게 생각을 내보였다.

"두 글자를 따로 결합했다는 원리를 알고 보면 쉬운 듯한데, 막상 처음 이 글자를 보았다면 두 글자가 합쳐졌다는 생각이 안 떠오를 것 같습니다."

"그러하냐? 하지만 이 글자는 활 궁을 먼저 쓰니 어느 정도 가능성이 있는 걸로 놓아두자. 그다음은 무엇이냐?"

"사람이 활을 메고 있거나 들고 있는 모습이라. 사람 인과 활 궁의 결합입니다."

"써보아라."

"하지만 국상어른. 사람 인 변을 쓰면 이것은 활 궁으로 먼저 시작하지 않습니다."

"사람 인은 길게 늘여 변으로 쓰지만 한가운데로 옮겨 작대기를 긋기도 한다. 아까 얘기한 임금 왕을 생각하면 될 것이다. 편하게 사람이 활을 진 모습을 그림으로 그리면 어떤 게 낫겠느냐?"

편장은 잠시 생각한 후 물었다.

"사람 인이든 작대기든 가운데로 옮겨야 할 것 같습니다."

"써보아라."

편장은 활 궁을 먼저 쓰고 그 가운데를 작대기가 관통하는 글자를 썼다.

"다음은 무엇이냐?"

"땅에다 작대기를 하나 꽂고 그 위에 활을 걸쳐둔 모습입니다."

"그러면 글자를 만들어보아라."

"어떻게 하면 되겠는지요?"

"내 생각에는 활 궁을 쓰고 작대기를 위에서 아래로 하나 그으면 될 것 같구나. 달리 떠오르는 그림이 있느냐?"

"저도 그렇게 그리고 싶습니다."

"다음은 무엇이냐?"

"활에 살을 매겨 있는 모습입니다."

"그려보아라."

편장은 활을 그리고 그 가운데 작대기 하나를 박았다. 물론 화살을 의미하는 것이었다.

"앗!"

돌연 편장이 외마디 소리를 질렀다.

"왜 그러느냐?"

"국상어른! 너무도 신기한 일입니다. 세 글자가 다 똑같습니다."

과연 편장이 만든 글자는 세 개가 다 같은 모양을 하고 있었다.

弔

"나는 없어진 글자가 이것이라 생각한다. 네 생각은 어떠냐?"

편장은 이제껏 편안하고 부드럽기만 하던 국상의 눈이 갑자기 감당할 수 없이 커지면서 자신에게로 확 달려드는 느낌에 헉 소리를 내며 뒤로 물러섰다.

———

태민은 여기서 소설을 덮었다.

"이 소설은 글자의 내력을 밝히려는 의도로 쓰여진 것인가!"

소설의 도입부에서부터 시작된 살인은 결국 실종된 한 글자를 좇기 위한 작가의 장치였고 현명하기 짝이 없는 명재상 을파소에 의해 그 실종된 글자는 '弔'라는 것이 밝혀지는 장면이었다. 상상력을 발휘해 작가의 의도를 좇아가던 태민은 한 가지 뚜렷한 대립구도를 발견할 수 있었다.

바로 글자 조(吊)와 조(弔)였다.

吊는 유학에 통달한 중국인 석정이 고구려에 가지고 온 글자이고, 弔는 풍장의 풍습을 가진 고구려의 서맥족이 가지고 있다 빼앗긴 글자로, 작가는 이 두 글자를 대립시키고 있는 것이었다. 태민은 자전을 찾아보았다. 두 글자 다 발음도 같고 상을 당했다는 뜻도 같았다.

글자를 찾는 소설이라니…… 도대체 이게 무슨 의미가 있는 거지? 중국의 치명적 약점이라고? 킬리만자로는 도대체 무엇을 알아내고 위험에 처했던 거지?

태민은 인터넷 검색창에 '전준우'라는 이름을 쳐넣었다. 그러자 그의 사진과 기사가 몇 개 떠올랐다. 사진 속 전준우는 진지하지만 밝은 표정으로 미소짓고 있었다. 그는 『불휘 깊은 나무』라는 작품으로 갑자기 떠오른 멋진 신예 작가로 소개되어 있었다. 다른 사진 속 전준우는 변해 있었다. 태민이 본 우수에 젖은 듯 외로운 킬리만자로의 모습을 하고 있었는데, 한 기자가 갑자기 잠적한 유명 작가를 추적하는 내용이 담겨 있었다. 요컨대 전준우는 기라성같이 나타났던 유망 신인으로 작품을 하나 내놓고는 갑자기 사라졌다는 얘기였다. 그리고 다른 기사들은 모두 그의 작품 『불휘 깊은 나무』에 대한 찬탄을 담고 있었다.

소설과 죽음 사이의 고리를 한참 생각하던 태민은 일전에 사복공안이 준 명함을 꺼냈다.

베이징 해전 공안분국 미위팅

명함을 살피며 잠시 망설이던 태민은 휴대폰 번호를 눌렀다.

"당신들은 도대체 왜 전준우 사건을 은폐하는 거죠?"

"누구요?"

"일전에 호텔로 찾아왔던 이태민이에요."

미위팅은 잠시 머뭇거리다 대답했다.

"사건에 도움 되는 진술이라도 있어요?"

"그게 아니라, 왜 사건의 진상을 숨기려고 하느냔 말이에요. 지난번에 프로들의 솜씨인 데다 청부살인일 가능성이 높다고 당신 입으로 얘기했잖아요?"

"음, 그건……."

"변명하려 들지 말아요."

"아직 확실한 건 없어요. 좀 더 조사해봐야 되는 사건이오."

"그런데 왜 절도범 소행으로 발표를 하느냔 말이에요. 공안이 거짓말을 하고 있잖아요. 나는 분명히 그가 목숨의 위협을 느끼고 있었다는 진술을 했는데 어떻게 절도범들이 범인일 수 있어요? 세상에 가택침입한 절도범들이 사전에 도둑질당할 사람을 뒤쫓고 겁주는 일도 있어요?"

"음."

"상부의 지시가 있기 전에는 그런 발표를 할 리 없고 지시를 한 누군가는 또 어딘가로부터 압력을 받거나 한 거 아녜요? 당신이 공안이면 진실을 밝혀야지 오히려 은폐를 해서 되겠어요? 내 분명 경고하는데 지금부터라도 제대로 수사를 해요."

태민은 전화기 건너편에서 미위팅의 난처해하는 기색을 느끼며 전화를 끊었다. 호통을 치긴 했으나 이런 정도로는 중국 공안이 꿈쩍도 않는다는 걸 알고 있는 태민은 사건이 미궁으로 흘러들어가는 가운데 자신이 뭘 할 수 있을까 생각했으나 사실 신분도 불확실한 자신이 할 수 있는 일은 없었다.

두 글자의 관계

어쨌든 태민은 며칠 후 베이징에 있는 서울대학교의 중국센터를 찾았다.

"조(吊)와 조(弔), 이 두 글자가 다른 용도로 쓰이기도 하나요?"

"그렇지는 않아요. 두 글자는 정확히 같은 뜻으로 사용되고 있어요."

"그렇다면 두 글자의 차이는 뭔가요?"

"모양이 다르지요."

"네?"

태민은 교수가 농담을 한다고 생각했으나 교수는 이내 설명을 붙였다.

"한자는 기본적으로 그림입니다. 그러니 두 글자가 발음이 같고 정확히 같은 뜻으로 쓰인다 하더라도 모양이 다르니 그 글자가 발생한 유래가 다르다는 말입니다."

"두 글자가 발생한 유래가 다르다면 쓰는 사람들이 달랐다는 뜻이군요."

"그렇게 생각해도 되겠어요."

"그럼 다른 사람들 사이에 글자를 가지고 싸움이 일어날 수도 있는 건가요?"

"어떤 싸움을 말하는 거죠?"

"가령 서로 남의 글자는 없애고 자신들의 글자만 쓰이게 한다든지요."

"글쎄요, 언어 전체를 가지고는 그런 일이 많지만…… 가령 독일과 프랑스가 서로 알자스 지방을 놓고 다툴 때 독일이 지배하면 주민에게 독일어를 쓰게 하고 프랑스가 지배하면 프랑스어를 쓰게 한다든지…… 우리나라만 하더라도 일제 강점 시대에는 우리말을 못 쓰게 하고 일본어를 쓰게 했듯 아예 언어 자체를 바꾸는 일은 흔하지만, 지금 이 두 글자처럼 같은 한자인데 吊를 쓰는 사람들이 弔를 쓰는 사람들로부터 글자를 빼앗는다든지 아예 멸절시킨다든지 하는 예는 잘 떠올릴 수가 없네요."

"이 두 글자 사이의 관계를 시원하게 설명할 수 있는 학자는 없을까요?"

"아무래도 한자이니 중국 학자들 중에서 찾아야겠죠."

"혹시 소개해주실 만한 사람이 없을까요?"

"그런데 뭐 하시는 분이죠?"

센터장은 이런 이상한 문제를 가지고 나타난 태민의 내력이 궁금한 모양인지 얼굴을 살피며 물었다.

"저는 사업을 하는 사람이에요."

"무슨 사업을 하는지 물어도 될까요?"

태민의 입에서는 이번에도 무기거래상이라는 말이 자연스레 나가지 않았다.

"국제중개무역을 하고 있어요."

"특이하군요. 이런 문제는 전문 학자라 하더라도 잘 모르는데 무역을 하시는 분이 관심을 갖고 있다는 게 말이에요."

센터장은 칭화대학의 치엔타이 교수를 소개해주었다.

"한자의 역사에 관한 권위자이니 잘 대답해줄 겁니다. 혹시 의문이 풀리면 제게도 알려주세요."

센터장이 건넨 명함을 들고 사무실을 나오는 태민의 내면에서는 자괴감이 스멀거렸다.

'나는 왜 또다시 있는 그대로의 내 직업을 소개하기 꺼려했을까? 학교 다닐 때부터 무기상이 되겠다고 결심을 한 데다 전에는 자랑스럽게 무기중개상이라 하지 않았던가. 나의 특별하고 신비한 직업을 듣는 순간 사람들은 금세 부러운 눈빛을 보였고 나는 당당하지 않았던가. 그런데 지금 나는 나의 직업을 입 밖에 내놓길 부끄러워하고 있다.'

이런 생각이 들 때면 꼭 떠오르는 얼굴이 있었다. 바로 최현지, 자신을 쓰레기 같은 인간으로 몰아붙이던 여검사였다. 태민은 의외로 자신이 그 여검사에 의해 상처를 많이 받고 있다는 걸 깨달았다.

"두고 보자! 내가 500억을 손에 쥔 후에 네가 어떻게 나오는

지."

태민은 칭화대학으로 가는 동안 다시 한 번 자신이 몬테크리스토 백작이 되어 최현지를 무너뜨리는 상상을 했다.

"吊를 쓰는 사람들이 弔를 쓰는 사람들을 죽이고 글자를 없앴다고요? 누구의 이론입니까?"

"그게 딱 누구라 하기는 그렇지만…… 그분도 한자를 열심히 연구해온 분인 건 틀림없습니다."

"吊는 입 구와 수건 건이 붙어 있는 모양이에요. 입 구란 사람이 사는 집이란 뜻이지요. 그러니 사람이 사는 집에 수건을 걸어 상이 났음을 알리는 거예요."

소설에도 있는 얘기라 태민은 쉽게 고개를 끄덕였다.

"그런데 똑같이 상을 당했음을 알리는 이 弔는 사람이 활을 메고 있는 그림인 것으로 보아 사람이 죽었을 때 활을 가지고 무언가를 했다는 내력이 들어가 있어요. 무엇을 했을까? 사람이 죽었을 때 활을 가지고 하는 일이 무엇일까……?"

"이 弔가 풍장을 하는 사람들의 습속을 담고 있다면요?"

"아! 그래서 활을 메고 있는 건가?"

태민이 소설에 있던 풍장이라는 단어를 내놓자 치엔 교수는 이내 얼굴이 환해졌다.

"이 弔가 풍장에서 나왔다면 활을 들고 가족의 시체를 지키는 모습이라 볼 수 있겠어요. 그렇다면 앞의 吊로 돌아가서, 이 吊

는 어떤 사람들이 썼는지 생각해봐야 하겠군요."

치엔 교수는 종이에 뭔가를 써가면서 한참 생각하다 말했다.

"이 吊는 집에 수건을 걸어둔 형상인데, 수건 거이란 사람이 목에 천을 두르고 있는 그림이잖아요. 사람이 수건을 쓴다는 행위 자체가 문명의 발전을 의미하니 이 吊는 풍장을 하는 사람들이 쓰는 弔에 비해 문명화된 사람들이 쓰기 시작한 글자라 볼 수 있어요. 만약 吊를 쓰는 사람들이 弔를 쓰는 사람들로부터 글자를 빼앗고 그 글자를 쓰는 사람들을 멸종시키거나 그 글자를 멸절시켰다면, 문명화된 사람들이 야만족들의 나쁜 풍습을 없애기 위해 그런 걸로 보아야겠지요."

"매장의 풍습을 가진 문명화된 사람들이 야만적 풍장을 없애기 위해 그런 것이란 얘기죠?"

"그렇게 보는 게 일단 맞을 것 같은데……."

한자의 전문가인 치엔 교수도 유추는 하지만 평소의 연구는 없는 듯했다.

"그런데 매장을 하는 사람들이 풍장을 하는 사람들에 비해 더 문명화되었다고 할 수는 없는 것 아닌가요? 생각하기에는 풍장이 매장보다 더 발전된 사상을 가지고 있는 것 같은데요."

"발전된 사상이라면?"

"매장은 아주 오랜 옛날, 즉 석기나 청동기 시대부터 고인돌이나 지석묘 같은 걸 통해 나타나고 있지 않나요? 그에 반해 풍장은 매장을 몰라서 하는 야만적 행동이라기보다는 인간도 자연의 일부이고 따라서 사후에 신체를 자연으로 다시 돌려보낸다는 의미로 들에 두어 역시 같은 자연인 짐승들에게 먹히게 한 것이죠. 즉, 사상적으로는 풍장이 더 성숙하고 문명화된 것일 수도 있겠다는 생각이 드는데요."

치엔 교수는 고개를 끄덕였다.

"음, 일리가 있어요. 그런데 이렇게 吊와 弔를 대비시킨 학자는 누군가요? 글자의 모양을 보면 두 문명권의 충돌 같은 게 있었을 것 같기도 한데…… 이런 건 연구한 학자에게 직접 얘기를 들어봐야지, 그러기 전에는 도대체 그 이유를 알아낼 수 없을 것 같군요."

태민은 잔뜩 흥미로운 눈빛으로 자신을 바라보고 있는 치엔 교수의 눈길을 대하자 왠지 어깨가 으쓱하는 기분이 들었다. 자신이 대수롭지 않게 생각한 킬리만자로의 소설이 한자의 전문가에게 놀라움을 던지고 관심을 끌고 있는 것이었다. 킬리만자로, 즉 작가 전준우의 소설이 만만치 않다는 생각이 들자 태민은 비행기에서 보았던 신문기사를 떠올렸다. 전준우는 허구를 동원하지만 단순한 사실의 나열로는 밝힐 수 없는 수면 아래의 진실을 밝히는 작가라고…….

태민은 문득 전문가들도 잘 모르는 이 두 글자 사이의 차이를 자신이 한번 밝혀보고 싶은 생각이 들었다. 이제껏 이런 문제에 관심을 가진 적이 없었지만 해장국집에 늘 후줄근한 모습으로 앉아 있곤 하던 전준우가 천착한 문제라는 사실에 묘한 친근감이 가는 것이었다.

"이분이 남긴 원고가 더 있는데, 다시 한 번 찾아뵐게요."

치엔 교수의 연구실을 나온 태민은 칭화대학교 교정의 벤치에 앉아 吊를 가진 자들이 吊를 없앤다는 설정을 한 전준우의 의도를 하나하나 꼽아보았다. 생각해본 여러 경우가 조금씩 다르긴 했지만 대체로 비슷하게 도시권에 사는 사람들이 자연권에 사는 사람들의 글자를 없애려 한다는 걸로 집중되었다.

"주제란 문명충돌인가? 아니면 사상충돌?"

태민은 한자의 전문가들도 고개를 끄덕이지 않을 수 없는 수준 있는 소재를 다룬 킬리만자로가 무슨 얘기를 하려고 하는지 궁금해져 서둘러 호텔로 발걸음을 옮겼다.

"아!"

노트북을 켜는 태민의 뇌리에 불현듯 유에스비를 건네주던 킬리만자로의 마지막 모습이 떠오르자 태민의 입에서는 자신도 모르게 신음이 흘렀다. 마지막 순간 자신이 좀 따스하게 대해주지 못했던 게 지금 와서는 후회가 되어 가슴에 치밀어오르는 것이었다. 그때 킬리만자로는 분명 어떤 종류의 치명적 위험인가를 느끼고 있었고, 그 절체절명의 순간에 자신을 찾아온 것이었다.

"음!"

태민은 화면에 떠오른 킬리만자로의 소설을 그냥 둔 채 곰곰 생각을 해보았다. 킬리만자로는 어떤 위험에 처했던 것일까? 다

른 사람과 철저히 절연한 채 자신의 삶만을 살아가던 그가 누군
가로부터 죽임을 당할 정도의 일을 저지른다는 건 상상이 가지
않았다. 자신을 찾아왔던 공안들 역시 사건이 원한이나 치정이
나 금전 관계가 아니라고 했지만 사인에 대해서는 오리무중이라
했던 기억이 났다.

그럼에도 불구하고 그의 죽음은 절도범에 의한 순간적 살해
내지는 치사로 발표되었으니, 그 경위에는 의혹이 있고 이 모든
알 수 없는 일의 열쇠는 바로 이 원고가 쥐고 있다. 태민은 이런
생각의 갈래 사이에서 다시 소설을 읽기 시작했다.

풍장의 글자

서맥촌에서 나온 예순 명 남짓한 사람들의 행렬 가운데에는
들것에 누인 시신이 있었다. 행색이라는 게 다들 보잘것없이 낡
고 추레하여 남 보랄 만큼 화려한 의식은 아니었으나 눈물을 흘
리는 이도, 가슴의 안타까움을 토해내는 이도 없이 엄숙한 기색
이 만연하여 있었다.

"후."

한참을 걸어 너른 벌판에 이른 그들은 높은 자리를 골라 조심
스레 시신을 내리고 그 주위를 둘러섰다. 곧 메마른 입술들이 열

렸다. 누가 먼저랄 것 없이 시작된 염(殮)하는 소리가 이어졌다.

"이 땅의 자식이 여기 누웠다. 가장 높이 나는 새가 살점을 취하여라. 가장 멀리 달리는 승냥이가 뼈를 취하여라. 하늘 끝으로, 땅 끝으로 그를 인도하여라. 다만 열흘길은 제 발로 걷도록, 제 태어난 땅을 그리도록 두어라."

이미 여러 번 왼 양 높낮이마저 같은 짧은 읍, 이가 끝나고 죽은 자의 아들이 나서 낡은 천을 장대에 동여맨 후 이를 올곧게 붙잡으니 천에 그려진 또렷한 글자 하나가 죽은 이의 곁에서 평원의 거센 바람을 타고 펄럭였다.

弔

활 궁(弓) 자 가운데에 선을 하나 그어 곤(丨) 자를 더한 글자. 평생 글자와는 담을 쌓고 살아온 이들이 죽은 이를 기리고자 글자를 둘러쌌다.

"아라아라리! 아라아라아와라!"

희끗한 머리를 풀어헤친 채 허리를 뒤로 잔뜩 꺾은 무당의 입에서는 비명인지 주문인지 알 수 없는 괴성이 터져나와 을씨년스러운 벌판을 날았다.

"우리우라리!"

서맥촌에 새로 나타난 여자 무당이었다.

퀭하니 들어간 두 눈에는 알 수 없는 증오와 귀기만이 살아 보는 이로 하여금 오싹 소름이 돋게 하는 요사한 여자는 끝도 없이 벌판 끝자락의 하늘을 향해 울부짖음을 토해냈다. 실성한 듯

한 여자의 반복되는 울부짖음과 흐느낌 한가운데서 글자를 바라보는 이들의 얼굴에 한층 엄숙함이 더해졌다. 이승과 저승의 경계를 구분하는 상징과도 같은 글자, 이 글자가 눈앞에서 펄럭이는 순간이 바로 이 짧고 간단한 의식의 전부인 까닭이었다.

弔

무당의 날카로운 비명과 같은 목소리가 다시 한 번 앙칼지게 벌판에 메아리치자 커다란 전통을 어깨에 멘 한 젊은이가 땅에 무릎을 꿇었다.

"용맹한 아비의 자식이 물려받은 용맹함으로 아비를 기리리라. 아비의 활로써 아비를 지키고 또한 제 아들에게 물려주리라."

젊은이에게는 아비가 평생 쓰던 활이 쥐어졌고, 젊은이를 홀로 남겨둔 채 부족민들은 등을 돌렸다. 이제 그들은 부락에 모여 죽은 자의 지난 생애를 이야기할 것이었고, 벌판에는 등에 활을 진 자식만이 남아 아비의 곁을 지킬 것이었다.

해가 저물어갔다. 멀찍이 사람의 무리를 경계하여 다가오지 않던 들짐승과 날짐승들이 어둠을 타고 다가오니 이제 활 든 젊은이는 앞으로 열흘 밤낮 금수의 무리와 싸우며 제 아비의 시신을 지킬 각오를 되새겼다. 사자(死者)의 시체가 자연의 품으로 돌아가며 혼이 하늘로 향할 열흘길을 그 아들로 하여금 활을 들고 지키게 하는 풍습, 弔란 바로 그런 모습을 그린 글자였고, 그것은 이제 사라져가는 풍장(風葬)으로 고구려 가운데서도 북방 끄트머리에 살아가는 서맥족만의 장례였다.

"글자 같은데…… 저게 뭐라고 쓴 걸까?"

멀찍이서 정만현의 많은 사람들이 이 서맥촌의 풍장을 보고 있었다. 지난번의 풍장은 워낙 은밀하게 치러져서 사람들이 알지도 못하는 새 지나갔지만 이번 상여는 서맥촌에서 나와 풍장터까지의 먼 거리를 사람들이 보란 듯 신기가 온 얼굴에 흐르는 무당이 앞에 서서 귀신이 질러대는 비명과 흐느낌에 더해 요사스러운 주문까지 주절거리며 지나갔기에 구경꾼들이 많이 붙은 것이었다.

서맥족의 풍장은 부정 타는 걸 금기 중 금기로 하여 족외인을 금하였으므로 비록 풍장터까지 따라온 사람이라 하더라도 활에 살을 매긴 채 지키는 한 사내에 가로막혀 가까이 다가갈 수 없었다. 사람들은 거리를 지키며 깃대의 끝에서 눈에 들어올 듯 말 듯 희미하게 나부끼는 글자가 못내 궁금해 두리번거렸지만 아무도 그것이 어떤 글자인지 설명할 수 없었다.

"그림 같기도 한데……"

"거리도 먼 데다 바람까지 불어대니 똑똑히 볼 수가 없네. 어떻게 보면 그냥 활 궁만 쓴 것 같기도 하고 가운데 작대기를 하나 그은 것 같기도 한데……"

"저기 혼자 남은 젊은이가 활 들고 지키는 모양이야."

"그런데 언제까지 지키겠어?"

"글쎄, 전통에 살이 다하면 돌아가겠지."

"그런데 저놈들도 사람 맞아? 남의 시신도 묻어주는 판에 어떻게 가족의 시신을 벌판에 갖다 내버릴 수 있어?"

먼 길을 따라온 정만현의 구경꾼들은 처음 보는 이 풍장이란 충격적인 풍습에 도리질을 하며 돌아섰고, 다음 날 아침부터 풍장을 보고 온 사람들의 목소리가 정만현 곳곳에 깔리기 시작했다.

구경꾼들의 얘기는 거의 서맥촌 사람들에 대한 신비로움을 깔고 있었고, 이런 종류의 얘기란 과장되기 마련이라, 시신을 지키는 젊은이가 제 아비의 시신을 뜯어먹는다는 데까지 이르렀다.

"선생님, 어떻게 이런 일이 있을 수 있단 말입니까? 돌아가신 부모를 벌판에 갖다버려 승냥이의 고기밥이 되게 하다니요?"

풍장에 대해 대단히 분노한 한 무리의 사람들이 온 사방을 돌아치다 결국 유생 석정을 찾아갔고, 그들은 자신의 일보다 더 분노하고 흥분하여 절을 마치자마자 서맥촌 사람들의 풍장을 목소리 높여 성토했다.

"무슨 일이 있었는가?"

"서맥촌 놈들이 풍장이란 걸 한다 해서 구경을 갔는데 세상에, 부모의 시신을 들판에 그냥 가져다버리는 것이었습니다. 도대체 이걸 어떻게 해야 합니까?"

"부족마다 풍습이 있으니 존중하는 게 예이다."

"이것은 풍습이 아닙니다. 패륜이자 죄악입니다. 이런 짐승보다 못한 놈들과 정만현에서 같이 살 수는 없는 노릇입니다."

"악습은 도끼로 고치는 게 아니라 예로 고치는 것이니, 시간을 두고 기다려라. 그들도 차츰 예에 눈을 뜨게 될 것이다."

"평상시 선생님께서 효는 세상의 근원이라 하셔서 저희는 참으로 크게 따랐습니다. 그리하여 집집마다 효가 넘치고 아이들은 몸가짐 하나도 조심합니다. 그런데 이 짐승만도 못한 놈들이 부모의 시신을 벌판에 가져다버리는 걸 그냥 두면 아름다운 가풍이 깨지는 건 물론 아이들이 보고 배워 효란 강아지 밥그릇에나 들어갈 것입니다. 이것은 시간을 두고 기다릴 일이 정녕코 아닙니다."

유생 석정은 평소 자신이 가르쳤던 걸 글자 한 자 안 틀리고 그대로 쏟아내는 서생 문사들의 탄원에 일일이 귀를 기울였다.

"선생님, 많은 사람들이 저희 주장에 동조는 하나 그냥 고개만 끄덕일 뿐, 저희 백성들은 어떻게 할 힘이 없습니다. 이제 태수께 찾아가려 하는데 선생님께서 가주시면 저희는 말할 것도 없고 효로써 아이들을 가르치려 하는 정만현 모든 백성들의 큰 기쁨이 될 것입니다. 부디 나서주십시오."

석정은 가만한 눈길로 이들을 바라보다 이윽고 자리에서 일어나 의관을 갖추었고, 그의 뒤를 따라 서생 문사를 중심으로 한 일단의 백성들이 현청으로 몰려갔다.

"생사지이례 사장지이례 제지이례(生事之以禮 死葬之以禮 祭之以禮)! 부모가 살았을 때는 예로 모시고 돌아갔을 때는 예로 장례를 치르며 돌아가신 후는 예로써 제사를 지내야 한다!"

석정의 낭랑한 목소리가 현청을 울렸다.

"어서 오시게."

태수는 유생 석정이 일단의 백성과 같이 찾아왔다는 보고에 적이 놀라는 눈치였으나 웃음을 띠며 숭모하는 친구를 맞았다. 서생 하나가 대표로 나서 풍장은 악습을 넘어 패륜이라며 성토하고 풍장을 금지하던 서맥촌 사람들을 내쫓든 둘 중 하나를 해줄 것을 강력히 요구하자 태수는 순순히 고개를 끄덕였다.

"듣고 보니 일리가 있다. 내일 서맥촌으로 가 그대들의 바람이 이루어지도록 하겠다."

서생 문사들은 태수로부터 선선한 대답을 얻어내자 일제히 고개를 숙였고 태수가 이리 고분고분한 것은 유생 석정이 같이했기 때문이라 생각하여 그에게도 절을 했다.

태수의 부드러운 대답에 더욱 기가 산 문사 하나가 목소리를 더욱 크게 돋우었다.

"아예 그 요사스러운 무당을 내몰아야 합니다. 어디서 왔는지 몰라도 그 무당이 새로이 나타나고 나서 갑자기 신들린 듯 풍장이 시작됐습니다. 모두가 그 무당 때문입니다. 게다가 알 수 없는 요사한 글자를 가지고 왔다고도 합니다."

"알 수 없는 글자라면?"

안망의 눈썹이 치켜졌다.

"활 궁인지 뭔지를 깃발에 써 풍장 내내 휘날렸다 합니다."

"아, 그것은 요사할 것이 없는 자랑스러운 글자다. 夷(이)라는 글자인데, 큰 활을 쓰는 부족이라 해서 오랜 옛날부터 주변 부족의 존경을 받아온 우리의 조상을 말함이다. 동이(東夷)라고도 하며, 우리 모두 이 夷의 후예이니 이 글자는 자랑스럽게 받아들이도록 하라."

"태수님, 그게 그리 복잡한 글자가 아니었습니다. 서맥촌 놈들이 활을 들고 가로막아 확실히 잘 볼 수는 없었으나 그냥 활 궁이거나 활 궁에 밑으로 작대기를 하나 그은 정도였습니다."

안망은 허공에 손으로 글자를 써보더니 고개를 가로저었다.

"세상에 그런 글자는 있지 않다."

"그러니까 요사하다는 것입니다. 있지도 않은 글자를 들고 나타난 무당을 어이 그냥 두겠습니까?"

"너희가 착각한 것 아니냐? 활 궁에 클 대를 씌운 게 아니라 작대기만 그었다는 것이냐. 분명하냐?"

풍장터에서 줄곧 미간을 좁히며 글자를 확인하려던 눈 좋은 백성 하나가 앞으로 나섰다.

"분명 요사한 글자입니다. 어떻게 보면 그냥 궁이고 어떻게 보면 작대기가 붙었는데, 볼 적마다 달리 보이니 이 어찌 요사한 글자가 아니겠습니까?"

"분명 무당이 그런 있지도 않은 글자를 가지고 나타났다는 말이냐?"

"틀림없습니다. 한시바삐 그 요사한 년을 내쫓아야 합니다."

안망은 해를 보았다. 이미 늦은 오후라 생각한 그는 단호하게 말했다.

"내일 날이 밝음과 동시에 가볼 것이다. 아무리 관장이라 하더라도 상을 당한 마을에 한밤중에 당도할 수는 없는 일이니. 하지만 그것이 그냥 활 궁인지 아니면 요사한 글자인지 여부는 내가 보고 판단할 터이니 더 이상 왈가왈부하지 말라. 악습 이전에 풍습인데 풍장을 금하는 것도 그리 쉬운 일은 아니다."

그날 밤 칠흑 같은 어둠을 뚫고 두 필의 말이 서맥촌으로 통하는 산길을 쏜살같이 내달렸다. 아래위로 검은 옷을 입고 검은 두건까지 쓴 마상의 두 사람은 말이 마을 어귀에 도착하자 고삐를 당겨 조심스럽게 내린 다음 숲속으로 들어가 말을 감추고는 발걸음을 죽여 마을로 잠입했다.

앞서가던 사나이가 턱짓을 하자 뒤의 사나이는 고개를 끄덕였다. 두 사람은 더욱 조심스럽게 발걸음을 내디뎌 솟대가 높이 솟은 집으로 미끄러져들어갔다. 방문 앞에 죽은 듯 멈추고 기름 심지가 치직거리며 타들어가는 소리를 한동안 듣고 있던 사나이 하나가 소매에서 작고 예리한 금속을 꺼냈다. 어두운 중에도 희미한 별빛이라도 받았는지 작고 기다란 금속은 희끄무레 비치었다. 칼이었다.

소리 없이 방문을 당긴 사나이 하나가 그림자처럼 방 안으로 미끄러져들어감과 동시에 안에서 컥 하는 비명이 들렸다. 그러자 나머지 한 사나이도 방 안으로 들어가 잠시 뒤적거려 깃발 하나를 찾아냈다. 뒤미처 들어간 사나이가 깃발을 기름불에 비추어

보더니 크게 놀라는 표정을 지으며 자신도 모르게 한마디 흘렸다.

"음, 이것이…… 어디서 나타났단 말이냐."

깃발의 글자를 바라보며 한참이나 기억을 더듬고 섰는 그를 향해 먼저 들어와 칼질을 했던 복면이 고갯짓을 했다. 그러나 그는 도저히 이해할 수 없다는 듯 먼 옛날의 실수 한 조각이라도 기억해내려 한참이나 석연치 않은 표정으로 깃발을 보고 있다 이윽고 말없이 고개를 끄덕이고는 품속에 집어넣었다.

방바닥에 흥건한 피를 피하여 문을 열고 밖으로 나온 두 사나이는 왔던 때와 똑같이 발소리를 죽이고 마을을 빠져나와 숲속으로 들어갔다. 그러나 임무를 완수했다는 만족감이 밴 발걸음과 당당한 어깻짓은 숲속에 들어서자마자 외마디 놀라움으로 이어졌다.

"앗!"

두 사나이는 말이 매어져 있던 공간이 허옇게 비어버린 걸 보고는 주변을 두리번거렸다. 분명 큰 나무에 고삐줄을 꽉 매어놓았고 단단히 확인까지 했던 참이었다. 어둠 속이지만 당황한 기색이 확연히 드러난 두 사람은 서로를 마주보았다.

"말을 찾느냐!"

묵직한 목소리가 들리자 놀란 두 사나이는 칼을 꺼내들었지만 순식간에 어둠 속에서 군졸 수십 명이 뛰쳐나오며 두 사람을 쓰러뜨리고 포박해버렸다.

이내 사방이 환해지면서 나타난 사람은 다름 아닌 태수 안망이었다. 안망은 횃불 밑에 포박된 두 사람에게 잠시 눈길을 두었다 고개를 들어 어둠 저편을 향해 외쳤다.

"무당은 어떻게 되었느냐?"

"단칼에 급사했습니다."

어둠의 저편에서 이제 막 당도한 군졸의 목소리가 전해졌다.

"안타깝지만 갸륵한 죽음이다!"

안망의 목소리가 처지는가 싶더니 곧 분노가 밴 커다란 음성이 터져나왔다.

"이놈들의 복면을 벗겨라!"

다음 순간 안망의 입에서는 비명이 터져나왔다.

"아니!"

안망만이 아니었다. 편장을 비롯해 그 자리에 있는 모든 군졸의 입에서는 이구동성으로 경악의 외침이 우레처럼 터져나왔다.

"앗! 이 사람은!"

弔를 없애는 사람들

범인은 바로 유생 석정이었다.

안망은 먼저 석정의 하수인을 모질게 신문하였으나 그는 두 마을 사람들을 몰살시킨 홍수와는 거리가 먼 사람이었다. 그저 한에서부터 석정을 따라와 잔심부름을 하던 자로, 석정의 지시에 따라 서맥촌의 무당을 죽인 것이 전부였다. 주범은 석정 본인이었다.

"석정 이놈! 너는 성인의 탈을 쓰고 짐승보다 못한 짓을 하는 놈이구나. 그래, 이제껏 네가 죽인 양순한 백성이 얼마나 되는지 알고 있느냐?"

"나는 짐승을 수백 마리 죽였을지언정 백성을 죽인 적이 없다. 부모의 시신을 들에 갖다버리는 짐승만도 못한 자들을 어찌 양순한 백성이라 부르는가?"

"그것이 어찌 그들의 잘못이냐! 내려오는 풍습을 따랐을 뿐이 아니냐!"

"사람이라면 예를 알아야 한다. 나는 무슨 희생을 치르더라도 천하에 예를 퍼뜨리리라 결심했다."

"좋다. 네가 사소취대하여 예를 퍼뜨렸다 치자. 그렇다면 그 글자 弔를 없애는 것이 예와는 무슨 관계가 있다는 말이냐?"

"그 글자는 인간을 짐승보다 못하게 만드니 없어져야 하는 것이다. 예를 뿌리박는 첫걸음은 그런 추악한 글자를 없애는 것이다."

"네놈의 예는 잔인하기도 하구나! 그 다섯 놈의 흉수들은 어디에 있느냐?"

"모든 것은 내가 뜻하고 내가 행한 일일 뿐이다."

"네놈 홀로 천하의 弔를 쓰는 사람들을 모조리 죽였다는 말이냐?"

"그렇다."

안망은 배신감에 치를 떨며 외쳤다.

"네놈이 정만현에 들어온 것도, 젊은이들의 스승이 되었던 것도, 나와 말벗이 되었던 것도 모두 그 弔를 없애기 위해 계획한 일이었더냐?"

"소양이 있는 태수와 교류한 것이나 젊은이들에게 예법을 가르친 것은 진심이었다. 마찬가지로 弔를 없앤 것 또한 천하에 야만을 물리치고 예를 전하기 위한 뜻이었으니, 나는 다른 목적을 위해 나를 꾸미고 거짓을 범하지 않았다."

석정은 묻는 말에 모두 답하였으나 안망은 그에게서 아무것도 얻어내지 못했다. 스스로 모든 범행을 하였으며 그 모든 것이 예를 알리려는 노력이었다는 것만이 그의 대답이었다.

요지부동인 석정을 놓아두고 안망은 큰 한숨을 흘리며 자리를 떴다. 사건의 규모란 도저히 석정 홀로 벌일 수 있는 것이 아닐뿐더러 예를 위하여 그 잔인한 범행을 저질렀다는 석정의 대답 역시 도저히 받아들일 수 없는 것이었다. 천신만고 끝에 범인을 잡았으되 정작 사건은 아무것도 밝혀지지 않은 것과도 진배없었다.

날이 밝자 안망은 석정을 도성에 압송하기로 결정하고 직접 군사들을 거느리고 나섰다.

"弔가 맞았더냐?"

"국상의 지혜가 놀라울 뿐입니다."

"그래, 무슨 연유로 그 글자를 없앤 것이라 하더냐?"

"범인은 천하에 예를 퍼뜨리는 것을 자신의 업이라 여기는 자인데 그 글자가 특히 예를 망치는 것이기에 없앴다고 합니다. 진위 여부를 가릴 수 없는 데다 사건이 워낙에 기묘하여 저로서는 내막을 놓칠까 두려운지라 그 이상 문초를 않고 아예 이곳 도성으로 호송해왔습니다."

"너에게 夷를 알려준 그 유자가 범인이었느냐?"

"그러합니다. 하온데 어찌 그리 생각하셨습니까? 정만현 모든 사람이 그가 범인일 줄은 꿈에도 생각지 못하였습니다."

"극과 극은 통하는 법이니, 그가 지나치게 자신을 숨기려 한 탓이다. 어디 한번 보자꾸나."

국상 을파소 앞에 끌려나온 석정은 몸가짐에 비굴함이 없이 당당하였다.

"풀어주어라!"

을파소는 꿇린 석정을 가까이 불러 의자를 내주었다.

"보아하니 그대는 조그만 실수도 부끄러워하는 군자의 얼굴을 가졌는데 어찌하여 이런 일을 저질렀는가?"

을파소의 물음에 유생 석정은 입을 꼭 다문 채 아무 말이 없었다. 이에 을파소는 시립한 장수들을 다 내보내고 안망과 셋이서만 자리를 한 후 말했다.

"내게 묻고 싶은 게 있을 터!"

국상의 너무나 엉뚱한 말에 안망은 어리둥절했으나 유생 석정은 놀랍게도 그간 꽉 닫혀만 있던 입을 열었다.

"그 글자는 어디서 찾은 것이오?"

을파소는 그 물음이 나올 줄 알았다는 듯 고개를 끄덕였다.

"내가 만들었다."

석정은 피식 웃으며 고개를 가로저었다.

"일국의 국상으로 어찌 그런 실없는 말씀을 하시오?"

"세상의 이치란 모두 사람이 만들어낸 것이니 사람이 깊이 생각하여 알지 못할 것이 없다. 믿지 못하겠다면 내 직접 들려주지."

을파소가 글자를 만든 과정을 얘기하는 동안 유생 석정은 태연함을 유지하려 하였으나 얼굴에 나타나는 미세한 흔들림과 눈꺼풀의 떨림까지 막을 수는 없었다.

"아아, 세상은 넓고도 넓구나! 사람이 어떻게 한순간에 글자를 만든단 말인가!"

을파소가 이야기를 끝내자 석정은 탄식과 한숨을 동시에 토해냈다. 그러고는 자세를 가다듬고 입을 한일자로 꽉 다물었다. 그것은 눈앞의 을파소와 대화하여 속일 재간이 없으니 아무 말도 하지 않겠다는 결심과도 같은 것이었다.

"수양이 깊고 덕이 찬 그대가 이런 일을 벌였다면 평범한 사람으로서는 생각도 못할 어떤 연유가 있을 터, 그것은 단순히 야만을 금하려 함이 아닐 것이다."

"나는 예를 숭상할 뿐이오."

"그대가 말을 않기로 결심하였구나. 허나 그대가 말을 한다고 알고 안 한다고 모르겠는가."

을파소는 안망에게로 눈길을 돌렸다.

"안망아, 그간 이 석정의 행적을 말해보아라."

안망은 을파소의 물음에 난처한 표정을 지었다. 잠시 생각하던 그는 열리지 않는 입을 열어 어색한 표정으로 대답했다.

"흠이나 죄가 드러난 것이 딱히 없어 저자가 스스로 고변하기 전에는 말할 만한 것이 없습니다."

"죄를 생각지 말고 그의 덕행을 말하여라. 문제가 되는 것은 그의 죄가 아니고 덕행이니라."

"그는 예를 널리 퍼뜨리고 충과 효를 주변에 알리는 데 진력해 정만현 모든 사람의 아낌과 공경을 한 몸에 받아왔습니다. 그렇기에 이번 일로 놀라지 않은 사람이 하나도 없었습니다."

"더 세세히 말해보아라."

안망이 석정의 덕행을 기억하는 대로 하나씩 조목조목 이야기하자 그것만으로 한참의 시간이 흘렀다. 하나같이 다 세간에 전해질 만한 모범적인 이야기들이었다. 범인을 잡아다놓고 그의 덕행을 줄줄이 열거하자니 안망은 그 꼴이 스스로도 우스워 몇 번이고 멈추려 하였으나 을파소는 그의 이야기를 하나 빠짐없이 진중히 듣고 있었다.

"또한 사람이 나고 죽을 때와 혼인하는 의식을 더욱 경건하게 치르는 여러 예를 전하였습니다."

을파소는 미간을 좁히며 되물었다.

"죽을 때?"

"그렇습니다. 죽을 때뿐만이 아니라 죽은 후 제사를⋯⋯."

"죽을 때 어떻게 하라 했는지 자세한 이야기를 하여라."

"사람이 죽으면 먼저 집 밖에 등불을 내걸고 그 위에 수건을 덮으라 하였습니다. 이를 안팎으로 알려 소란을 막고 엄숙함을 유지할 것이며 사람이 다니는 곳에 망자의 이름과 吊라는 글자를 써붙여 친분이 있는 사람들에게 작별할 기회를 주어야 한다고 했습니다."

"吊? 그것이 무엇이냐?"

"사람이 죽으면 써붙이는 글자라 하였습니다."

을파소는 크게 혀를 찼다.

"허, 안망아. 어찌 그것을 놓쳤느냐? 두 글자가 다 사람이 죽었을 때 쓰는 글자라면 의심할 만하지 않았느냐?"

그제야 안망은 아, 소리를 내며 눈을 크게 떴다. 그리고 깊이 고개를 숙여 사죄했다.

"제가 불민한 탓입니다. 워낙이 덕이 높은 이라 의심할 생각을 못하였습니다."

을파소는 생각이 복잡해지는지 숨을 한번 길게 골랐다.

"너무나 특이한 일이구나. 이자는 사람이 죽었을 때 써야 하는 글자로 吊를 내어놓고 弔를 없앴다. 사람이 애써 글자를 없애며 바꾸어야 할 이유가 무엇일까? 글자란 안 쓰면 세월이 흘러 없어지게 마련인데 어째서 무지한 백성까지 죽여가며 글자를 없앴을까?"

"참으로 기괴합니다. 글자를 바꾸어 대체 무엇을 얻을 수 있는지. 스스로의 덕을 모조리 허물면서까지 어찌 그런 일을 벌였는지."

안망의 가파른 시선이 석정에게 꽂혔다.

"그토록 많은 선량한 사람을 죽였으면 이제 그 이유를 털어놓아야 할 것 아니냐. 국상께서 너를 군자로 대접하여 이토록 정중히 대우하시는데, 이것이야말로 예로 너를 대하시는 것이 아니냐. 그렇다면 너 또한 예로 답해야 하지 않느냐!"

석정은 꾹 다물었던 입을 열어 짧게 답했다.

"나를 예로 대접한다면 어서 죽음을 달라."

"이놈이! 국상, 이놈의 이 이상한 짓이 무엇을 뜻하는지 전혀 알 수 없으니 이보다 더 위험한 일도 없을 것입니다. 당장 기름아비를 불러 온몸의 기름을 짜고 백정을 불러 육포를 떠야 이놈이 아는 대로 말할 것입니다!"

안망이 치미는 분노를 그대로 내보였지만 을파소는 손을 내저었다.

"네 말이 맞다. 글자 하나를 없애기 위해 오랜 세월 수많은 사람을 죽였다면 그 배경이란 참으로 이상하고 위험한 것이겠지.

하지만 이 큰일에 범인의 말을 곧이곧대로 들어 안다면 그것이 더 위험하다. 그러니 이 유자에게 묻기보다는 먼저 스스로 생각할 일이다. 이자를 그냥 가두어두기만 하라."

며칠 후 을파소는 안망을 불렀다.

"생각해보았느냐?"

"국상의 심기만 어지럽힐까 두렵습니다."

"말해보아라."

"저는 누가 이 일을 했는지를 생각했습니다. 유생 석정은 자신이 혼자서 이 일을 다 한 듯 말하지만, 예전 시신의 흔적을 따져보았을 때에 훈련된 자객이 따로 다섯이 있었습니다. 그들을 부리는 자가 따로 있을 터이니 어쩌면 석정 또한 하수인에 불과할지도 모르는 일입니다."

"그게 누구라 생각되느냐?"

"하나는 한 조정입니다."

"한 조정이라, 그들이 왜 글자 없애는 일을 한단 말이냐?"

"그것을 알 수는 없지만 석정같이 덕이 있고 학식이 높은 학자를 도살에 이용할 정도의 힘은 오로지 조정에서만 나올 것 같습니다."

을파소는 고개를 끄덕였다.

"일리 있는 생각이다."

"또 하나 생각한 것은, 뜻을 같이하는 많은 자들의 회합이 있는 게 아닌가 하는 것입니다."

"뜻?"

"모종의 공통된 목적을 가진 이들을 생각해보았습니다. 弔를 없애고 弗를 내세우는 것이 그들의 목적을 달성하기 위한 수단 같은 것이 아니었을까 싶습니다."

"이들이 弔를 없애려 한 까닭을 알아야 배후 또한 제대로 알 수 있다는 말이구나."

결국 원점으로 돌아왔으니 말을 했으되 하지 않은 것과 같았다. 얼굴을 붉히며 고개를 떨어뜨린 안망은 곧 격정 어린 목소리를 뱉어냈다.

"그자를 모질게 문초하는 방법뿐입니다."

"기름을 짜고 포를 뜨겠다는 것이냐?"

"허락해주십시오."

형리 가운데는 그 누구라 하더라도 입을 벌리게 할 수 있는 백정 같은 자들이 여럿 있었고, 그들의 문초란 아무리 굳은 결심을 해도 의지와는 상관없이 모든 아는 바를 털어놓게 되는 것이었다. 그러나 을파소는 고개를 가로저었다.

"이만한 일을 계획한 자들이 붙들렸을 때를 생각하지 않았을까. 그가 무엇을 말한들 진위 여부를 가릴 수 없으니 그의 입을 통해 아는 건 올바로 아는 것이 아니다."

이어서 을파소는 사람을 불러 명했다.

"석정이라는 자를 데려오라."

석정이 끌려오자 을파소는 지난번과 같이 의자를 권했다. 이어서 주전자를 들어 차까지 한 잔 따라주니 마치 손님을 대하는 태도와도 같아 안망은 눈을 부릅뜨며 입을 벌렸다.

"안망은 아무 소리도 하지 말거라. 나는 지금 국운이 걸린 전쟁을 말하는 것이다."

전쟁이라는 터무니없는 말에 안망도 놀랐지만 더욱 격한 반응을 보인 것은 여태껏 한 번의 미동도 없었던 석정의 얼굴이었다. 항시 온화하기만 했던 그는 무슨 까닭인지 눈을 가늘게 뜨며 을파소를 노려보았고, 을파소는 이에 미미한 미소를 떠올리며 입을 열었다.

"풍장이니, 살인이니 하는 것은 허울에 불과하다. 석정은 장례를 뜻하는 吊와 弔의 두 글자 가운데 吊라는 글자를 전파하였으며 弔라는 글자를 없앴다. 오로지 그것만이 중요하다."

안망은 침을 삼켰다.

"吊라는 글자를 보아라. 등불에 수건을 덮은 모양이다. 이는 옷감과 사람이 많은 곳에서 생겨난 글자, 즉 문물이 발달한 도회에서 만들어진 글자다. 아마도 한에서 생겨난 글자겠지."

"……."

"반면에 弔는 문물이 발달되지 않은 곳에서 생겨난 글자다. 활을 들고 시체를 지키는 장례, 아마도 산중이나 들판에서 흔히 보였던 모습이리라."

을파소는 안망을 향해 눈길을 주며 물었다.

"두 글자 사이에 어떤 차이가 있느냐?"

"弔가 조금 더 문물이 발달한 곳에서 생겨난 글자라는 것을 알 수 있습니다."

"뒤집어보아라."

안망은 바로 알아듣지 못하고 조심스레 되물었다.

"무슨 말씀인지……?"

"弗와 弔 가운데 어느 글자가 먼저 생겼겠느냐?"

"문물은 시간이 흐를수록 발달하는 법이니 당연히 弗가 먼저 생겼을 것입니다."

"그게 바로 답이다."

"저는 아직도……."

"아직도 모르겠느냐. 弔를 쓰는 자들은 弔보다 먼저 나온 弗를 없앰으로써 문자가 자신들에게서만 탄생했다고 천하에 외치는 것이다. 누구라도 풍장을 뜻하는 弗의 생긴 모양을 보면 이 글자가 도회에서 수건을 걸고 장례를 치르는 자들에게서 나오지 않았다는 것을 알 것이 아니더냐. 풍장은 북방의 서맥족이 치러온 것이고 따라서 弗라는 글자는 弔가 생겨나기 아득히 전부터 그들이 만들어 사용해온 것이다. 弔를 만들어낸 자들은 그래서 弗를 없앤 것이다. 그들은 弗뿐만 아니라 다른 부족의 내력이 담긴 글자들을 여럿 없애왔을 것이다."

"예에?"

안망은 총명한 사람이었으나 국상이 하는 엄청난 이야기를 바로 받아들일 수가 없어 자신도 모르게 큰 소리를 흘렸다.

"누가, 어째서 그런 짓을 하는 것입니까?"

"글자를 모두 가지려는 자들."

을파소는 의자에서 일어섰다. 그리고 이제는 흰자위까지 드러내며 그를 노려보고 있는 석정을 향해 입을 열었다. 묵직하면서도 또렷한 목소리가 흘러나왔다.

"이것은 침략이다. 창과 칼의 침략보다 천 배는 무서운 침략. 천년이 흐르도록 우리를 지배하고 천하를 발밑에 두겠다는 무서운 음모를 가진 침략이다. 천하의 온 사람들로 하여금 저들을 흠모하고 숭배하게 하며 스스로를 멸시하게 만들겠다는 무시무시한 침략이다."

"아!"

지켜보던 안망은 외마디 신음과 함께 몸을 떨었다. 국상의 말이 이해가 되지 않는 중에도 조금 전부터 머릿속 한군데에서 조그만 점처럼 뱅뱅 돌던 뭔가가 순식간에 머리 전체로 확산되어 오는 느낌이었다. 머리칼이 뻗치고 동공이 커질 대로 커진 그의 입가에서 저도 모르게 신음이 새어나왔다.

"그게, 그게 가능한 일입니까? 사람이 그런 생각으로 글자를 만들며 글자를 없애는 게 가능하다는 말씀입니까? 세상에 그런 사람이 있을 수 있단 말씀입니까?"

"느껴지는구나, 상대방의 크기가. 만 개의 부족을 합하고 천 개의 조정을 합한 것보다 커다란 창대한 힘이. 그 비할 데 없는 예지가."

"그걸 막을 수는 없는 일입니까? 정녕 방법이 없는 것입니까?"

대청에 울린 아망의 비장한 목소리는 국상 을파소의 침묵을 한 바퀴 돌아 메아리의 여운을 남기고 스러질 뿐이었다.

태민의 손가락이 마우스를 눌러 화면을 정지시켰다. 소설의 전개는 자신의 짐작과 비슷하게 흐르기도 했고 전혀 생각도 못했던 방향으로 뻗어나가기도 했다. 조(弔)를 쓰는 유생 석정의 무리가 조(弔)를 쓰는 고구려 서맥족을 없애고 글자를 멸절시키는 건 짐작대로였지만, 킬리만자로가 소설에서 명민하기 짝이 없는 고구려 국상의 입을 통해 밝히고 있는 이유는 아예 생각조차 할 수 없을 정도로 놀라운 것이었다.

유생 석정이 서맥족의 弔를 없앤 이유를 자신은 예가 비례를 축출하거나 문명이 야만을 응징한 걸로 판단했지만, 소설에서는 중국인들이 자신들만이 문자의 주인임을 분명히 하기 위한 것으로 나타내고 있었다.

'이 부분이 킬리만자로가 얘기한 중국의 치명적 약점과 연결되는 것일까?'

태민은 화면을 뒤로 돌려 을파소의 말을 다시 읽었다.

"아직도 모르겠느냐. 吊를 쓰는 자들은 吊보다 먼저 나온 弔를 없앰으로써 문자가 자신들에게서만 탄생했다고 천하에 외치는 것이다. 누구라도 풍장을 뜻하는 弔의 생긴 모양을 보면 이 글자가 도회에서 수건을 걸고 장례를 치르는 자들에게서 나오지 않았다는 것을 알 것이 아니더냐. 풍장은 북방의 서맥족이 치러온 것이고 따라서 弔라는 글자는 吊가 생겨나기 아득히 전부터 그들이 만들어 사용해온 것이다. 吊를 만들어낸 자들은 그래서 弔를 없앤 것이다. 그들은 弔뿐만 아니라 다른 부족의 내력이 담긴 글자들을 여럿 없애왔을 것이다."

태민은 고개를 갸웃거렸다. 한자는 엄연한 중국인들의 문자이고 따라서 고구려 서맥족이 글자 몇 개를 만들었다 하더라도 어떤 특정한 중국인들이 온 마을 사람들을 다 죽여가면서까지 글자를 멸절시킨다는 작가의 설정이 과연 타당한가 생각해보면 도저히 이해가 가지 않았다.

태민은 얼마 남지 않은 원고를 마저 읽을까 생각하다 자리에서 일어나 밖으로 나왔다. 이제까지 읽은 것만으로도 머리가 편하지 않아 먼저 정리를 좀 하고 싶어 다시 중국센터장을 찾았다.

"그래, 치엔 교수를 만나 만족할 만한 설명을 들으셨어요?"

센터장은 다시 글자의 문제를 가지고 찾아온 태민을 보자 그 열정이 탄복스럽다는 듯 자리를 권하고 차를 내오게 했다.

"치엔 교수에게서 큰 도움을 받았는지는 분명치 않지만 매우 혼란스러운 얘기를 들어 다시 찾아왔어요."

"사실 중국학이라고 하고는 있지만 저도 한자에 대해서는 아는 게 별로 없어 도움이 되지 못할 것 같은데요."

"아까 한자는 그림이고 그 그림은 글자가 생긴 내력을 포함하고 있다고 하셨잖습니까?"

"네."

"글자의 모양을 보면 吊는 도회지에서 생긴 글자이고 弔는 풍장에서 생긴 글자예요."

"그런 것같이 보이네요."

"도회지에서 吊를 쓰던 자들은 이 풍장에서 생긴 弔를 못마땅하게 여겼던 겁니다."

잠시 생각하던 센터장은 뭔가 떠오른 듯 말했다.

"사람의 시신을 짐승에게 내주는 야만을 싫어했겠군요."

"야만을 싫어한 게 아니라 그 야만인들이 쓰는 글자 弔 자체를 싫어했던 겁니다."

"그것 참 이상하군요. 야만의 악습을 싫어하고 따라서 그런 악습을 가진 사람들을 싫어하는 건 있을 수 있지만 그 글자 자체를 싫어한다는 건 이해하기 어려운데요. 게다가 吊든 弔든 모두 같은 한자 아닙니까? 중국인들 입장에서 보면 다 같은 자기네 글자고요."

"그런데 그게 꼭 그렇지만은 않은 것 같아요. 이 문제를 끄집어낸 사람은 한자가 중국의 것만은 아니지 않나 하는 입장에서 얘기하는 것 같거든요."

"네? 한자가 중국의 것만이 아니라니요?"

"이 사람이 吊와 弔를 대립시킨 건 풍장은 중국이 아닌 다른 지역에서 행하는 것이고 따라서 이 풍장의 모습을 담은 글자 弔는 중국 것을 가져다 쓰는 게 아니라 본래부터 자신들의 글자다. 그래서 중국인들이 이렇게 발생의 내력을 담고 있는 글자를 찾아 없앤다는 식으로 생각하는 것 같단 말입니다."

센터장은 고개를 가로저었다.

"누구죠? 이런 주장을 하는 학자가?"

"저는 그의 유고를 읽고 있는데, 사정상 그의 내력을 말씀드리기 어렵습니다."

"유고라면 논문을 발표하지 않은 채 돌아가셨단 얘기군요. 그런데 그 논문에서는 언제 吊와 弔의 대립이 일어났다고 하는 건가요?"

"고구려 고국천왕 때로 생각하는 것 같았어요."

"고국천왕이면 한사군이 있을 때인데요. 그것 참 이상하군요. 아무래도 고구려를 비롯한 주변국들이 한나라의 문자를 빌려썼다고 생각하는 것이 맞지 않겠어요?"

"그런데 이분은 弔라는 글자는 중국이 아닌 다른 민족이 만든 글자라는 뜻으로 글을 썼어요. 참, 그 시절 중국에서 풍장을 했는지를 알아보면 이분의 얘기가 맞는지 알 수 있겠네요."

"음, 저는 중국의 국제관계를 전공해 그런 쪽으로는 어두워요.

그러면 치엔 교수에게 같이 가볼까요?"

"이거 폐가 되는 건 아닌지 모르겠군요."

"아니, 저 자신도 궁금해지는데요. 弔와 같이 중요한 글자가 중국이 아닌 다른 지역에서 만들어졌다면 이것은 대단한 충격입니다."

"다른 지역이 아니라 고구려예요."

"……."

치엔 교수는 두 사람이 찾아와 풍장의 습속을 묻자 고개를 가로저었다.

"풍장은 북방인들의 풍습이니 한족의 문화와는 아무 상관도 없어요."

"그럼 풍장의 모습이 담긴 弔가 한족이 아닌 북방 어느 민족이 만든 글자라고 생각해도 되는 건가요?"

이 말을 듣고 난 치엔 교수는 갑자기 눈빛이 변해 태민을 잠시 노려보다 화난 표정으로 퉁명스럽게 대답했다.

"그들이 그런 풍습을 가졌다는 것과 글자를 만들었다는 건 다른 문제요. 문자를 만든다는 건 대단히 문명화된 행위로, 풍장을 하는 북방 민족이 그 글자를 만들었다고는 도저히 생각할 수 없소. 풍장의 풍습은 그들이 가지고 있었지만 弔라는 글자는 그들의 그런 풍습을 본 한족이 만든 거요."

치엔 교수는 아까와는 달리 강고한 목소리를 내뱉었다. 그의 반응은 너무도 딱딱하고 거칠어 태민은 갑작스러우면서 한편으로 반감이 생겼다.

"그럴 수도 있겠지만 원래 풍장을 하던 민족이 만들었다고 생각하는 게 더 자연스럽지 않을까요?"

"말이 안 되는 얘기요. 이렇게 생각해보시오. 우리 중국인들은 당신들 한국인을 동이족이라 불렀소. 동이라는 단어는 동녘 동에 이(夷)라는 부족을 붙인 건데, 그 뜻은 글자에서 보다시피 동쪽에 사는 큰 활을 쓰는 사람들이라는 거요. 당신들이 예로부터 활을 잘 다루었기 때문에 우리는 그런 글자를 만들어 당신들을 불렀던 거요. 그런데 당신의 말대로라면 그 동이는 당신들이 만든 단어라야 할 것 아니오. 그런데 한족은 동이라는 단어만 가지고 있었던 게 아니오. 남만도 있고 서융도 있고 북적도 있소. 당신 주장대로라면 남만은 밀림 속의 야만인들이, 북적은 북쪽의 유목민들이, 서융은 서쪽의 위구르인들이 만들었다는 건데, 가당키나 해요?"

치엔 교수는 태민이 도저히 반박할 수 없는 예를 들었다.

"중원에서 글자를 만든 사람들은 북방의 어느 부족이 시신을 짐승에게 던지는 걸 보고 弔란 단어를 만든 거요. 그렇다고 해서 그 弔가 풍장을 치르는 사람들의 문자가 아닌 것은 동이와 경우가 같소. 나는 강의가 있어 그만 일어나는데, 한마디 해주고 싶은 말은……."

치엔 교수는 잠시 말을 끊었다. 태민의 눈을 뚫어지게 바라보며 말을 이었다.

"당신이 지금 무슨 말을 하려는지 나는 알고 있소. 바로 한자는 중국인들만이 만든 게 아니라 당신네 한국인들도 한몫했다는 주장을 함으로써 문화적 열등감에서 벗어나려는 거요. 한마디로 배은망덕한 처사지. 당신들은 한글이라는 당신네 문자를 만들기 전까지는 글자 없이 모든 걸 우리의 한자에 의존했소. 그러면 고마워하는 게 도리가 아니겠소. 그런데 이제 와서 감히 당신네들도 한자를 만드는 데 일조했다면서 비비려 드는 거요? 머리를 깨우쳐줬더니 이제는 주인의 것을 뺏으려 드는 격이오."

"말씀이 지나치군요."

"당신들이 이만큼 경제발전을 이룬 것도 한자 덕분이오. 그러니 앞으로는 그런 배은망덕한 주장 하지 마시오. 이만 가시오!"

치엔 교수는 아예 상대할 가치조차 없다는 듯 일방적으로 말하고는 자리에서 일어나 나가버렸다. 태민은 그의 오만한 태도에 뒷전에라도 대고 뭔가 말을 하려 했으나 그가 든 동이의 예가 절묘해 당장 입이 떨어지지 않았다. 태민의 팔을 이끌고 치엔 교수의 방을 나온 센터장은 씁쓸한 기색을 감추지 않은 채 원망하듯 한마디 뱉었다.

"그 유고인지 뭔지 하는 게 사람 웃음거리 되게 만드는군요."

"그러나 상식적으로 모든 한자를 다 중국인이 만들었다고 하는 게 말이 됩니까?"

"말이 되죠."

센터장은 이제 더 이상 태민의 얘기에 흥미가 없다는 듯 퉁명스럽게 내뱉었다.

"당장 영어를 보세요. 우리가 일방적으로 영어를 갖다 쓰기만 하지 영어를 만들지는 않잖아요."

"……."

태민은 고구려가 한자를 쓰는 것과는 경우가 다르지 않으냐고 얘기하고 싶었지만 워낙 그 부분에 대해 아는 게 없어 센터장의 넋두리 같은 얘기를 묵묵히 듣고는 호텔로 돌아오고 말았다.

모든 한자를 다 중국인이 만들었다는 치엔 교수의 주장에 대해 뭔가 반발심은 일어났지만 弔라는 글자가 풍장의 내력을 담고 있다 해서 그걸 풍장을 하던 사람들이 만든 문자라고 주장하기는 과연 힘들다는 생각에 태민은 무력해졌다. 소설에 나오는 吊와 弔의 대립은 날카로웠지만 동이를 예로 든 치엔 교수의 논리 또한 강고했다.

태민은 다시 소설을 읽기가 싫어졌다. 문자의 내력을 따지는 등의 일이 자신에게는 아무런 득도 의미도 없는 짓이었고 무엇보다도 골치 아픈 일이었다. 세상에는 재미나는 일들이 얼마든지 있었고 그 재미를 만끽하려면 빨리 돈을 벌어야지 괜히 쓸 데 없는 일을 가지고 따지고 어쩌고 할 필요가 없었다.

태민은 전준우의 모습을 지우고 정 회장을 떠올렸다. 잠수함 한 건으로 2천억 원이 넘는 수수료를 한번에 받아낸 인물, 무기

중개업계의 전설과도 같은 인물. 태민은 흔들리거나 갑갑할 때면 곧잘 그를 떠올리지만 사실 태민은 평소 이 사람에게도 실수가 있다고 생각했다. 그 정도 했으면 그는 한국과의 인연을 끊고 미국이든 캐나다든 프랑스든 스페인이든 외국으로 나가 살았어야 했다. 이런저런 돈을 멕인 군바리들이 다른 비리를 저지르다 걸려도 걸릴 확률이 높았고 여죄를 캐다 보면 그의 이름이 안 나올 수 없을 것이었다.

결국 그는 외국에서 살 결심을 못해 방산비리 합수부에 걸려들지 않았던가. 이에 비하면 자신의 500억 원이란 목표는 소박했고 챙긴 다음에는 외국에서 살겠다는 꿈도 안전했다. 이제 북한의 잠수함 관련 뉴스가 한 번만 더 터져주면 이 소박한 꿈은 바로 실현될 것이었다. 그렇다면 자신은 이런 이상한 소설이나 붙잡고 있을 게 아니라 북한 사람들을 만나고 있어야 했다.

이튿날 아침 태민은 노트북을 덮고 해장국집으로 향했다.

어쩔 수 없는 결단

북한 사람들이 보이지 않아 한산한 식당에서 태민은 해장국과 소주 한 병을 시켰다. 그새 정이 들었는지 와자지껄한 소란과 흥이 사라져버린 텅 빈 공간에서 혼자 쓸쓸히 술잔을 기울이던 태민은 누군가 구석진 자리에서 자신을 살피고 있다는 느낌이 들어 고개를 들었다. 얌전한 인상이었지만 얼굴 가득 슬픔에 잠긴 30대 중반 정도로 보이는 여자가 자신을 보고 있다 조용히 일어서 다가오자 태민은 이상한 기분이 들었다.

"실례합니다만 뭘 좀 여쭤봐도 될는지요?"

태민은 어디선가 꼭 이런 상황을 겪었던 것 같은 기분을 느끼며 술잔을 내려놓았다.

"네."

"혹시 전준우 씨라고 아시는지……?"

예감은 틀림없이 맞아떨어졌다.

"알아요."

"저는 전준우 씨 약혼녀입니다."

"이리 앉으시죠. 아니면 밖으로 나가실까요? 커피숍 같은 데로."

"식사하시는데 방해가 돼서 죄송합니다."

"아, 아니에요."

자리를 옮기자 여자는 애써 슬픔을 누르며 처연한 모습으로 고개를 숙였다.

"다시 한 번 죄송합니다만 여쭤볼 게 있어서요."

"네. 그런데 장례는 치르셨어요?"

전준우의 약혼녀는 시신을 한국으로 옮겨 주소지 경찰서 주도로 부검을 한 후 장례를 치른 일련의 과정을 설명했다.

"한국에서 부검을 했다고요?"

"네."

"중국에서는 부검을 하지 않았어요?"

"했습니다만 모든 게 너무 허술했어요."

"사인이 어떻게 나왔습니까?"

"사인은 경부압박으로 인한 질식사로 양측 진단이 같았지만, 한국에서는 죽기 전 준우 씨가 짧지만 모진 고문을 당했다고 해요. 팔이 비틀려 뼈에 금이 여러 줄 나 있었거든요."

"중국에서는 그런 걸 그냥 넘어갔고요?"

"네. 한국 형사들 말로는 절도범이 고문을 하는 경우는 없대요."

태민은 다시 고개를 끄덕였다. 자신은 킬리만자로가 누군가에게 쫓기는 상황을 번연히 목도했던 바였다.

"고의적 살인인데, 중국 공안은 절도범에게 우연히 죽은 걸로 결론짓고 있어요. 그래서 혹시 주변에서 들으신 게 있나 해서……."

"그런데 저는 어떻게 찾아오시게 되었어요?"

"딱히 찾아온 건 아니고 예전에 제가 준우 씨가 어떻게 지내나 살피러 왔을 때 같이 아까 그 해장국집에 온 적이 있었어요. 그래서 혹시 아는 분이 있을까 해서 온 거예요."

"전준우 씨는 통 말이 없었어요. 더구나 그 식당은 북한 사람들만 오는 식당이라 그분에 대해 아는 사람들이 없어요."

"네. 그이는 소설 쓰는 외에는 사람들과 접촉하는 걸 별로 좋아하지 않아요."

태민은 속으로 망설였다. 전준우의 약혼녀에게 전준우가 죽기 전 자신을 찾아왔다고 말하면 공안에 알릴 것이었고, 그러면 자신의 불안한 신분은 바로 드러날 것이었다. 설사 신분이 숨겨진다 하더라도 만약 전준우의 피살사건을 축소하려는 공안 측에서 자신을 추방하거나 혹은 자신이 국내 언론이라도 탄다면 그 결과는 생각하기도 싫은 것이었다.

태민의 이런 속마음을 알기라도 하는 듯 여자는 한마디 보탰다.

"식당 주인이 여기 늘 오는 한국인은 준우 씨와 선생님 단 두 분뿐이라 해서 며칠 전부터 기다렸어요."

"아, 네……."

"그이가 살갑게 자주 연락하고 하는 사람은 아니었지만 이렇게 갑자기 세상을 떠나리라곤 상상도 못했어요."

"정말 유감입니다."

"도대체 무슨 일이 있었던 건지…… 답답하기 짝이 없지만 알아볼 길이 없어 이렇게 찾아나설 수밖에 없었어요."

약혼녀는 내색을 하지 않으려 애썼지만 결국 목소리가 갈라지고 말았다.

"아, 네. 그런데 전준우 씨는 무슨 소설을 쓰고 있었던 거죠?"

"작품 얘기는 일절 안 하니 잘 모르지만 글자에 관한 게 아닌가 싶어요. 중국에 오기 전에 한글전용협회 사람들과 어울려 약속을 하는 것 같았어요."

"한글전용협회? 그런데 전준우 씨는 한글전용론자인가요?"

태민은 한자를 소재로 하는 킬리만자로의 소설과 한글전용과는 맞지 않는다는 생각에 고개를 갸웃했다.

"아니, 그 반대예요. 그 사람은 한글전용을 필사적으로 반대했어요."

"그런데 무슨 약속을 했을까요?"

"준우 씨는 한자를 중국 사람들이 아닌 한국인들이 만들었다고 했어요. 그래서 한글전용협회를 찾아가 한자가 어려우니 한글만 쓰자고 하는 건 맞지만 한자가 우리 글자가 아니니 쓰지 말자는 건 잘못이라고 했거든요."

"음."

"준우 씨는 협회에 있는 몇 분들로부터 한자가 우리 것임을 확실히 밝히면 한글전용을 포기하겠다는 약속을 받아가지고 중국으로 왔어요."

태민은 이제 킬리만자로가 소설을 통해 토해놓으려 했던 게 무엇인지 확실히 깨달았다.

"집에 가보셨겠군요."

"네. 소지품을 챙기러 갔었는데 그간 준우 씨가 모았던 자료 같은 것들이 죄다 없어졌어요. 공안에게 가져갔느냐고 물었더니 손대지 않았다고 했어요. 지난번 왔을 때는 상당히 많은 자료를 가지고 있었는데……."

"그 절도범이란 놈들이 가져갔군요. 짧게나마 고문했던 건 자료나 정보가 유출되지 않았나 캐물었던 거고요."

태민은 갑자기 가슴이 먹먹해졌다. 킬리만자로는 자신에게 유에스비를 넘기고 난 후 팔뼈에 금이 가는 혹독한 고문을 당하면서도 입을 다물었던 것이다. 물론 자신을 보호하는 외에도 소설을 빼앗기지 않으려는 의도였겠지만, 어찌 되었든 자신에게 오는 위해를 이를 악물고 막은 셈이 되었다.

"그런데 평소 그로부터 이메일 같은 걸 통해 파일이 날아온 게 없었나요? 그간 작업한 게 있고 위기가 있을 수 있다고 생각했으면 파일을 통신으로 보냈을 것 같은데요."

"그이는 평소 이메일 같은 걸 믿지 않았어요. 예전 습작할 때

해킹 소설을 썼는데 해커들을 찾아다니며 한참 공부한 후 상대방이 알려고만 들면 이메일이 가장 위험하다 했어요. 게다가 그이는 작품이 완성되기 전에는 누구에게도 보여주는 성격이 아니었어요. 저에게도요."

태민은 대략 상황을 정리할 수 있었다. 킬리만자로, 즉 작가 전준우는 한자를 중국인이 아닌 한국인이 만들었다고 생각하는 사람으로, 중국에 와 수많은 전적을 들추어가며 소설을 써나가고 있다가 어느 순간 위험을 느끼게 된다. 그리하여 자신에게 유에스비를 맡기고 집에 돌아갔다 누군가의 사주를 받은 킬러들에 의해 죽임을 당하지만 공안은 절도범의 우연한 범행으로 왜곡한다. 킬러들은 전준우를 죽이고 그의 노트북과 자료를 가져갔다.

"범인은 그가 어떤 소설을 쓰는지 알고 있었다는 얘기예요."

"그런데 소설을 쓴다고 사람을 죽여요? 설마 그런 사람들이 있을 수 있을까요?"

"그 점이 이상하긴 하지만……."

"그런데 혹시 선생님께서는 그이가 죽기 전 어떤 기미를 느끼거나 하신 건 없으세요?"

"그게……."

태민은 망설이다 전준우가 자신을 찾아왔다는 얘기를 해선 안 된다는 결단을 내렸다.

"제가 전준우 씨의 뒤를 좇아볼게요."

"네?"

"어차피 중국 공안이 나서지 않을 일이에요. 그렇다고 한국 경찰이 할 수 있는 일도 아니고…… 제가 범인을 한번 찾아보겠다는 말이에요."

"어떻게요?"

"탈고하기 전까지는 소설을 아무에게도 안 보여주는 그의 성격으로 보아 용의자는 몇 사람 안 될 거예요. 더군다나 중국인이니 한글로 쓴 소설을 보았다기보다는 그와 논쟁을 벌였다든지 한 자로서 학자나 전문가 쪽일 가능성이 클 거예요. 전준우 씨의 휴대폰 통화기록을 좀 뽑아줄 수 있어요? 한국 전화를 쓰던데요."

"네, 돌아가 뽑아 보내드리겠습니다. 그런데 준우 씨와 무슨 관계이신데 이렇게까지……."

태민의 뇌리에 늘상 과묵하던 킬리만자로의 모습에 이어 그날 밤 불안해하던 표정이 이어졌다. 지금의 이 불안한 신분만 아니면 당장 공안에 쫓아가 그날 밤의 일을 그대로 진술해야 할 터였다.

"같이 해장국도 먹고, 도서관도 다니고…… 정이 들었어요."

전준우의 약혼녀를 돌려보낸 태민은 발걸음을 빨리 해 호텔을 향했다.

태민은 닫아두었던 노트북을 열고 일단 소설을 여기저기 자신의 여러 메일로 보내놓고는 소설을 열었다. 이제까지가 두 글자의 대립을 통해 한자가 중국인들만이 아닌 한국인에 의해서도 만들어졌을 개연성을 제기하는 것이라면 여기서부터는 사람들 간의 대립이 일어날 것이었다.

문자를 만든 사람 창힐

고구려 조정은 한의 사신을 맞이하여 전례 없이 분위기가 밝았다. 사신 서백창은 선물을 실은 수레 스무 량을 이끌고 국내성에 들어섰고, 이 보고를 받은 고구려 중신들은 성문에서부터 그들을 환영하며 정전으로 안내했다.

"신 중정어사대부 서백창, 한제의 명을 받아 고구려 국상을 알현하나이다."

국상 을파소는 웃음을 띠며 서백창을 맞았다.

"먼 길 오느라 수고했소. 그래, 한제께서는 무고하시오?"

"그러하옵니다. 지난번 보내주신 맥궁은 군장들뿐만 아니라 문사 서생까지 너도나도 갖겠노라 다툼까지 일어났습니다. 이렇듯 공물 교환을 통하여 서로의 우의가 더욱 깊어지니 한제께서는 이번에 특히 귀하고 값진 것들을 골라 싣도록 명하셨습니다."

"호, 한제께서? 그래, 이번엔 무얼 가지고 오셨소?"

"먹, 붓, 벼루를 비롯하여 비단과 금, 은, 옥으로 만든 각종 예물과 서책들입니다."

"우리 백성들이 글 읽기를 무척이나 좋아하니 앞으로는 금, 은, 옥보다는 서책에 더 비중을 두시오."

"명심하겠습니다. 하지만 고구려 태왕께옵서 좋은 책을 황금 서대에 놓고 보시면 글이 더 잘 보이실 것이옵니다."

"하하, 잘 알겠소."

"그리고 이번에 한에서는 천하의 문인을 두루 초청하여 문진 대회를 갖기로 한바, 고구려에서도 문인을 보내주실 수 있을지 여쭙고 싶습니다."

"문진대회라면?"

"그간 천하에 크고 작은 전쟁이 멈추지 않아 교린의 아름다운 도는 떨어지고 오로지 쟁심만 부풀려졌습니다. 이에 한제께서는 모든 나라의 대학을 초청하여 크게 대접하고 선물을 사하시어 쟁과 살의 험상한 기를 잠재우고 충과 효와 예로써 천하의 안녕 과 질서를 꾀하고자 하십니다. 이는 고구려의 전대 태왕들께서 일찍이 지니셨던 정신과도 같은바, 부디 국상께오서도 걸출한 학 자들을 보내시어 대회를 빛내주시기 앙망합니다."

을파소의 얼굴에 웃음기가 떠올랐다.

"좋은 일이오. 마땅히 거유 대학을 보내겠소. 그러나 선태왕의 뜻이 반드시 충효나 예와 같지는 않았으니, 내 그 점은 지적해야 만 하겠소."

"온 천하가 동명태왕의 애민정신을 흠모하여 배우고자 하는

어쩔 수 없는 결단

것을 국상께서도 잘 아실 것입니다. 이는 공자를 비롯한 성인들께서 말씀하신 군자의 길과 다르지 않은바, 국상께서는 어찌 그리 겸손하게 말씀하십니까? 백성을 아낀 동명태왕의 정신이야말로 최고의 군자만이 갖는 높고 아름다운 덕이요 인입니다."

"하하, 동명태왕께서는 자신과 백성이 다르지 않다고 보신 분이니 군자와는 다르오."

"군자란 인과 덕이 최고의 경지에 도달한 선비를 일컫는데 어찌 백성을 위해 자신을 내던진 분을 군자라 아니할 수 있겠습니까?"

"충, 효, 예를 갖추라 백성을 종용하는 자가 군자라면 동명태왕께서는 틀림없이 군자가 아니오. 오히려 그런 관습에 묶이지 않도록 백성을 풀어주고자 하셨으니."

평생 유학을 신념으로 삼고 살아온 서백창은 을파소의 말에 발끈했다.

"신 서백창은 이제껏 충, 효, 예가 백성들과 떨어져 있다는 말을 들어본 적이 없습니다."

"보시오, 서백창. 충, 효, 예란 필히 사람의 높낮이를 두게 마련이라 모든 백성들이, 하물며 자신까지 평등하다 보신 선태왕의 정신과는 오히려 반대요. 유학이 천하의 안정에 도움이 되기는 하나 백성과 백성을 신분 차이로 갈라놓게 마련이니, 가난하고 미약한 백성은 대를 거듭해 낮은 신분을 벗어나지 못한다는 것이 선태왕의 생각이셨소. 무릇 왕 된 이라면 유학 그 이상을 생각해야 한다고."

당장 마땅한 말이 떠오르지 않은 서백창은 을파소의 말을 듣기만 해야 했다.

"맹자가 배불러야 예를 안다고 한 것은 바로 유학의 그 모순을 지적한 거요. 예를 모른다고 백성을 못마땅하게 여긴다면 그것은 가난하고 미약한 백성을 학대하는 것과 다름없소. 진정한 예란 그 형식을 엄정하게 지키는 데 있지 않고 따스한 사랑을 서로 주고받는 데 있소."

"……"

"동명태왕께서는 자신을 버려 평등을 실천하신 분이니 감히 유학의 좁은 세계에 가두어둘 분이 아니오."

"명심하겠습니다."

서백창은 입을 굳게 다물고 물러나왔다.

고구려 조정은 문진대회에 보내기 위한 학자를 선발하였다. 글에 밝은 중신들이 숙고해 학자들을 고르고 골랐고, 마침내 그들이 떠나는 날이 되자 을파소는 한 여자를 데려왔다.

"이지라 합니다."

드물게 얼굴이 희고 목이 길어 해사하면서도 한편으로는 꼭 다문 입술이 단아한 처녀는 단번에 나이가 많고 적음을 떠나 모든 일행의 시선을 사로잡았고 가슴을 일렁거리게 만들었다. 어떤 의도로 국상이 이런 처녀를 일행에 섞었는지 짐작할 수는 없었으나 기품 있는 모습이나 명민한 표정으로 보아서는 일행의 잔심부름을 할 사람은 아니었다.

이지는 꼭 필요한 말을 제외하고는 입을 여는 법도 별로 있질 않아 한으로 향하는 내내 누구도 그녀의 역할을 알 수 없었다.

한 조정은 문진대회에 참가하는 각국의 사절들에게 깍듯한 예를 갖추었다. 일행이 국경에 들어서자 호위대와 더불어 기다리던 높은 관직의 신하가 그들의 앞을 안내했고 낙양까지의 널따란 길은 반듯하게 정리되어 있었다. 낙양에 도착한 각 나라의 사절들은 최고의 숙식을 제공받았으며 대회 전날은 한제가 베푸는 연회에 초대받아 한의 관리들은 물론 각국 사절들과 교류를 트고 인사를 나누었다.

한은 역시 대국이었다. 향연에는 천하의 미주와 산해진미가 넘쳐났으며 눈이 휘둥그레질 정도로 요염하게 차려입은 여인들이 눈앞을 돌아치며 춤을 추고 노래를 부르니 각국 사절은 눈앞이 아찔하여 정신을 차리지 못했다.

여흥이 한창 오르자 대회를 주관하는 한의 재상이 잔을 들고 자리에서 일어났다.

"천하 각국의 문진 사절이 이렇게 먼 길을 와주셔서 한 조정은 그 기쁨과 고마움을 어떻게 표현해야 할지 모르겠소이다. 진즉에 이런 자리를 만들지 못한 후회와 아쉬움이 남는바, 앞으로나마 천하가 이렇듯 교린과 예를 근간으로 여긴다면 다툼이 왜 있겠으며 벗 아닌 사람이 어디 있겠는가 하는 생각이 드오이다. 이

번 문진대회가 오랜 세월 지속된 불화를 씻어내고 우정으로 경영되는 천하를 위한 밑거름이 되기를 간절히 바라며, 그간 학문으로 교유해온 우리 거유 대학들이야말로 그 선봉장을 맡아야 할 분들임을 외치고 싶소. 그러니 오늘은 우리 문사들이 천하를 접수하는 날, 그간의 분쟁을 뿌리부터 뽑아버리고 오직 인의예지로써 문화의 농사를 짓는 날임을 만방에 공고히 알리는 바이오!"

"우와!"

각국 사절들의 가슴을 송두리째 뒤흔드는 말이 아닐 수 없었다. 그간 전쟁과 환란에 쫓겨 무력하게 지낼 수밖에 없었던 문사들에게 이 세상을 접수해 문화의 농사를 짓자는 말은 너무도 선명하고 강렬하게 다가왔다. 고구려 사절들 또한 예외가 아니었다. 세상은 나라에 의해서도 구분되지만 자신의 하는 일에 의해서도 구분되는 법이었고, 천하에서 모인 사절들은 학문이란 영역을 같이하는 동지들이었다.

"멋진 대회요."

잔이 높이 들리며 찬탄과 감회의 목소리들이 이어졌다.

"역시 한은 한이오. 그간 전란에 휩싸여 여유가 없었음에도 불구하고 이렇게 천하의 문사를 대접하는 걸 보니 눈물조차 날 것 같소."

그렇게 향연의 밤은 깊어갔다.

문진대회의 첫날.

각국에서 몰려든 문사들은 차츰 긴장하기 시작했다. 이번의 문진대회에서 장원을 하면 그것은 개인의 영달에 앞서 나라의 자랑거리였다. 돌아가 받을 보상이란 감히 상상조차 할 수 없을 것이었다. 여러 긴장한 문사들의 앞에 마침내 나타나 대회의 개막을 알리는 재상의 음성은 크고 우렁찼다.

"천하의 문사 재사들이여, 이제 그대들이 한평생 닦아온 지혜를 아끼지 말고 내놓으라! 그리하여 세상은 무엇이고 어떻게 사는 것이 옳고 무엇을 해야 하는지를 백성들에게 보여주도록 하라! 세상의 길이 말을 달리고 활을 쏘는 데 있지 않고 글자와 서책 속에 있음을 확고하게 보여주도록 하라!"

모든 참가자가 고개를 숙인 가운데 재상이 대회장을 빠져나가자 문창관이 나섰다.

"오늘은 경전 해독의 깊이를 겨루는 시합으로 『서경』을 원전으로 하겠소. 참가자 여러분은 『서경』에서 가장 중요하고 간직해야 할 문장이라고 생각하는 걸 써서 내시오. 조정의 문관들은 물론 기라성 같은 거유 대학들을 판심관으로 모셨으니 답지를 내는 족족 바로 심사하여 적부를 가리고 경합하여 장원을 가리겠소. 장원을 하면 어사대부 벼슬을, 사절 가운데 장원이 나오면 벼슬 외에 황금필을 하사받을 것이오."

『서경』은 옛 하나라 때부터 주나라에 이르기까지의 정치를 공자가 정리한 경전으로, 문장들이 간략한 반면 그 분위기는 엄격

했다. 『서경』에 통달하여 이미 많은 구절을 외고 있는 선비들은 차분히 눈을 감고 어떤 구절을 쓰는 게 좋을까 고민했고, 조예가 깊지 못한 선비들은 당황한 기색으로 이리저리 고개를 돌리며 다른 문사들의 기색을 살폈다.

고구려의 사절들은 비교적 여유 있는 표정이었다. 다들 어려서부터 수없이 읽어온 『서경』이라 눈을 감고도 어디에 어떤 글귀가 있는지 통달하고 있어 두려울 것이 하나도 없었다.

"이번 문진대회는 우리 고구려 학문의 심오함을 천하에 알릴 수 있는 기회요. 모두 분발하여 반드시 장원이 우리 중에서 나오도록 합시다."

"후훗!"

이지가 알 수 없는 웃음을 흘리자 일행들은 이지에게 눈길을 모았다.

"「황조가」나 한 수 써놓는 게 나을 거예요."

"무슨 얘기요?"

"장원은 흉노에서 나와요."

"뭐요? 자신이 없어 그러는 거요?"

일행은 이지의 말에 터무니없어했지만 이지는 답지를 받아들자 붓을 움직여 정말 자신이 말한 대로 유리왕이 지은 「황조가」를 써내려가기 시작했다.

일필휘지로 쉼 없이 써내려가는 문사부터 한 글자 쓰고 하늘 한 번 보고 떠듬떠듬 써가는 사람까지 참가자들은 천차만별이었지만, 시간이 지날수록 답지는 차츰 쌓여갔고 판심관들은 머리를 모아가며 부지런히 성적을 매겨나가 마침내 장원을 결정했다.

予小子 旣獲仁人　　여소자 기획인인
敢祗承上帝 以遏亂略　감지승상제 이알난략
華夏蠻貊 罔不率俾　화하만맥 망불솔비
나 소자는 이미 어진 사람을 얻고
상제를 공경히 받들어서 어지러운 꾀를 막으니
화하만맥이 따르지 않는 이가 없습니다.

뜻밖에도 장원은 흉노족의 사절로 온 한 젊은 문사였다.
"호오! 그 척박한 땅에서도 사서를 읽고 삼경을 읽었더란 말인가. 이 글을 설명하겠나?"
흉노 선비는 판심관들에게 예를 갖춰 깊이 고개를 숙인 후 설명을 시작했다.
"이 문장은 『서경』 무성편에 나오는 것으로, 주지육림에 빠져 포락을 즐기는 등 백성을 무자비하게 죽이고 착취하는 은나라 주왕을 응징하기 위해 주나라 무왕이 태공망 여상을 앞세워 은을 정벌한 옛일을 기술한 것입니다."
선비들 중에는 이 문장을 아는 사람이 많았지만 왜 이것이 장원으로 뽑혔는지 궁금해 젊은 흉노 선비의 말에 한껏 귀를 기울였다.

글자전쟁

"이 구절에서 '나'는 무왕을 말하는 것이고 어진 사람을 얻었다는 것은 태공망 여상을 얻었음을 뜻하는 것입니다. 여상은 원래 은나라 사람이지만 주 무왕의 앞장을 서 은을 치러 가게 되는데, 이 사실에서 우리는 자국의 군주라고 무조건 따를 게 아니라 하늘의 뜻을 얻은 어진 군주를 따라야 한다는 걸 느끼게 됩니다."

흉노 선비는 자신의 시각까지 보태가며 문장을 해석해들어갔다.

"다음 문장은 선제의 제사를 충실히 모셔 은나라 군사가 펼치는 온갖 계략을 다 막았다는 뜻입니다. 그리하여……."

흉노 선비는 여기서 말을 멈추고 선비들의 주의를 불러모았다.

"이 마지막 문장이 중요합니다."

흉노 선비가 새삼스럽게 주의를 끌자 이 문장을 아는 선비들도 모르는 선비들도 그의 입술에 시선을 집중시켰다.

"화하라 함은 물론 한(漢)을 말함입니다. 천하는 한가운데 화하가 있습니다. 여기서 만맥이라 함은 남만과 동이의 일파인 맥족을 말하는 것입니다. 따라서 화하족이나 남만족이나 동이족이나 할 것 없이 크게 기뻐하며 주 무왕의 거사를 따랐다는 것입니다."

판심관으로서 귀를 기울인 채 듣고 있던 대문장가 원순이 크게 고개를 끄덕이며 선비들의 앞으로 나섰다.

"이 문장을 장원으로 뽑은 이유가 바로 그것이오."

선비들은 원순에게로 눈길을 모았다.

"주나라 무왕이 은나라 주왕을 멸하자 화하만맥이 기뻐하고 따랐다는 사실에서 우리는 군주의 다스림이 나라별로 달라질 것이 아니고 오히려 같아야 한다는 걸 알 수 있소. 즉, 어진 군주는 나라의 구분 없이 천하가 모두 따르는 법이니 오직 인자만이 군주의 자격이 있소. 이 진리를 정확히 짚은 흉노 사절 진륵을 이번 문진대회의 장원으로 선정하였소!"

판심장 원순의 평이 끝나자 바로 시상이 시작되었다. 한의 예부대신이 어사대부의 벼슬을 제수하고 장원 외에도 결선에 올라간 문사들을 일일이 호명하여 포상하는 걸로 첫날의 대회는 모두 끝났다. 이제 사절과 문사들은 황제의 초대를 받아 새로 지은 전각의 현판식에 참석하기 위해 걸음을 옮겼다.

"도대체 어떻게 흉노 사절이 장원을 할 걸 알았단 말인가?"

고구려 사절들이 일제히 이지의 주변으로 몰려들어 물었지만 이지는 가볍게 웃을 뿐이었다.

"제발 말을 해주게."

우두머리 격인 문사가 물러서지 않고 몇 번이나 간청을 하자 그녀는 대수롭지 않게 한마디 툭 던졌다.

"흉노를 달래야 하니까요."

"응, 뭐라고?"

사절들은 눈을 껌벅일 뿐이었다.

한제는 화려한 곤룡포를 입고 천하의 문사들이 정연하게 줄지

어선 한 전각 앞에 섰다. 현판이 누런 비단으로 가려진 새로 지은 전각은 화려하고 웅장하여 이미 사절과 문사들의 경탄과 흥미의 대상이 되어 있었다.

"학인들이여, 그대들이야말로 천하를 밝히는 영웅일지니, 나는 오늘 그대들과 같이 이 전각의 현판을 보고자 기다려왔노라."

이어 누런 비단이 벗겨지자 하얀 바탕에 날아갈 듯 검게 쓰인 세 글자가 자태를 드러냈다.

戀學殿

현판의 세 글자를 보던 문사들은 누가 먼저랄 것도 없이 탄성을 질렀다. 이어서 누가 시작했는지도 모를 박수가 모든 문사들의 손바닥에서 터져나오기 시작했다.

"아아, 연학전이라. 학문을 흠모하는 궁궐이란 뜻 아닌가. 이야말로 제왕의 법도요, 천하 군주들의 나아갈 길이로다!"

문사들은 한제를 위해 아낌없이 박수를 쳤고 시간이 한참이나 지나도록 박수는 멈출 줄 몰랐다. 한제는 손을 내저어 박수를 멈추었다.

"이 글씨를 보라! 한 획 한 획이 굳세고 힘차면서도 한없이 부드럽지 아니한가. 이 글씨들은 천하제일의 명필 왕천석에 의해 쓰인 것으로, 그의 일족이 모두 유사 이래 최고의 명필이니 이는 집안이 천복을 받아 이루어진 일이로다. 각국에서 온 사절에게는 돌아갈 때 왕천석 필법서를 선물로 넣을 테니 고국으로 가거든 세세연년 이 아름다운 필법을 전하도록 하라!"

한제가 기쁨에 가득 찬 사절들의 박수를 받으며 연학전을 빠져나가자 문창관이 사절들을 연학전 안으로 안내했다.

"오오!"

또다시 사절들의 입에서 탄성이 새어나왔다. 연학전의 모든 공간이 빈 곳 없이 서책으로 가득 찼기 때문이었다.

"아아, 정녕 한에서 살고 싶기만 하구나!"

사절 중 한 사람의 목소리에 모두가 고개를 끄덕였다.

사절과 문사들을 안내하던 문창관은 걸음을 멈추어 손가락으로 서고 한편에 붙은 초상화를 가리켰다.

"보시오."

산발을 한 채 고통 속에서도 의연한 표정을 잃지 않고 한 손에 붓을 들고 혁혁한 눈길로 문사들을 노려보고 있는 그의 모습은 문사라기보다는 차라리 무사에 가까웠다.

"아, 이 모습은 정녕 처절하기만 하구려. 누구시오, 이분은?"

"태사공 사마천!"

문창관이 내뱉은 이름 석 자에 모든 사절과 문사들의 눈길이 초상화로 쏠렸다. 전설로 남은 사가 사마천. 문사로서의 양심을 잃지 않고 황제를 나무라며 진실을 변호했던 그의 고통과 의지가 어우러진 초상 앞에 고개를 숙이지 않는 사절이 없었다.

"무른 붓 한 자루의 힘은 천만 자루의 창검보다 강하니 그는 죽음을 각오하고 진실을 간하였으며 궁형에 처해지고 나서는 다시 한 번 목숨을 진실과 맞바꾸어 한평생 천하의 대소사를 기록했으니 역사는 그의 붓 끝에 이르러서야 비로소 숨을 쉬게 되었소."

사마천을 참배하는 사절들의 뒤에서 문창관은 자랑스럽게 설명을 이어갔다.

"특히 그가 그 아득한 과거의 일을 기록하지 않았다면 우리는 주 이전의 하와 은에 대해서는 아무것도 모른 채 우리 조상의 자취를 모조리 놓칠 뻔했소. 진정한 성인이시오."

사마천에 대한 참배를 마치자 사절들 중 한 사람이 문창관을 향해 애걸조로 말했다.

"『사기』를 한 권이라도 얻어갈 수는 없는 것이오?"

이에 모든 사절들의 눈빛이 한 갈래가 되어 문창관을 바라보자 그는 기다렸다는 듯 고개를 아래위로 크게 끄덕였다.

"『사기』에는 이 세상 모든 부족의 역사가 기록되어 있으니 당연히 여러분 나라의 기록도 생생하게 살아 있소. 사기는 총 130권, 52만 6,500자로 이루어진 방대한 양의 저서지만 황제 폐하께서는 이 책을 한 권이 아니라 한 나라당 전편 130권씩 가져갈 수 있도록 이미 준비해두셨소."

사절들은 흥분되는 가슴을 누를 수 없었다. 문사들의 무기는 책, 정확히 말하면 글자였다. 글자를 50여만 자나 가지고 간다는 건 그만큼의 강력한 무기를 갖고 돌아감에 다름이 아니었다. 더

군다나 『사기』는 삼황오제부터 한무제까지의 이 세상 모든 기록
이 망라되어 있는 보물과도 같은 서책이 아닌가.

"한제 만세!"

한 사절의 노골적 아부를 기분 좋게 바라보던 문창관은 마지
막으로 연학전 마당에 우뚝 선 인물의 초상을 가리켰다.

"창힐(蒼頡)이오. 처음으로 글자를 만든 분, 이 세상의 저급한
군왕들이 창과 칼을 만들어 숱한 생명을 앗아갈 때 홀로 글자를
만들어 천하에 퍼뜨린 분이오."

사절 중에는 창힐이라는 이름을 처음 듣는 사람들이 대다수
였다. 그들은 이 놀라운 이름을 듣자 이구동성으로 문창관에게
물었다.

"아, 이분이 글자를 만드셨소?"

문창관은 천천히 걸음을 옮겨 창힐의 초상 옆에 섰다.

"이분은 전설적인 제왕인 황제(黃帝)의 사관으로서 어릴 때부
터 붓을 들고 남들이 알 수 없는 기호 따위를 만들곤 했소. 기호
는 그림을 줄인 것이었고, 그 기호는 글자가 되었소. 그림이 바로
글자가 된 것이오. 그래서 한자는 뜻을 그려낸 글자인 것이고, 그
안에는 시대의 내력과 사람들의 생활 모습이 고스란히 배어 있
소."

문창관은 당당한 표정으로 말을 이었다.

"한자가 나옴으로써 천하는 비로소 야만을 벗어나 역사를 기
록하기 시작했고 학문이 생겨나기 시작했소. 이 위대한 글자는

화하만이 아니라 동이, 서융, 남만, 북적으로 퍼져나감으로써 실상 천하 모든 백성들에게 골고루 전해졌으니, 이 어찌 천하 모든 사람들의 복이 아닐 수 있겠소. 그래서 이분 창힐을 힐황이라고도 하오. 자, 모두 힐황에게 경배합시다."

각국의 사절들과 문사들은 진정 숭배하는 마음으로 창힐의 초상 앞에 길게 늘어섰다.

"배(拜)!"

문창관의 구령에 맞춰 절을 하는 천하 문사들의 표정은 행복하기 짝이 없었다. 웅장한 연학전이나 그에 가득 들어찬 책이나 사마천이나 창힐이나 모두 보배로웠고 위대했으며 평생 더불어 살고 싶은 공간이고 인물들이었다.

묘한 글자의 출현

밤이 되자 한제는 또다시 사절들을 위한 연회를 베풀었다. 이번에는 황제의 옆으로 무희, 대신, 한을 대표하는 거유 대학들이 모두 착석하였으니 지난밤의 연회와는 달리 논학의 기운이 넘쳐 흘렀다.

"천하 각국의 사절들에게 묻노니, 그대들의 하루는 어떠하였는가?"

한제의 물음에 문사들은 이구동성으로 대답했다.

"행복하였나이다! 학문을 사랑하는 궁전 연학전은 더없이 황홀하였으며 빈틈없이 채워진 책이란 그 안에서 평생을 살고 싶은 욕망을 일으켰나이다. 태사공의 초상을 보며 진실의 무게를 느꼈고 글자를 나누어준 힐황을 대해서는 오로지 감사할 따름이었나이다. 소원이 있다면 오로지 하나, 살아생전에 연학전을 다시 한 번 찾는 것뿐이옵니다."

"그러하리라! 반드시 그러하리라! 그대들은 들으라. 이제 연학전은 언제나 그대들 마음의 고향이 될지어니 때를 가리지 말고 찾아오도록 하라!"

"감사하옵니다."

"또한 옛적에 글자를 만들어 그대들에게 나누어주었듯 새로이 만들어지는 글자 또한 그대들에게 아낌없이 나누어줄 것이다. 연학전에 그 모든 글자를 새겨넣을 것이니 이제 연학전은 그대들 마음의 고향일 뿐 아니라 모든 글자의 고향이기도 하다. 그대들은 언제든 와서 빌려간 글자를 잊을 적마다 묻고 새롭게 배워가도록 하라!"

"황공하옵니다!"

이어 한제는 위명을 떨치는 거유 대학을 한 사람 한 사람 소개하기 시작했다. 원순, 종항지 등 기라성 같은 인물들을 소개하고 난 한제는 모든 학자와 더불어 수없이 잔을 채우고 비웠다. 문사들에게 비친 한제란 이상에 가까운 군주였다. 그들은 자국의 비루하고 무지한 주군들을 비웃으며 밤이 깊도록 술과 문장을 논

하였으니, 이날은 사절로 온 문사들의 일생을 통틀어 가장 행복한 날이었다.

다음 날 아침 순찰을 돌던 순검대는 연학전의 아름드리 굵고 붉은색 나무기둥에 검정 먹물로 무언가가 칠해져 있는 걸 발견하고 대경실색했다. 천하의 문사 사절들을 초청하기 위해 막대한 비용과 수고를 들여 지은 이 연학전에 낙서라니, 불벼락이 떨어질 일이었다.

"이게 뭐란 말이냐? 글씨 아니냐?"

"그런 것 같습니다."

"그런데 이게 도대체 무슨 글씨이며 누가 썼단 말이냐?"

먹물을 잔뜩 묻혀 진한 글씨로 기둥에 굵게 쓰인 것은 '畓'이었다.

"밭 전 위에 물 수라……."

열두 명 순검 중에는 아무도 이 글자를 알아보는 사람이 없었다.

"이 글자를 쪼개면 뭔지 알 것 같습니다만……."

"무엇이냐?"

"바로 수전(水田)이 아니겠습니까? 논 말입니다."

"수전을 왜 이렇게 하나로 뭉쳐서 쓴단 말이냐? 수전이면 수전이지."

순검대장은 이 해괴한 글자 앞에서 어떤 판단을 내려야 할지 몰랐다. 이제 곧 대회가 시작될 시간이니 그전에 지우든 말든 해야 할 것이었다.

"이것이 이제껏 우리가 보지 못한 글자인 걸 생각하면 문진대회에서 문사들 간에 이 글자에 대한 의논들이 있었던 게 아닐까요?"

"오호. 그렇구나. 그런데 문사들은 이상도 하지. 종이나 천에 쓰면 되지 글자를 왜 기둥에 이렇게 쓴단 말인가. 이것을 지워야 할지 그냥 두어야 할지 모르겠구나. 어서 문창관께 여쭤야 하겠다."

문창관은 보고를 받자 고개를 갸웃거렸다.

"畓?"

"그렇습니다."

"이 무식한 놈아! 畓이 뭐냐? 세상에 그런 글자가 어디 있단 말이냐?"

"틀림없이 畓이었습니다."

화가 난 문창관은 순검대장을 따라나섰다. 현장까지 가면서 수없이 순검들의 무식함을 탓하고 꾸중하던 그는 문제의 기둥에 이르자 눈이 휘둥그레졌다.

"아니, 정말!"

분명히 기둥에 쓰인 글자가 畓인 것을 본 문창관은 연신 글자를 이렇게도 보고 저렇게도 보았다.

"허참!"

짧은 글자랄 수도 아니랄 수도 없었다. 수와 전이 합쳐진 이 간단한 글자. 그러나 수천 권의 서책을 읽었다고 자부하는 자신이 이제껏 이런 글자를 본 적이 없었으니 분명 글자가 아니었다.

"이상한 일이군."

누가 글자도 아닌 것을 써놓았는지도 모를 일이었고, 만에 하나 그게 자신이 모르는 글자라 하더라도 도대체 왜 기둥에다 써 놓았는지는 더욱 모를 일이었다.

"음!"

문창관은 이 글자인 것 같기도 하고 아닌 것 같기도 한 알 수 없는 글자 앞에서 한참이나 이런저런 생각을 하다 일단 글자를 지우도록 했다. 설혹 그게 글자라 하더라도 수와 전을 합한 쉬운 글자이니 누구에게도 설명할 수 있는 일인 데다 황제가 애지중지하는 연학전이 더럽혀져 있는 걸 그냥 둘 수는 없다는 판단을 했기 때문이었다.

그러나 군졸들이 글자를 지우기 직전 문창관은 갑자기 소리를 질러 중지시켰다.

"그냥 두어라!"

순간적으로 혼자 결정할 일이 아니라 판단한 문창관은 급히 원순의 집으로 말을 몰았다.

"이게 무슨 글자입니까?"

이른 시간에 뜻하지 않게 찾아온 문창관이 손바닥에 글자를 써 보이자 원순은 눈이 동그래졌다.

"畓?"

"그렇습니다."

한참이나 문창관을 바라보던 원순은 표정이 풀리며 웃었다.

"재미있는 글자를 만들었소이다."

"아니, 제가 만든 게 아니고……."

"허허, 그렇다면 아침부터 여러 사람들이 나를 놀리려 장난을 꾸몄나 보오. 내 이제 나갈 터이니 가서 조금 기다리시오. 대회가 시작하기까지는 아직 시간이 좀 있지 않소."

"장난이 아닙니다. 아침에 순검이 발견하였는데, 연학전 기둥에 굵은 글씨로 이 글자가 쓰어 있었습니다."

원순은 흠칫 놀라는 표정이었다.

"새로 지은 연학전 기둥에 글을 썼다는 것은 필시 한에 반감이 있다는 얘기 아니오?"

원순은 비로소 진지한 표정으로 문창관의 두 눈을 똑바로 쳐다보더니 종이를 가지고 오게 해 보았다는 글자를 쓰게 했다. 나타나는 글자를 본 원순은 즉각 고개를 저었다.

"분명 이것은 천하에 없는 글자요. 누가 이런 이상한 장난을 연학전 기둥에……. 그대는 어서 여러 사람에게 일러 연학전 기둥으로 오도록 하시오. 나도 곧 갈 터이니."

원순은 서둘러 의관을 차려 연학전으로 향했다. 그가 도착하고 얼마 지나지 않아 문창관의 기별을 받은 조정의 중신들과 큰 학자들 역시 기둥 앞에 모였다.

"혹시 이 글자를 이전에 본 분이 있으시오?"

원순은 다른 학자들에게 물었지만 묻는 것은 형식일 뿐 그는 이미 한자에 없는 글자라는 걸 확신하고 있었다. 학자들은 글자를 바라보고 역시나 고개를 저은 뒤 저희끼리 몇 마디를 주고받았다.

"누군가 水田을 가지고 장난을 친 것 같은데……."

"사절로 온 문사들 중 하나가 아니겠소?"

"황제께서 애지중지하는 연학전 기둥에 이런 있지도 않은 글자로 낙서를 했다면 분명 우리 화하인은 아니지요."

"화하인의 행위가 아님은 분명하지만 이걸 꼭 반감으로 썼다고 볼 필요는 없지 않겠습니까? 단지 문사 특유의 장난기가 묻어나온 것일 수도 있지요. 반감에서 나온 거라면 글자를 써야지 어째 이런 글자 아닌 걸 써놓았겠습니까?"

이윽고 중신과 학자들은 별것 아닌 장난에 유난을 떨었다는 듯 흥미를 잃고 연학전 안으로 들어가기 시작했다. 원순 또한 괜스레 신경을 곤두세웠는가 하는 생각이 들어 군졸들로 하여금 글자를 지우게 하려다 마지막까지 미심쩍은지 문창관에게 한마디를 던졌다.

"곽사에게도 이 일을 전하시오. 이것도 이상하다면 이상한 일이고 이런 이상한 것을 판단하는 데는 그가 제일이니."

그림의 이치

문창관으로부터 쪎을 받아든 곽사는 이제껏 누구에게도 내보인 적이 없는 무시무시한 눈빛을 글자 위에 쏟아냈다. 그는 오랜 시간이 지나도록 미동도 하지 않은 채 글자를 쏘아보다 허공을 향해 혼잣말을 흘렸다.

"석정을 잡았다더니……."

그러고도 한참의 시간이 지나서야 일어난 곽사는 집에 데리고 있는 문사 한 사람을 불러 뭐라고 귀띔한 다음 문창관을 앞세우고 연학전을 향했다. 쪎이 쓰여진 기둥 앞에 선 곽사는 이윽고 원순 등이 도착할 때까지 알 수 없는 눈빛으로 기둥을 뚫어질 듯 바라보고만 있었다.

"곽사, 그건 무엇이오? 글자가 맞소? 아니면 글자가 아닌 누군가의 장난이오?"

"……."

곽사가 답을 하지 않고 연학전 앞으로 모여든 사절과 문사들에게로 시선을 옮기자 원순 등은 그의 눈길을 그대로 좇았다. 곽사의 눈길은 여러 선비를 지나 고구려의 문사들, 그중에서도 하나에 꽂혔다. 이지였다. 사람들은 곽사가 이지에게 한 번 꽂힌 눈길을 거두지 않자 모두 궁금한 표정으로 곽사와 이지를 번갈아 쳐다보았다.

"저 여인이 벌인 일이오?"

원순이 물었으나 곽사는 입을 다문 채 묵묵히 이지만을 바라보다 갑자기 문창관에게 물었다.

"흉노에 장원을 주었나?"

"그러합니다."

"문사 하나로 하여금 저 여인을 죽이게 하라. 지금 바로!"

"넷?"

"어서 작은 칼을 쥐여주고 시켜라. 하루 만에 반하여 이루지 못할 사랑으로 고통받느니 차라리 이 길을 택하겠다 하고 여인을 죽인 뒤……."

그는 갑자기 말을 끊었다.

여인이 이쪽을 향해 걸어오고 있는 것이었다. 원순은 곽사가 갑자기 여자를 죽이라 하자 크게 놀라고 있던 차에 여인이 홀로 걸어오니 눈에 힘을 모아 그녀를 바라보았다. 그것은 연학전에 모인 모든 문사들도 마찬가지였다. 그렇잖아도 관심을 끌던 유일한 여인이 자리에서 벗어나 원순에게로 다가가니 무슨 영문인지 몰라 눈길이 쏠리지 않을 수 없었다. 이지는 천연스레 원순과 곽사의 곁에 나란히 서서는 사절들과 문사들을 향해 입을 열었다.

"이 글자가 무엇인지 아는 분은 손을 들어주십시오."

이지는 어느 틈에 예의 그 籤을 쓴 큰 천을 꺼내어 펼쳤다. 하얀 천에 굵은 붓으로 쓴 글자가 분명하고 뚜렷하게 사람들의 눈에 드러났다. 사절들은 어리둥절해하며 서로를 쳐다보다 하나둘

씩 손을 들기 시작했다. 고구려, 백제, 신라, 옥저, 동예 등의 문사들이었다. 이에 이지는 따로 자리한 한의 문사들을 향해서도 물었다.

"여러분들도 손을 들어보십시오."

아무도 손을 드는 사람이 없자 사절들 사이에서 놀라움에 가득 찬 탄성이 여기저기서 생겨났다.

"글자를 만들어 천하에 빌려주었다는 여러분들은 왜 손을 안 드는 겁니까?"

이지의 가냘프나 힘 있는 목소리가 마치 꾸지람을 쏟아내듯 한의 문사들을 향했으나 그들에게서는 아무런 대답이 없었다.

"그러면 여러분께서 대답을 해보십시오."

이지가 사절들을 향해 묻자 이구동성으로 소리가 쏟아져나왔다.

"답이오."

"논 답."

이지는 크게 고개를 끄덕였다.

"그렇습니다. 이것은 논 답입니다. 매우 쉬운 글자라 아이들도 다 압니다. 하지만 한의 거유와 대학들은 이 글자를 모릅니다. 이것은 무엇을 말하는 겁니까?"

모든 문사들이 침묵을 지킬 뿐 누구도 대답하는 자가 없었다. 심지어는 고구려 문사들조차 입을 다물고 이 뜻밖의 사태에 당황하고 있었다. 이어졌던 사흘간의 기쁨의 끝에 어떤 파문이 생길 듯한 불안감을 애써 누르며 그들은 침묵했다.

"화하만이 글자를 만든 게 아니란 걸 바로 이 글자 논 답이 증명하고 있는 겁니다."

백제에서 온 한 선비가 물었다.

"그런데 어째서 한의 선비들은 이 글자를 모른단 말이오?"

"글자가 생겨나던 시기 황하 중류에서 산 화하인들은 밭농사만을 지어 밭 전(田)에만 익숙해져 있습니다. 그러다 생경한 논이란 걸 보니 밭에 물이 그득하다 생각해 논을 수전(水田) 혹은 도전(稻田)이라 합니다. 그러나 밭에 물이 그득한 모습을 한 글자로 나타내면 바로 답(畓)입니다. 이것은 화하가 만든 글자가 아닙니다. 그래서 논농사를 짓는 나라의 문사들만 손을 든 것입니다."

문사들 사이에 웅성거림이 일었다.

"글자는 논농사를 짓던 사람들이 만들었습니다. 쌀을 뜻하는 미가 들어가는 글자는 이루 헤아릴 수 없지만 보리나 밀을 뜻하는 맥이 들어가는 글자는 손가락으로 꼽힙니다. 화하는 생겨난 근원을 알 수 있는 글자들을 추려 오랜 세월에 걸쳐 없앴습니다. 물론 모든 글자를 자신들이 만들었다 주장하기 위해서입니다."

가만히 듣고만 있던 원순이 노한 음성으로 일갈했다.

"요사한 계집 같으니. 천하에 딱 한 자 있는 것을 가지고 감히 한자를 우롱하려 드느냐!"

"다른 글자를 보여드리지요."

"뭐가 있다는 것이냐? 보여라!"

"집 가(家)에도 역시 뿌리가 숨어 있습니다."

문사들 중에는 머릿속으로 집 가를 떠올리는 사람들도 있었고 손가락으로 허공에 써보는 사람도 있었다. 그들을 빙긋 바라보는 이지의 태도에는 여유가 있었다.

"집 가는 집 밑에 돼지가 들어가 있는 형상입니다. 그런데 돼지를 집 밑 측간에 키우는 이런 풍습은 화하에는 없고 동이에만 있지요. 이 글자 역시 논 답과 같이 사람 사는 모습을 그대로 그려넣은 것입니다."

"화하인들이 자신들의 일만 글자로 만들었다고 생각하는 것이냐? 집 안에서 돼지를 키우는 동이족의 사는 모습을 본 화하인들이 글자를 만들었다고는 왜 생각하지 못하는 것이냐. 네 말을 좇아가면 돼지 돈은 돼지가 만들고 원숭이 원은 원숭이들이 만들었단 얘기가 되지 않겠느냐?"

"집 가와 같이 중요하고 매일 쓰는 글자를 남들이 사는 모습을 보고 만들었다는 말인지요? 정녕 그렇다면 집에서 돼지 키우는 동이족을 보기 전까지 화하인들에게는 집이 없었다는 이야기가 되는군요."

원순은 할 말을 잃고 말았다. 이어지는 이지의 목소리가 더욱 강하게 사람들의 귀를 파고들었다.

"집 안에서 돼지를 치는 글자란 오로지 그 풍습을 가진 민족에게서만 나올 수 있는 것이지요. 이 글자가 동이족에게서 만들어져 화하인에게로 흘러갔다는 것은 어린아이도 알 수 있는바,

화하인들이 세상의 모든 글자를 만들었다는 것은 허무맹랑한 거짓입니다."

동요하여 소란을 일으키던 문사들은 이제 침묵만을 유지하고 있었다. 조용한 연학전에 이지의 목소리만이 연신 이어졌다.

"천하의 모든 글자 중에 집 가나 논 답은 중요하기로 열 번째 안에 드는 글자들로, 어떤 글자들보다 먼저 만들어졌을 것입니다. 그런데 그것이 동이족의 풍습을 나타내고 있는 그림이라면 그건 누가 뭐라 해도 동이족이 만든 것입니다."

"으음!"

소설은 여기서 끝나 있었다. 혹시나 하여 뒤를 여기저기 찾아보았지만, 여기서 중단되어 있었다.

태민의 입에서는 아쉬움으로 가득 찬 신음이 흘러나왔다.

한자를 만들어 천하에 빌려주었다는 한족의 한나라에 대해 동이족의 고구려가 한자의 근원에 대해 색다른 시각을 제시하며 대립이 시작되는 바로 그 순간 소설이 끝나버렸던 것이다. 남의 일에 절대 관여하는 일 없이 살아온 태민은 생전 처음 남의 일로 가슴이 아파왔다. 전준우가 추구하다 갑작스러운 죽음으로 끝나버린 이 일이 오로지 돈 버는 일에만 관심이 가 있는 태민의 가슴에 섬세한 파문을 일으켰고, 태민에게 이 일은 더 이상 그냥 남의 일로만 생각되지는 않았다.

태민은 소설에서 작가가 강조하는 바를 정리해보았다.

물 수와 밭 전을 합한 글자는 논 답으로 가장 먼저 생겼어야 할 글자다. 그런데 모든 한자를 만들었다고 주장하는 화하족, 즉 한족에게는 이 논 답이란 글자가 없다. 그런데 어째서 모든 한자를 한족만이 만들었다고 할 것인가.

소설은 길었지만 요지는 이런 것이었다. 태민은 이 글자 답을 치엔 교수에게 내밀어보고 싶었다.

"논 답이 중국에는 없는 글자라고? 그게 어때서요?"

치엔 교수는 태민이 회심의 논 답을 들이밀었지만 예상과 달리 전혀 동요하는 기색이 없었다.

"세상의 모든 한자를 당신네 중국인들만이 만들었다고 하지 않았나요? 그러나 논 답과 같이 중요한 글자를 당신네들은 갖고 있지 않아요."

"논 답이란 글자는 제대로 된 글자가 아니오."

"그러면요?"

"변방에서 마음대로 지은 글자이니 짝퉁 같은 거요. 중국에서는 밭 전 하나로 밭도 되고 논도 되는데 굳이 논 답 자를 만들 필요가 뭐 있겠소?"

"어느 쪽 사람들이 더 문명화된 거지요? 논과 밭을 다른 두 글자로 분명히 구분하는 사람들과 밭 전 하나로 혼동해가면서 쓰는 사람들 중?"

치엔 교수는 태민이 순발력 있게 반격하자 말을 돌렸다.

"중국에서는 수전과 도전이라는 말로 논을 분명히 표현하고 있소."

"답(畓)은 매우 간단하면서도 논의 성격을 가장 잘 나타낸 글자예요. 즉, 논은 물이 많이 들어간 밭이지요. 그러니 밭 위에 물 수를 둔다는 건 한자를 가장 잘 이해하고 글자를 만들어낸 경험이 있는 사람들만이 할 수 있는 글자 제조법이에요. 지난번의 그 弔도 논 답과 꼭 같은 원리로 만들어졌어요. 사람이 활을 들고 있는 모습을 장례 치를 弔로 표현한 것은 그런 문화를 가진 사람들이 만들어냈다는 증좌예요."

"또 예를 들어보시오."

태민은 소설에 있는 내용을 그대로 옮겼다.

"집 가(家)도 마찬가지예요. 집 밑에 돼지를 키우는 풍습은 한국인들만 가지고 있어요."

"하하하하!"

치엔 교수는 크게 웃었다.

"한자를 어찌 그리 억지로 해석을 한단 말이오? 집 가는 야생의 멧돼지를 인간이 가축으로 기르기 시작했다는 내력을 담고 있는 글자요. 그러나 백번 양보해 한국인들만 집 밑에 돼지를 키우고 그것이 집 가라는 글자가 됐다고 칩시다. 또 예를 들어보시 오."

"……."

"하하하하! 하하하하!"

치엔 교수는 다시 한 번 크게 웃었다.

"겨우 세 글자 가지고 한자를 한국인들이 만들었다고 주장하 는 게 초라하다고 생각하지 않소?"

"한자가 오랜 세월 중국에서 크게 번성하고 어휘도 무척 많아 졌다는 걸 부정하자는 게 아니에요. 하지만 串나 畓과 같은 중 요한 글자가 중국에서 만들어지지 않았다는 건 그리 간단한 문 제가 아니란 거예요. 논 답뿐만 아니라 중국이 아닌 어떤 지방의 풍습 같은 게 들어가 있는 글자들은 그 지방에서 만들어졌을 가 능성이 크다는 거예요."

"흐흐. 10만 자도 넘는 한자 중에 겨우 한두 글자 들고 와 한자 를 한국에서 만들었다고 주장하다니. 그것이 학문하는 태도요? 하고자 하는 얘기가 뭔지는 모르겠지만, 나는 관심 없으니 이제 날 찾아오지 마시오."

치엔 교수는 일어나 방문을 열었다. 태민은 또다시 굴욕감이 느껴졌지만 조용히 일어나 밖으로 나오는 수밖엔 없었다. 전준 우의 주장이 전혀 엉뚱해 보이지는 않았지만 치엔 교수 말대로 겨우 글자 몇 개 가지고 한자를 한국인이 만들었다고 주장하는 건 터무니없었다.

태민은 새삼 소설이 그 장면에서 끝나버린 것이 안타까웠다. 소설 속 고구려 쪽 인물의 자신만만한 태도로 보아서는 논 답뿐만 아니라 문자다툼에서 훨씬 더 많은 증거가 있을 것 같았지만 이제는 더 이상 기댈 곳이 없어져버린 것이었다.

태민은 소설이라는 가상의 현실과 치엔 교수로 대표되는 자신이 맞대한 진짜 현실 사이의 갭이 너무 크다고 생각했다. 치엔 교수는 자신이 제시한 글자 세 개를 아예 상대할 가치도 없다는 뜻으로 커다랗게 소리내어 웃어버렸다.

하지만 이와 동시에 태민에게는 하나의 커다란 의문이 떠올랐다. 전준우의 주장이 그렇게나 가소롭다면 왜 누군가는 전준우를 죽여야만 했을까?

소살리토 언덕의 저택

"태미, 나 워치맨이오."

한동안 소설과 치엔 교수 사이에서 부담을 떨치지 못하던 태민에게 보잉으로부터의 전화는 반갑기 짝이 없었다.

"경영진의 결재가 났으니 시애틀의 본사로 계약하러 오시오."

"얏호!"

태민은 전준우를 가볍게 내려놓을 수 있었다.

태민은 워치맨과 통화를 마치자마자 바로 여행사에 전화를 걸어 가장 빠른 비행기를 알아본 후 미국의 브라켄과 시애틀 공항에서 만날 약속을 잡았다. 서둘러 가방을 꾸리고 노트북을 들고 나서는 태민의 얼굴은 일에 대한 기대감은 물론 오랫동안의 칙칙한 고민으로부터 탈출하는 데서 오는 상쾌함으로 가득 차 있었다.

비행기가 태평양을 지날 즈음에는 이미 전준우의 얼굴이라든지 골치 아픈 글자의 기억은 말끔히 사라져버렸고 오랜만의 비즈니스 여행에 대한 기대감으로 부풀어 있었다.

시애틀 공항에서 기다리고 있던 브라켄은 태민이 나오자 기쁨의 포옹 세례를 퍼부었다.

"태미, 보잉이 자네의 그 제안을 수락했어. 이번에 한해 리베이트 없는 거래를 허용했단 말이야. 워치맨이 무척 애먹었대."

"오케이. 이제 인도 쪽 인보이스만 손에 넣으면 한국 정부를 얼마든 설득할 수 있어."

"국제 공식 가격은 이미 충분히 공개돼 있어. 보잉이 인도뿐 아니라 캐나다와 호주에도 같은 가격을 제시했기 때문에 한국 정부가 국제 공인 가격보다 10퍼센트 싸게 사는 건 틀림없어."

두 사람은 하이파이브를 교환한 후 자신만만한 표정으로 보잉과 마이크로소프트의 도시 시애틀 한복판의 프리웨이를 가로질렀다.

시애틀 어디에서나 보이는 거대한 레이니어산의 눈 덮인 풍경은 그동안 수사와 도피에 짓눌려 침체되어 있던 태민의 가슴에 새로운 희망을 불어넣었다. 이제 대잠초계기 한 건이면 평생의 목표인 500억 원을 손에 움켜쥐게 되고, 30대 초반에 은퇴하게 되는 것이었다.

언젠가 보았던 영화 〈시애틀의 잠 못 이루는 밤〉이 기억을 뚫고 떠오르자 태민의 얼굴에 웃음이 번졌다. 그들은 사랑에 잠을 못 이루었지만 자신은 꿈에 잠을 못 이룰 것이었다. 500억 달성이 눈앞으로 다가오자 태민의 기억 속에 또다시 최현지가 떠올랐다.

500억을 손에만 들면 최현지에게 복수할 방법은 얼마든지 있을 것이었다. 결혼한 여자라면 가정을 파괴할 수도 있고 결혼을 하지 않았다면 자신은 500억을 손에 쥐고 청혼을 할 수도 있다. 그리하여 마음도 몸도 다 빼앗고 난 후 마지막 순간에 '네가 싫어졌어' 한 마디 남기고 휴대폰 번호를 바꿔버리거나 혼자 미국이나 캐나다로 떠나버릴 수도 있는 것이었다. 혹은 몇 억 던져주며 경멸 어린 눈초리를 그녀의 기억에 영원히 남길 수도 있다.

태민이 이런 즐거운 공상을 하는 가운데 브라켄의 마이바흐는 보잉 본사의 정문을 통과해 안으로 미끄러져들어갔다.

워치맨은 현관에서 기다리다 태민이 내리자 강하게 끌어당겼다.

"프렌드!"

마피아 세계에서와 마찬가지로 무기의 세계에 있어서도 프렌드라는 말은 모든 것이었다. 오히려 마피아를 능가할 정도의 비밀 거래와 리베이트로 얼룩져 있는 무기시장에서 모든 불법과 부정을 같이 나누겠다는 뜻의 프렌드는 아무에게나 붙여지는 칭호가 아니었다.

워치맨은 포세이돈 담당 사장의 방으로 태민과 브라켄을 데리고 갔다. 사장은 신중해 보이는 사람이었지만, 이미 워치맨으로부터 프로젝트에 대한 얘기를 다 들었는지 처음부터 요점을 물어왔다.

"리베이트 없는 거래는 생각해본 적이 없기 때문에 당신은 지금 나를 충분히 설득해야 할 거요. 당신의 판매전략을 말해보시오"

"세 가지예요. 하나는 보잉이 인도에 팔았고 현재 호주와 캐나다에 제시하고 있는 가격보다 10퍼센트 싸다는 점을 한국 해군에 제시할 거예요. 지금 한국 해군은 두 가지 중요한 요소의 접점에 있어요. 하나는 구매 라인이 방산비리로 박살이 나 있다는 거예요. 또 하나는 잠수함을 아는 군인들이 포세이돈을 너무 가지고 싶어 한다는 거죠. 아시는 대로 현재 한국 해군은 P-3 열여섯 대를 가지고 있지만 전부 낡을 대로 낡아 전전긍긍하고 있어요. 다른 기종을 고쳐 쓴다든지 내부 장치를 뜯어 엉뚱한 퇴역기에 옮긴다든지 별짓 다 하지만 속으로는 누구나 최신예 포세이돈을 가지고 싶어 해요. 기존의 구매 라인이 아닌 이들 실수요자들에게 극비 보안임을 전제로 리베이트만큼 가격을 내렸다는 사실을 알리면 이들은 광분해 공을 세우려 들 거예요. 즉, 기존의 구매 라인이 아닌 순수 국방의지를 가진 실수요자들이 직접 구매에 나서게 해 애국 구매라는 상징을 주는 게 첫 번째 전략이에요."

"다음은?"

"내게는 그간 투자만 했지 한 번도 써먹지 않은 언론의 인맥이 있어요. 그걸 이번에 폭발적으로 터뜨릴 거예요. 북한의 잠수함 발사 핵탄두가 이미 이 정도인데 낡은 깡통 같은 P-3 갖고 도대체 뭐하느냔 기사가 하루가 멀다 하고 터져나오도록 할 거예요.
게다가 리베이트 생기는 게 없으니 꼭 필요한 포세이돈 안 산다
고 밀어붙이면 결정권자들도 예산 확보 안 해줄 수 없어요."

"마지막 하나는?"

"나는 지금 중국에 나와 있는 각종 북한 라인과 매일 아침을
같이 먹고 있어요. 나는 이미 이들을 통해 남한이 가장 겁먹고
있는 건 핵도 미사일도 장사정포도 아닌 바로 잠수함 발사 핵탄
두라는 정보를 확실하게 전달했어요. 그 라인은 외교관, 기자가
중심이 되어 있어 정보 전달력이 최고예요. 나는 포세이돈 영업
을 이미 중국에서 하고 있단 얘기예요. 이제 곧 잠수함 쪽에서
뭐가 터져나와도 터져나옵니다. 그게 진짜든 가짜든 간에. 어차
피 무기란 심리치료인데 팩트가 뭐 필요 있어요? 겁먹을 정보만
나오면 되는 건데. 북한에서 안 나오면 내가 만들어낼 거예요. 무
슨 짓을 하든!"

사장은 환한 표정으로 손을 내밀었다.

"우린 프렌드요."

"생큐!"

"당신 요청대로 다섯 대에 대해 리베이트 10퍼센트를 없애고
대신 그만큼 가격을 깎아주겠소. 당신 수수료 약 6천만 달러는
계약과 동시에 일괄 지급하겠소. 이 건에 대한 당신의 라이선스
기한은 2년 주겠소."

태민은 날아갈 듯한 기분을 가까스로 억누르며 사장과 악수

를 하고는 방을 나왔다. 계약서를 쓰는 동안 워치맨은 사장 앞에서 일목요연하게 전략을 제시한 태민에게 크게 만족한 모양인지 원더풀을 연발했고, 브라켄은 지난번 태민으로부터 전체 이익금의 15퍼센트를 제시받은 게 현실화된다는 기쁨으로 연신 태민을 끌어안았다.

"망명 아닌 망명을 하고 있으니 불편한 게 많을 거야. 내가 도울 일 있으면 언제든지 연락 줘."

심지어 그는 자동차가 보잉을 빠져나오자 미리 준비해놓은 봉투를 내밀었다. 하지만 태민은 봉투를 다시 제자리로 돌려놓았다. 아무리 어려워도 작은 미끼는 물지 않는다는 게 태민의 모토였다.

"공항으로 바래다줘."

"아니, 벌써 돌아가?"

"중국에 있는 동안 쓸쓸했어. 스탠퍼드에 가고 싶더군."

말은 이렇게 했지만 사실 태민은 스탠퍼드에 가 만나고 싶은 사람이 있었다.

브라켄과 헤어진 태민은 샌프란시스코로 날아가 공항에서 차를 빌려서는 바로 스탠퍼드로 향하려 했으나 어차피 사람을 만나기에는 시간이 늦어 금문교를 건너 소살리토에 숙소를 잡았다. 소살리토는 예전 스탠퍼드에 다닐 때 자주 오던 곳인 동시에 태민이 500억 원을 벌어야 할 이유를 제시해준 곳이기도 했다.

저녁식사를 연안의 아늑한 레스토랑에서 마친 태민은 태평양이 환히 바라다보이는 넓은 테라스를 가진 집들을 올려다보며 해변을 걸었다. 인간으로 태어나 저런 집에서 한번 살아보지도 못한다면 인생이라 할 것도 없다며 도전장을 내밀던 시절을 되새기던 태민은 자신이 어느 만큼 왔는지 하나하나 헤아려보았다.

우선 가장 머리가 아플 수도 있는 부모 문제는 이미 잘 해결이 되어 있었다. 아버지는 태민이 칼텍에서 유학하던 시절 뜻하지 않은 교통사고로 세상을 뜨셨고 어머니는 그 후 이모들이 사는 미국을 오가며 자신의 생활을 즐기고 있으니 걱정할 게 없었고 나중에 연로해지면 캐나다 대서양 연안의 고급 요양원에 넣어드리면 될 일이었다.

형제가 없어 홀가분한 것도 다행스러운 일이었다. 자신은 돈만 벌면 모든 것으로부터 해방되어 살고 싶은 대로 살 수 있었다. 지난 2년간 50억을 벌었다 빼앗겼지만 지금 자신은 보잉의 P-8 포세이돈을 한국 정부에 팔 수 있는 결정적 고지를 점하고 있는 것이었다.

"언덕 위의 캐슬들아, 기다려라. 이제 얼마 후면 너희들 중 하나를 내가 골라잡을 것이다. 태평양의 시원한 바람이 노상 들락거리는 널따란 테라스의 클래식한 저택도 좋고 인체공학적 설계가 되어 있는 최신형 현대식 주택도 좋고 아예 담쟁이가 휘감은 중세의 성 같은 저놈도 좋구나. 이 아늑한 소살리토만의 햇살 따

사로운 천국에서 나는 이 세상 좋은 것이란 건 다 만져보고 먹어
보고 마셔보고 휘감아보고 살련다!"

태민은 밤이 늦도록 같은 길을 몇 번이나 오가면서 언덕 위의
저택들을 눈에 넣고 또 넣었다.

다음 날 아침 날이 밝자 태민은 스탠퍼드로 차를 몰았다.

비교언어학

"교수님!"

태민이 스탠퍼드에 와서 만나고자 했던 사람은 스티븐스라는 스탠퍼드가 자랑하는 비교언어학자였다. 태민은 전준우를 완전히 내려놓은 것이 아니었다.

태민이 대학원에서 국제정치학을 전공할 때 '언어와 국제정치'라는 과목을 수강했는데, 당시 태민은 전력을 다해 중국어에 매달려 있을 때라 자연히 이 과목을 열심히 했고 스티븐스 교수와 친해졌다. 특히 스티븐스 교수는 세계의 글자 없는 부족에게 가르쳐야 할 것으로 한글을 꼽고 있어 한국 학생인 태민과의 유대가 남달랐다.

"태미, 웬일이야?"

스티븐스 교수는 남달리 비범했던 태민을 잘 기억했고 반겼다.

"교수님은 여전하시군요."

태민이 중국에서 사온 선물을 받고 어린애처럼 좋아하던 교수는 문득 무언가 생각난 듯 얼굴을 찌푸리며 물었다.

"태미, 설마 내게 볼일이 있어서 왔나?"

"네, 여쭤보고 싶은 게 있어서요."

태민이 이번 여행에서 스탠퍼드를 들르고자 했던 건 사실 치엔 교수에게서 느꼈던 모욕감 때문이었다. 태민이 감히 한자에 대해 도전한다고 느끼자 그는 무자비한 적개심을 내보이며 노골적으로 태민과 한국을 멸시하고 들었는데, 그 순간 태민이 떠올린 사람이 바로 스티븐스 교수였다. 스티븐스 교수는 세계 각지의 언어 발생에 관한 연구가 깊었고 특히 한글과 한자에 관한 조예가 깊어 태민은 이번 여행에서 모교를 꼭 들르고자 했던 것이었다.

"뭐지?"

스티븐스 교수는 흥미로운 눈길로 태민을 바라보았다.

"한자는 중국인들만이 만들었다고 봐야 합니까?"

교수는 예상치 못한 뜻밖의 질문에 태민의 의중을 헤아리려는 듯 눈길을 모아 표정을 관찰하더니 의미심장한 웃음을 떠올렸다.

"웰컴 백!"

"네?"

"나는 내 강의를 듣는 한국 학생을 보면 언제나 해주는 얘기가 있어. 기억하나? 언젠가 내가 던졌던 얘기 한 조각을."

"……."

"내가 한국말은 한자의 발음기호라 했었는데, 자네는 그때 전혀 관심이 없더군."

"저는 지금도 무슨 말씀인지 모르겠는걸요."

"여하튼 기쁘네. 이런 질문으로 찾아오다니. 5년 전 내가 던진 말에 지금 자네가 답을 해오는 셈이야."

"그런데 한국말이 한자의 발음기호라는 건 무슨 뜻이죠?"

"발음기호 알지? 영어사전을 보면 단어 옆에 반드시 발음기호가 나오지 않나? 가령 bag이라 쓰고 그 옆에는 [bæg]이라는 게 붙어 있지. 또한 sing이라는 단어 옆에는 [sɪŋ]이 있지 않은가?"

"네."

"처음 영어를 배우는 외국인들에게 이 발음기호는 매우 도움이 되지 않나?"

"당연합니다."

"마찬가지로 한자자전에도 발음기호가 다 붙어 있네."

"흐, 저는 중국어를 영어 교재로 배워 자전을 찾아본 적이 없어요."

"그런데 한자의 발음기호는 영어와는 달리 두 글자를 합해 표시를 하네. 가령 중국의 대표적 자전인 『강희자전』에서 백(白)을 찾아보면 그 옆에 발음기호를 '박맥(薄陌)'이라고 붙여두었네. 이 박과 맥을 합해 백이라 읽으라는 거지. 첫 글자 '박'에서는 초성인 ㅂ만 취하고 다음 글자 '맥'에서는 중성인 ㅐ와 종성인 ㄱ을 취해서 '백'으로 발음하라는 거야."

"두 글자가 합해져 한 글자의 발음기호가 되다니…… 한자의 발음기호는 좀 복잡하군요."

"복잡하지만 정확해."

"그럼 학(學)의 발음기호는 어떻습니까?"

"그건 '할각(割覺)'이야."

"할에서 초성인 ㅎ을 취하고 각에서 중성인 ㅏ와 종성인 ㄱ을 취하는군요."

"그렇지. 그래서 學은 '학'이라 읽는 거지. 한국인에게는 이 학이라는 발음이 아주 쉬워."

"그럼 중국인들은 학이라 읽지 않나요?"

태민은 무의식적으로 묻다 엇! 하며 놀라 스티븐스 교수를 바라보았다. 놀라운 일이었다. 자신도 모르게 '쉬에'라는 소리가 태민의 성대에서 울려나왔다. 한자 學은 분명 중국어 발음으로는 '쉬에'인 것이다.

"아니, 어떻게 이런 일이?"

발음기호란 소리를 내는 부호일진대 만약 學을 '쉬에'라 읽어야 한다면 발음기호의 초성은 水나 手나 首 같은 것이고 중성은 愛 같은 것이라야 할 터였다.

"중국 자전에 있는 발음기호의 모순을 이제 이해하겠나? 그럼 백두산(白頭山)을 예로 들어볼까? 아까 백은 박맥이라 했지?"

"네, 그래서 백이라 발음된다고 하셨죠."

"자전에 두(頭)는 '도후(徒侯)'로 표기되어 있어."

"같은 원리로 '도'에서 ㄷ을 '후'에서 ㅜ를 취하여 '두'가 되는군요."

"산(山)은 '사한(師閒)'으로 표기되어 있으니 ㅅ과 ㅏ와 ㄴ이 합쳐져 '산'이 되는 거야. 그럼 중국의 자전에서는 백두산을 어떻게 읽으라고 되어 있는 거지?"

"지금 얘기하신 그대로 '백두산'이군요. 그런데……."

태민은 크나큰 충격에 빠졌다. 중국어로 백두산은 '백두산'으로 읽는 게 아니라 '바이토우샨'이라 읽는 것이었다.

"중국인들이 백두산을 '바이토우샨'이라 발음하지만 '백두산'이라고 발음해야 한다는 거 아니에요? 지금 교수님 말씀은."

"내 얘기가 아니라 중국의 자전에 그렇게 발음기호가 되어 있단 말이네."

"아니, 어째서 한국말이 그대로 중국 자전의 발음기호가 되어 있는 거죠?"

"어째서 그렇겠나?"

"설마…… 한자는 지금의 중국인들이 만든 게 아니라는 뜻입니까?"

"아직 여기에 대해 확고부동한 이론은 없어. 하지만 어떤 글자가 있으면 그 글자는 가장 정확하게 발음하는 사람들과 깊은 관계가 있을 수밖에. 나는 이 문제를 자네에게 숙제로 내주고 싶네. 자네는 수재이니 뭔가 성과가 있을지도 모르지. 하지만 그보다 중요한 건 자네는 한국인이야, 한국말의 수수께끼는 한국인이 푸는 게 맞아. 다음에 다시 한 번 나를 찾아온다면 나는 아주 기쁠 거야."

태민은 아직도 자신의 귀를 의심했다. 스티븐스 교수는 지금 한자가 자전의 발음기호대로 가장 정확하게 발음하는 사람들과 무관할 수는 없다고 말하는 게 아닌가.

"그러나……"

"이 정도면 자네의 질문에 답이 되었겠지?"

"너무 엄청난 말씀이라……"

"사실 나는 이 얘기를 5년 전에 자네에게 해주려고 하였네. 하지만 그때는 자네가 거부했지. 자네는 무엇엔가 늘 바빴고 중국어를 그렇게 열심히 하면서도 그 뿌리에는 전혀 관심이 없더군. 그저 빨리 중국말을 익혀 실용적으로 써먹자는 생각만 있었어. 그때는 실망했지만 지금은 기쁘네. 이제 그만 돌아가게."

태민은 스티븐스 교수가 내민 손을 잡고 악수를 한 후 방문을 열고 돌아서기 전 몸을 돌려 다시 한 번 고개를 깊이 숙였다. 뭔지 알 수 없는 불길 같은 것이 가슴속에서 타붙는 것 같아 그냥 맹숭하게 돌아설 수 없었던 것이다.

성인의 기록

베이징으로 돌아온 태민은 호텔 카운터에서 룸 키와 더불어 한 통의 편지를 받았다. 한국으로 돌아간 킬리만자로의 약혼녀가 보낸 통화기록이었다. 통화기록을 따라 모든 번호를 눌러본 결과 공공의 번호 같은 걸 뺀 의미 있는 번호라고는 불과 한 개가 있을 뿐이었다. 그것도 휴대전화가 아닌 베이징문화원의 대표 번호였다. 태민은 다시 한 번 쓴웃음을 지었다. 역시 킬리만자로는 자신 외에는 누구와도 대화를 나누지 않은 침묵의 사나이임에 틀림없었다.

태민은 베이징문화원의 번호를 눌렀다. 여기저기를 거쳐 연결된 상대는 문학을 담당하는 연구직원으로 전준우가 찾아와 두 번 만난 적이 있다고 했다. 태민은 별 기대할 것이 없다고 생각하면서도 그를 찾아갔다.

"그분이 피살되었다고요? 왜요?"

"도둑질하려 집에 침입한 절도범들에게 목이 졸렸어요."

"저런! 그까짓 도둑질 당하면 그뿐인데 저항했던 모양이네요."

"그런데 전준우 작가와는 자주 얘기를 나누셨는지요?"

"제가 그분을 잘 아는 건 아닙니다. 두 번 찾아와 만나기는 했습니다만 가까운 사이도 아니었고…… 별로 얘기할 건 없습니다."

연구원은 전준우가 피살되었다고 하자 약간 피하는 기색을 보였다.

"전 작가는 한자와 관련된 소설을 쓰고 있었는데, 혹시 좀 아시는지요?"

"그런 소설을 쓰는 줄은 몰랐는데요. 하긴 그분이 찾아와 중국 고전의 편찬과 관련한 이설 같은 것들을 묻고 하던 걸 고려하면 글자와 관련된 그런 소설을 쓸 수도 있었겠네요."

"고전 편찬의 이설이란 뭘 말하는 건가요?"

"그는 공자와 사마천에 관심이 많았어요. 누구라도 이 두 분에 대해서는 관심이 많을 수밖에 없지만 그는 관심을 좀 거꾸로 가졌었죠."

"거꾸로라면?"

"뭐랄까, 좀 뒤집어보려 했달까…… 좌우간 성인인 이분들의 뒤를 좀 캐려 했달까…… 하여간 좀 우스웠어요."

"그러니까 그분들도 잘못되었을 수 있다, 이런 시각에서 자료를 찾고 조사를 했다는 뜻이군요."

연구원은 고개를 끄덕였다.

"자칫하면 반감을 크게 살 일이었죠. 천하에 공자만큼 절대적인 인물이 또 누가 있겠어요?"

"혹시 전쥬우 작가가 다른 사람이나 단체 이름을 입에 올린 적이 없나요? 누구를 만났다든지 누군가와 다투거나 논쟁을 벌이거나 했다는 얘기를 하지는 않았나요?"

"그저 조용한 사람이라는 느낌을 주었어요. 그래서 그가 성인의 오점을 찾아내려 드는 게 매우 이상하게 생각되었죠."

"그가 찾아낸 게 있어요?"

"두 분은 성인 중의 성인인데 그런 게 있을 리가 없죠. 사실 저는 공자나 사마천을 잘 알지는 못해요. 제 전공인 임어당이라면 모를까. 참, 임어당 선생의 한자 관련 일화를 얘기해주었네요."

"한자 관련 일화요? 내용을 좀 얘기해주실 수 있을까요?"

"물론이죠."

연구원은 한 사람의 사진을 가리켰다. 신사복을 말끔히 차려입고 안경을 쓴 채 웃음 짓고 있는 밝은 인상의 학자풍 중년인이었다.

"현대 중국을 대표하는 문호이자 저널리스트 임어당 선생입니다."

"네."

"저는 이 임어당 선생이 한국의 문교부 장관과 나눈 일화를 얘기해주었지요."

"한국의 문교부 장관이라면 어느 때의 누군가요?"

"1960년대의 안 무슨 장관인 걸로 기억해요. 아마 대만에선가, 어느 날 그 장관은 임어당 선생과 저녁을 같이하게 되었는데, 당시 한국은 한자를 가르치느냐 안 가르치느냐로 사회가 어수선했던 모양이에요. 그때 그 장관이 저녁 먹는 자리에서 임 선생에게 당신네 중국인들이 한자를 만들어 머리 아파 죽겠소. 왜 그렇게 복잡한 문자를 만들어 우리 한국인들까지도 한문혼용이냐, 한글전용이냐로 이렇게 골치 썩이며 대립하게 만드는 거요 하고 웃으며 농담을 던진 겁니다."

"그래서요?"

"그때 임 선생은 혀를 끌끌 차며 대답 없이 한국의 문교부 장관을 잔뜩 경멸하는 눈초리로 쳐다보기만 했어요."

"왜 그랬던 거죠?"

"웃자고 던진 가벼운 농담에 대한 너무나 뜻밖의 반응에 놀란 장관에게 선생은 몹시 못마땅한 표정으로 대답했습니다. 한자는 당신네 동이족이 만든 건데 무슨 소리를 하는 겁니까? 하고."

"그게 사실입니까?"

"네. 임어당 선생은 문학적 진실을 위해 오랫동안 공산당의 학자들과 대립해 거짓을 매우 싫어했어요. 하지만 선생이 거짓보다 싫어한 건 무지예요. 알아야 할 사람들이 당연히 알아야 할 걸 알지 못하고 있는 걸 가장 큰 범죄라 보았지요. 선생은 다른 사람도 아닌 한국의 문교부 장관이 문자의 뿌리를 하나도 모른 채 전혀 엉뚱한 농담이나 던지는 걸 혐오했던 겁니다."

"그럼 임어당 선생은 한자가 한국인의 문자라고 생각했단 얘기입니까?"

"물론입니다. 그는 한자가 화하족의 유산이 아니라 동이족, 그중에서도 당신네 한국인들의 문자라고 확신하고 있었습니다."

태민은 중국인, 그중에서도 대표적 문호인 임어당이 한자를 한국인이 만든 것으로 인식하고 있었다는 사실에 크게 놀랐다.

"그분은 왜 그런 생각을 갖고 있었을까요?"

"저야 모르죠. 하지만 선생은 고전에 대한 연구가 워낙 깊은 분이셨으니 깊은 학문적 성취를 통해 그런 결론을 내리셨을 거예요."

은이라는 나라

태민은 전준우 소설의 핵심 테마인 '한자의 주인이 누구인가' 라는 문제는 생각 밖으로 상당한 근거가 있다는 걸 알게 되었지 만, 이런 근거들이 하나로 통합되어 체계적 이론을 갖추지 못하 고 있는 게 안타까웠다. 하지만 여기까지였다. 자신이 더 이상 뭘 한다는 건 불가능했고, 무엇보다도 이런 건 전문가들이 뛰어들 어 할 일이었다. 자신이 하나 할 수 있는 게 있다면 전준우의 소 설을 출판할 수 있게 해주는 정도였다.

베이징문화원을 나온 태민은 공원의 벤치에 앉아 이렇게 생각 을 정돈한 다음 전준우의 약혼녀에게 전화를 걸었다.

"보내신 전화번호는 범인과는 관계가 없었어요. 안타깝지만 범 인을 끝까지 추적하기는 어려울 것 같아요."

"수고해주셔서 고맙습니다."

"그리고 하나 말씀드리지 않은 게 있는데, 전준우 작가가 쓰던 소설을 제가 가지고 있어요. 메일로 보내드릴게요."

"감사해요."

약혼녀도 이미 중국 공안이 수사에 손을 놓고 있다는 걸 아는 터라 태민에게 무리한 요구를 해오지는 않았다.

호텔에 돌아온 태민은 약혼녀에게 메일을 보내고, 오랫동안 노트북의 화면에 떠 있던 소설을 내리고 노트북을 껐다.

비록 범인을 잡지는 못했지만 나중에 돈을 벌어 유고를 출판해주면 전준우도 기뻐할 테고 자신으로서도 할 일을 다 하는 셈이었다. 전준우가 대작가가 아닌 데다 중간에 끊겨 있는 소설을 누가 읽을 것인가 하는 회의감이 있었지만, 태민은 나중에 돈을 벌면 수천 권이든 수만 권이든 출판해 사람들에게 그저 나누어주리라 생각하며 전준우와 그의 소설을 머리에서 떠나보냈다.

며칠 후 혼자 바에 앉은 태민은 맥주 한 잔을 앞에 놓고 요즘 들어 계속 마음이 불편한 이유를 생각했다. 미국의 브라켄이 자신의 지시로 보잉의 직원이 되어 한국 해군과 활발한 접촉을 갖고 있었고, 자신도 한국에 있는 것처럼 전화로 매사 원만하게 처리하고 있는 중이라 오히려 즐거우면 즐거웠지 가라앉을 이유가 없었다. 물론 수배가 떨어질지 모른다는 잠재적 위험이 있긴 했지만 어차피 예상했던 일인 데다 수배가 되었다 해서 당장 베이징에서 지장을 받을 일은 없어 그게 이유가 될 수는 없었다.

태민은 맥주를 쭈욱 들이켜기도 하고 긍정적 자기암시도 해보았지만 머리는 가벼워지기는커녕 시간이 갈수록 묵직함이 더해져만 갔다. 곰곰 생각하던 태민은 그 이유가 며칠 전 떠나보낸 전

글자전쟁

준우에게 있다는 걸 깨달았다. 자신이 돈을 벌면 출판을 하겠다며 노트북을 덮어버린 건 기만이라는 의식이 머릿속 어딘가를 끊임없이 맴돌고 있었다.

'하지만 더 이상 무엇을 한단 말인가.'

소설을 출판하겠다는 마음속 생각이 기만이라면 그건 철회하면 그만이었다. 안 한다 한들 무슨 잘못이 있을 것인가. 유에스비를 넘겨받은 입장에서 해볼 만큼은 해보고 알아볼 만큼은 충분히 알아보았다 생각하며 태민은 글라스에 남은 나머지 술을 삼켰다. 그러나 술잔을 내려놓는 순간 태민의 뇌리에는 자신의 불편함이 단순히 전준우에 대한 미안함이 아니라 그가 좇던 역사의 진실과 연관되지 않았을까 하는 추측과 동시에 소설 속의 두 장면이 서서히 다가왔다.

바로 흉노 선비가 문진대회에서 장원을 하는 장면과 사마천이 프롤로그에서 한 괴물의 형상을 보고 『사기』를 쓰겠다고 결심하는 부분이었다.

"아!"

두 장면이 겹치는 순간 태민의 머리에 불쑥 솟아오르는 단어 하나가 있었다.

은.

소설에서 흉노 선비는 공자가 주나라 무왕이 은을 정벌하는 모습을 기록한 『서경』 무성편을 해석해 장원을 했고, 사마천이 도깨비인지 귀신인지를 보고 스스로 궁형을 선택한 후 쓴 책 또한 『은본기』였다.

두 장면, 아니 천하에 위명이 쟁쟁한 한 사람의 성인과 한 사람의 위인은 이렇듯 '은'이라는 하나의 단어로 연결되어 있는 것이었다. 그리고 묘하게도 전준우는 두 사람의 부정적 이미지를 좇았다.

소설에서는 사마천이 한무제 유철과 짜고 궁형을 받는 장면을 연출하여 사마천의 저작에 대한 부정적 이미지를 나타냈고, 또 학문에 정통하지 않은 흉노 선비가 장원을 하는 장면을 설정함으로써 문제를 드러내려 한 것이었다.

그가 장원을 한 『서경』의 구절을 생각하던 태민은 앞의 두 문장은 사실의 나열이라 마지막 문장에 문제가 있을 수 있다고 느꼈다.

'아! 공자의 화하만맥 망불솔비는 음모였구나. 은나라는 동이족의 나라인데 이민족인 화하족 주나라의 침공을 받아 멸망하는 순간 모두가 기뻐 따랐다는 건 어이없는 왜곡이 아닌가. 그런데 공자는……'

태민은 그제야 비로소 자신의 머리를 무겁게 만드는 문제가 무엇인지 알 수 있었다.

도피.

소설을 읽으며 자신도 모르게 무엇이 옳은지 무엇을 해야 하는지 알고 있으면서도 지금 자신은 훗날 돈 벌면 출판해주겠다는, 기만에 불과한 자기위안을 남기며 전준우의 소설을 덮어버린 것이었다.

찬찬히 생각하던 태민의 입에서 독백이 새어나왔다.

"글자싸움으로 소설이 다 끝나는 게 아니다. 소설이 계속 이어졌다면 은나라와 공자와 사마천의 미스터리가 나오는 구상이다. 나의 의식은 이걸 알고 있으면서도 얼른 소설을 덮고 피해버렸다. 이것은 전준우뿐 아니라 역사로부터의 도피였다."

다음 날부터 태민은 날마다 국가도서관으로 향했고 문이 열릴 때 들어가 닫힐 때까지 은나라 및 주나라 관련 서적과 자료, 그리고 공자의 경전들과 사마천의 『은본기』를 있는 대로 찾아 읽으며 사색을 이어나갔다. 과거 대학과 대학원을 다닐 때도 도서관을 드나들긴 했지만, 그때는 학교의 강의와 시험에 필요한 한정적 공부를 위한 것이었고, 따라서 그걸 진리 탐구라 할 수는 없었다.

하지만 지금 태민은 과거와 달리 수백 권의 서책과 사색 속에서 열정에 미쳐 스스로를 불사르고 있었고, 이제껏 한 번도 느껴보지 못한 진정한 공부의 세계 속에서 마음껏 헤엄쳤다. 이상한 일이었다. 이런 삶이라면 500억 원이 없어도 얼마든지 행복할 거란 생각이 들며, 그간 청빈이라든지 하는 내면의 가치를 철저히 부정한 채 돈만 향해 질주한 자신이 우습게도 여겨졌다. 의미 있는 삶을 살고 있다는 의식은 선배로부터 드디어 수배가 떨어졌다는 전화를 받았어도 동요되지 않았다.

"고고학을 하는 분인가요?"

진달래가 붉게 물든 어느 화창한 날 여느 때와 다름없이 열람실 테이블에 앉아 『장묘와 고고학』을 읽고 있던 태민은 부드럽고 나직한 목소리에 고개를 들었다. 흰머리가 희끗한 점잖은 표정의 노신사가 맞은편 의자에 앉아 자신이 읽고 있는 책과 옆에 쌓아 둔 10여 권의 책에 눈길을 두었다 막 얼굴로 옮겨오는 참이었다.

태민은 열중하고 있던 참이라 별반 응대하고 싶지는 않았지만 노인의 선의적인 표정에 허리를 펴며 대답했다.

"취미로 보고 있어요."

"놀랍군요. 자주 눈에 띄던데, 보는 책들이 상당히 전문적이라 고고학 교수로 알았어요."

태민이 가볍게 눈인사를 보내고 다시 책으로 돌아가려 할 때 노인이 옆에 놓인 『은허』라는 책으로 눈길을 보내며 말했다.

"내가 쓴 책이오."

"넷? 교수님이세요?"

"베이징대학교에서 고고학을 했던 늙은이요. 오래전 은퇴하고는 가끔 이리로 나오고 있어요."

"고고학을 하셨으면 은나라에 대해서도 잘 아시겠네요."

"이를 말이오. 고고학자라면 너나 할 것 없이 모두 은나라를 사랑하게 되어 있소. 수도인 은허를 발굴하던 게 바로 엊그제 같은걸. 은허에서는 지금도 계속 유물이 나오고 있소."

"은자에 대해서는 어떻게 생각하셔요?"

"은자?"

"네, 한자 말이에요."

"하하하. 한자를 은자라고 하는 걸 보니 당신도 고고학을 하는 사람임에 틀림없소. 은허에서 현재까지 나온 갑골은 모두 15만 2,317조각이오. 그 갑골에 기록된 글자는 4,578자이고, 이제까지 해독이 된 건 1,086자요. 청동기 유물은 5,143점이 나왔고 옥기는 2,632점이 나왔소."

"하하."

노인은 마치 신앙인 듯 은허의 발굴을 토해냈다.

"정말 은나라를 사랑하시는군요. 그런데 지금에 이르러 은나라는 동이족의 나라가 아닌 화하족의 나라가 되어 있고, 은자 역시 한자로 둔갑해 화하족의 글자가 되어 있는데, 깊이 들여다보니 여기에는 공자의 책임이 크다고 생각합니다. 그가 주나라와 은나라의 관계를 고의로 심하게 일그러뜨렸다고 보는데, 고고학에서는 공자를 어떻게 보나요?"

노인은 말없이 태민을 한참 바라보다 말했다.

"혼자 수천 년 역사를 기록하다 보니 오류가 있었을 걸로 생각했는데, 그걸 고의적 왜곡이라 본다면…… 가만, 이름이 어떻게 되나요?"

"이태민입니다. 한국인이에요."

"아, 한국인. 은나라에 관심이 없을 수 없는 사람들이지. 나는 스위에요. 여하튼 이 선생이 그렇게 생각한다면 그것을 정리해 발표하시오. 특이한 시각이니."

"사실 하고 싶긴 합니다. 공부와 사색을 거듭하다 보니 공자와 사마천의 과오가 너무도 뚜렷이 눈에 들어와 견딜 수가 없어요."

"그럼 보름 후 베이징대학교에서 인문학 심포지엄이 있는데 거기 와서 발표하겠소?"

"저는 교수가 아닌데요."

"학자잖소. 그런 시각을 가졌다면 이미 학자요. 하겠다면 자리는 내가 만들어놓겠소."

태민은 잠시 망설이다 마침내 결심을 한 듯 짧게 대답했다.

"네."

"정치한 논리가 있어야 할 거예요. 아니면 무서운 배척을 받을 테니."

스위에 교수는 태민에게 손을 내밀고는 자리에서 일어났다.

태민은 그날 저녁 평소와 달리 일찍 일어나 해장국집으로 향했다. 그간 공자를 집중적으로 파느라 너무 오랫동안 북한 사람들을 관리하지 못했다는 사실이 불쑥 머리에 떠올랐던 것이다.

"망 동무, 와 기간 기렇게 안 보였소? 내레 궁금했수다레."

중앙통신의 기자 한 사람이 그간 정말 그리웠는지 아니면 기대도 하지 않던 저녁 시간에 태민을 만나 기뻤는지 '망자 양반'에서 '망 동무'로 호칭을 바꿔 부르며 악수를 청해왔다.

"미안하외다. 이제는 자주 나오갔수다레."

태민이 평안도 사투리로 대답하자 북한 사람들은 모두 손뼉을 치며 폭소를 터뜨렸다.

"혹시 중국 공안 아이들한테 잡혀갔나 걱정했수다. 만약 그런 일 있으믄 바로 연락하라우요. 잘 아는 중국 공산당 간부 아이한테 얘기해 빼야디. 머니머니 해도 동포가 최고지, 안 그렇소?"

"그럼요."

"자, 우리 모두 망 동무 위해 건배하야디. 야! 여기 소주 가져오라. 내 오늘 한잔 사갔어."

"아니, 지불은 제가."

"아, 그러지 말고 가만 좀 있으라우. 오늘은 내가 사갔어. 없는 돈으로 사먹는 술이 더 맛있지 않가서."

태민은 기분이 짠해 기자들이 건네주는 술잔을 받았다.

"자, 이제 며칠 후면 광복 70주년이니 우리 북남 간에 같이 건배하자우. 건배사는 망 동무가 하라우!"

태민은 지난 몇 년간 무기 거래의 술자리에서 100퍼센트 폭소를 자아내던 건배사를 떠올리며 자리에서 일어나 술잔을 눈높이로 들었다. 그러자 기자들이 모두 일어나 태민을 둥글게 에워쌌다.

"요즘 도서관에서 죽어라 옛날 역사를 파고 있는데, 우리 동이족의 역사가 참 안타까워요. 점차 쫓겨와 이제는 한반도 안에 갇히고 그나마 남북으로 갈라졌으니. 제가 '북남통일을 위하여!'라고 하면 여러분은 모두 '죽자!'라고 하세요. 자, 북남통일을 위하여!"

태민이 선창을 외치자 우렁찬 함성이 기자들뿐 아니라 식당에 있던 모든 북한 사람들의 입에서 터져나왔다.

"죽자!"

"하하하하! 하하하하!"

태민은 술잔을 입에 털어넣자마자 크게 웃었다.

"하하하하! 하하하하!"

그러나 이내 태민은 어딘지 이상하다는 감을 느끼고 웃음을 뚝 그쳤다. 웃는 사람은 자신뿐이었다. 자신은 웃자고 한 건배사였지만 북한 사람들은 모두 심각한 표정이었다.

"죄송해요."

건배사로 말미암아 자리가 약간 이상해져 태민은 애초 목적하고 온 잠수함 얘기는 넣어둔 채 내내 술잔만 주고받았다.

"근데 동이족이 뭐야요?"

누군가 묻자 모든 북한 사람이 태민에게로 눈길을 보냈다.

"아니, 기자들이 어떻게 동이족을 몰라요? 정말 처음 들어보세요?"

"아, 그러니까 묻지 않가서."

"동이족이란 바로 우리 한민족을 비롯해 만주, 시베리아 등지에 살던 사람들이에요. 한자로는 東夷라고 쓰죠."

"아, 한자는 쓰지 말라요. 우린 한자 하나도 몰라. 북조선에서는 한자 안 쓰는 거 몰라?"

"그래요?"

"한자 안 쓴 지 오래됐시오. 이제 거의 70년이 돼가는구만!"

"그럼 우리가 동이족인 걸 어떻게 알지요?"

"기깟 거 모르면 어때?"

"뿌리를 다 던져버리자는 건데……."

"기건 기렇고, 왜 우리를 동이족이라 부르는 기요? 그 한자가 무슨 뜻이오?"

"동은 동쪽이란 뜻이고, 이는 활을 잘 쏘는 사람들이란 뜻이 에요. 역사의 태동기에 우리 민족이 동북쪽에 자리 잡고 살아 그런 이름이 붙었어요."

"동이족은 어떻게 생긴 거요?"

"메소포타미아에서 최초의 문명을 일으킨 인류는 그 일부가 서쪽으로 이동해 이집트문명, 동쪽으로 이동해 인더스-갠지스문명을 일으키고 계속 동진해 황하문명을 일으켰어요. 이걸 세계 4 대문명이라 하고, 이 황하 중류에 살면서 황하문명을 일으킨 사람들을 화하족이라 하지요. 지나족이라고도 하고 한족이라고도 하는 이 사람들은 이제 와서는 전중국 인구의 95퍼센트를 차지 해요."

"그럼 동이족은 황하에서 오른쪽으로 더 간 사람들이겠구만."

"그게 아니에요. 일부 인류는 동쪽으로 이동한 인더스-갠지스 문명이나 황하문명과는 별개로 메소포타미아에서 북쪽으로 올라갔어요. 그런 다음 거기서 오른쪽으로 방향을 꺾어 동진한 거죠."

"기럼 시베리아를 걸어갔간?"

"맞아요. 이들은 바이칼 호수를 거쳐 지금의 북중국과 만주, 그리고 한반도에 정착했고 일부는 오른쪽으로 더 가 아메리카 인디언이 된 거죠. 여하튼 북중국, 만주, 한반도 등지에 터를 잡고 살던 사람들을 동이족이라 합니다."

"그럼 우리 동이족이 오래되긴 오래됐갔구만."

"오래된 정도가 아니에요. 이 동이족 때문에 세계 학계에 난리가 났으니까요."

"와, 어캐?"

태민은 갑자기 분노가 치밀어올랐다. 성인이라 일컫는 공자조차 역사를 일그러뜨리고 비틀어 나라도 훔쳐가고 글자도 훔쳐가는 판에 북한의 엘리트들은 한자도 모르고 동이가 뭔지도 모르는 현실이 한심했다. 그러나 태민은 내색하지 않고 얘기를 이어나갔다.

"동이족이 요하에서 이룬 문명을 요하문명 혹은 홍산문화라고 해요. 화하족이 이룬 문명을 황하문명 혹은 앙소문화라 하는데, 이 홍산문화는 뒤늦게 발견이 되었어요. 그런데 방사성 탄소 연대 측정법으로 측정을 해보니……."

"망 동무레 아주 유식하구만!"

북한 사람들은 모두 태민의 얘기에 귀를 모으고 있었다.

"이게 황하문명보다 최소 500년 이상 1,500년까지 오래된 거예요. 그래서 4대문명이 아니라 5대문명이라 해야 하는 게 아니냐 하는 논의가 있는데……."

"기런데?"

"중국이 잽싸게 과거에는 자기들 게 아니고 동이족의 것이라 하던 요하문명을 자기네 걸로 둔갑시켜버렸어요. 동이족의 상징 치우를 어느 날 갑자기 제 조상이라며 염제, 황제와 같이 자기네 인물로 포장하고 지금 대대적으로 홍보하고 있잖아요?"

"저런 못된 간나들이! 아, 긴데 남조선 동무들은 머 하는 기야, 저놈들이 저런 짓거리를 해대는데."

중앙통신 기자 하나가 격분해 외치는 순간 태민의 머리에 전광석화처럼 한 장면이 지나쳤다. 바로 전준우 소설의 프롤로그였다. 사마천이 본 도깨비상, 그게 바로 치우라는 생각이 휙 스친 것이다. 그러고 보니 소설에서는 창힐과 더불어 사마천의 모습을 크게 그려놓아 뭔가 그도 글자를 훔쳐가는 데 크게 한몫했음을 암시하고 있었다.

"우리 동이족은 은나라를 산동에 세웠지만 지금에 와서는 남의 나라가 되어 있는 걸 눈 뜬 장님이 되어 바라보고 있어요. 게다가 한자도 처음 만들었지만 빌려쓰고 있는 줄 알고 또 버리기까지 했구요. 우리는 중국 대륙에 있다 점점 쫓겨나고 밀려나 이제는 한반도 안에 갇힌 채 둘로 쪼개져 서로를 최대의 적으로 간주하며 살고 있는 거죠."

태민의 말에 잠시 침묵이 흘렀다. 분단의 현실이 식당 안을 무겹게 흘렀다.

"자, 술잔을 눈높이로 듭세다."

기자단장이 갑자기 건배를 제의했다. 모두가 잔을 들자 기자
단장이 미안함과 고마움이 교차되는 표정으로 말을 시작했다.

"망 동무, 고맙수다레. 우리 중 누군가가 그런 사실을 알고 있
다는 것만으로도 희망이 있지 않갔소? 이제부터 나는 건배할 때
마다 동이를 외치겠소. 자, 우리 모두 동이를 위하여!"

기자단장의 선창에 이어 모두가 우렁찬 목소리로 외쳤다.

"죽자!"

이상하게도 태민의 가슴속에서는 지난번 위대한 잠수함을 위
하여 건배를 외쳤을 때보다 더 큰 무언가가 꿈틀거렸다.

공자숭모회

"이태민 씨."

태민이 국가도서관의 서고 한구석에서 기나긴 탐색의 피로함을 잠시 달랠 때였다. 갑자기 등 뒤에서 들려온 목소리에 태민은 흠칫 놀라 몸을 돌렸다.

"아!"

등 뒤의 사람은 바로 미위팅이었다.

"어쩐 일이에요?"

"얘기 좀 나눕시다."

"내가 여기 있는 건 어떻게 알았어요?"

"전준우 사건을 재조사하는 중이라 관찰하고 있었소."

"미행했다는 얘긴데…… 아무튼 공안의 입장이 바뀌었나요?"

"아니, 그건 아니지만, 다른 사건이 있었소."

"다른 사건?"

"어디 좀 앉아서 얘기합시다."

도서관 휴게실에 자리를 잡은 미위팅은 목소리를 낮췄다.

"당시 전준우 사건 수사에 압력을 받은 건 사실이오. 한 의심스러운 단체가 수사선상에 떠오르자마자 지시가 내려와 수사를 그만두었소. 그런데 쵝근 다른 사건이 터졌단 말이오."

미위팅은 태민을 한번 슬쩍 바라본 후 말을 이었다.

"살인사건이오. 피살자는 도박장에서 누군가를 협박해 몇 번 돈을 공수받다 살해당했는데, 피살자가 협박한 상대가 바로 전준우 사건 때 떠오른 그 단체요. 또한 이번에 죽은 자가 전준우를 살해한 킬러 중 한 명이오."

"음, 그 단체가 전준우를 살해하도록 킬러를 사주했는데, 그가 범행을 저지른 후 추가로 돈을 요구하다 살해당했다는 얘긴가요?"

"그렇지요."

"어떤 단체죠?"

"'공자숭모회'라는 단체요."

"앗!"

태민의 입에서 탄성이 새어나왔다.

"공자숭모회? 그게 뭐예요?"

"문자 그대로 공자를 그리워하는 조직이오. 공자를 좋아하는 사람들의 모임인 이 조직이 어떻게 살인사건에 연루될 수 있을까 하는 회의가 자꾸 생기지만, 돈의 흐름은 분명 거기를 지목하고 있소."

"그런데 왜 나를 찾아왔어요?"

"당신에게서 이상한 점이 발견되었으니까."

"내게서?"

"그렇소. 한동안 당신을 관찰한 결과 당신은 공자에 미쳐 지냈소."

"그런데요?"

"모르겠소? 공자숭모회와 당신이 급작스럽게 파고드는 공자가 살인사건을 두고 매치되어 있소. 즉, 당신은 무언가 알고 있다는 얘기요. 공자를 둘러싼 청부살인의 메커니즘을."

"그렇게 생각해본 적은 없는걸요."

"이 조직은 사건과 분명히 관계가 있소. 하지만 나는 전준우 사건 수사 재개를 밀어붙일 수 있을 정도로 그 메커니즘을 상부에 잘 설명할 수 없소. 자, 내게 설명을 해주시오. 당신은 왜 온 도서관을 헤집고 다니면서 그토록 공자를 찾아헤매는지. 그리고 전준우가 무얼 했기에 그들이 전준우를 죽이도록 사주했는지."

한참 생각하던 태민은 고개를 가로저었다.

"밝힐 수 없는 사건이에요."

"무슨 소리요? 범죄를 저지른 자가 있고 그 뒤에 사주한 자가 있는데 왜 밝힐 수 없단 말이오? 당신 아니오, 지난번 내게 전화를 걸어 사건을 피하지 말고 밝히라 했던 사람이."

"미위팅 주임 얘기대로 전준우의 피살이 그 공자숭모회와 연관이 있을 수는 있어요. 하지만 범인을 잡아낸다 하더라도 의미가 없어요."

"왜 자꾸 이상한 소리를 하는 거요? 범인을 잡고 범죄를 척결하는 게 왜 의미가 없다는 거요?"

"나라와 나라 간, 민족과 민족 간의 다툼은 범죄가 아니라 전쟁이니까."

"전쟁이라니?"

"이것은 전쟁이에요. 과거 문명이 생기고 글자가 만들어지던 때로부터 시작된 전쟁. 피해 회복은 범인을 잡는 데 있는 게 아니라 오류를 바로잡는 데 있어요. 한둘의 범인이 아닌 수천만, 수억의 의식을 바꾸는 데 있단 말이에요. 그게 나의 전쟁이에요."

말을 하면서도 태민은 스스로에게 놀라고 있었다. 자신은 어느새 모든 포커스를 맞추어왔던 돈벌이가 아닌 역사의 진실을 강변하고 있었고, 신기하게도 더 행복하다는 기분에 휩싸였다.

"그럼 내 전쟁은 어떻게 되는 거요? 나는 어떻게 상부를 설득해 공자숭모회를 수사하고 범인을 잡을 수 있단 말이오?"

태민은 미위팅을 남겨두고 자리에서 일어났다.

노숙의 나날들

    너무나 긴 세월이 흘러 아무것도 찾아낼 수 없는 빙원 위에서 태민은 결국 공자가 뚫고 사마천이 포장한 거대한 시나리오를 찾아냈다. 문명이 처음 생기고 글자가 만들어지던 시절로부터 시작된 왜곡의 역사는 길고 길었고, 이제는 동이의 후손들조차 자신의 조상을 부정하는 데 길들여져 은자를 남의 글이라 부정하고 배우지 않도록까지 만들었으니, 공자와 사마천은 대성공을 거둔 셈이었다.

    태민은 깊은 밤 호텔에 앉아 커피잔을 든 채 거리를 질주하는 자동차 헤드라이트 불빛을 바라보았다. 자신은 지금 수배 중인 신분으로 공안은커녕 공산당도 어쩌지 못하는 사건에 대들고 있었다. 돈과 아무 상관도 없는 일. 도대체 무슨 소용이 있어 그 위험을 무릅쓰고 그런 짓을 하는지 스스로도 이해할 수 없었다. 그러나 태민은 돈을 벌 때와는 다른 알 수 없는 만족감이 속을 채우고 있다는 것을 느끼고 있었다.

    "뚜뚜뚜뚜!"

"무기중개상 이태민입니다."

"피하래요."

"네?"

"빨리 피하래요."

"여보세요. 어디 걸었어요? 미친놈!"

뚝 끊어버리는 상대방을 향해 한마디 내뱉던 태민은 다음 순간 후다닥 일어났다. 그간 도서관 서고에 파묻혀 지내다 보니 자신이 수배인 걸 까맣게 잊고 있었던 것이다. 선배는 분명 수배가 떨어졌다는 사실을 알려왔고, 그렇다면 한국 검찰이 중국 사법당국에 공조 요청을 했을 수 있었다.

최현지.

그냥도 징역 5년 이상을 먹이겠다던 독종 검사이니만치 도주 중 검거돼 들어간다면 인생이 완전히 끝장난다는 생각에 태민은 입은 옷 그대로 문을 박차고 계단으로 뛰었다. 평상시 비상사태에 어떻게 대치하리라 생각해두었던 게 도움이 되어, 태민은 비상계단을 이리저리 통해 앞문도 뒷문도 아닌 쪽문으로 호텔을 빠져나왔다.

사람들과 길거리에 섞인 후 차분히 보니 차량이 세 대나 호텔을 앞뒤로 막아선 채 공안들이 로비에서 서성대며 일부는 엘리베이터를 오르내리는 모습이 자신을 체포하러 온 게 분명했다.

"최현지!"

태민은 최현지 검사를 떠올리고 간신히 욕지거리를 참았으나,

일단 숨을 돌리자 전화를 걸어 알려준 인물을 떠올리며 고개를 갸우뚱했다. 도대체 누가 자신에게 전화를 걸어 공안이 체포하려는 걸 알려주었단 말인가. 공안이 도착하기 직전 전화가 걸려온 걸로 보아서는 분명 공안의 동태를 잘 아는 사람이었다.

자신의 전화번호를 아는 사람으로서 공안의 동태를 잘 아는 사람. 그건 단 한 사람뿐이었다.

미위팅.

호텔에서 멀리 떨어진 곳의 한 사우나에서 잠을 청한 다음 날 아침 태민은 공중전화로 미위팅에게 전화를 걸었다.

"잘 피했소? 미안하오."

과연 누군가를 시켜 전화를 걸도록 조치한 사람은 미위팅이었다. 그런데 미안하다니? 어리둥절해하는 태민의 귀에 미위팅의 건조한 목소리가 들려왔다.

"베이징에서는 공안에 쫓기면 피할 수가 없소. 게다가 당신은 외국인이니 며칠 되지도 않아 붙들릴 거요. 어서 한국으로 돌아가요."

태민은 어딘지 미위팅이 하는 얘기가 이상하다는 생각이 들었다. 미안하니 한국으로 돌아가 징역을 살라고?

"무슨 소리죠?"

"내가 분국장에게 당신 얘기를 한 게 잘못되었소. 수사 재개를 허락할 것 같아서 그랬는데, 거꾸로 당신을 체포하라고 한 거요. 어딘가 전화 한 통 걸더니 그 꼴이오. 에이, 이 개떡 같은 놈들."

그러니까 미위팅의 말은 자신이 태민의 신원을 노출했고 따라서 위험에 빠뜨렸다는 것이었다.

"아, 참! 당신 바보 아니오? 왜 남의 신원을 노출하고 그래! 당신들 다 한통속 아니오?"

"미안해요. 하지만 공식 수배는 아니니 한국으로 돌아간다면 별일 없을 거요."

"누군 한국에 돌아갈 줄 몰라서 안 가는 줄 알아요!"

고함을 치던 태민은 그나마 이 사람이 전화를 걸어줘 체포를 면했다는 데 생각이 미치자 억지로 목소리를 가라앉혔다.

"안 떠나면 어떻게 되죠?"

"공식 수배를 할 수도 있지만…… 수배를 내리지 않고 체포팀을 꾸릴 수도 있소. 사실 그게 더 위험해요."

"잡히는 건 매한가지인데 왜 더 위험하단 거죠?"

"중국에서는 공안이 꼭 법대로 하지 않을 경우도 있소."

"법대로 하지 않는다니?"

"……."

전화를 끊고 난 태민은 순식간에 밀려드는 불안감에 큰 거리에서는 사람들 물결 속에 숨었다가 다시 골목으로 이리저리 미로를 헤매듯 돌아다녔다. 급하게 나오느라 지갑을 갖고 나오지 못한 태민은 일단 미국의 브라켄에게 전화를 걸어 미국행 비행기표를 끊어 공항의 카운터에 보관시키도록 부탁했다. 그나마 여권은 늘 바지 뒷주머니에 넣고 다닌 게 다행이라면 다행이었다.

밤이 되자 피로와 허기에 지친 태민은 뒷골목 한 어두운 건물의 계단에 털썩 주저앉았다. 조금 떨어진 곳에 노숙자들이 몇몇 웅크리고 앉아 있었지만 태민은 지쳐 이내 졸음에 빠져들었다.

"헉!"

태민은 누군가 팔을 잡는 기분에 잠이 확 깼다. 수염이 덥수룩한 한 거지노인이 자신에게 뭔가를 들이대며 먹으라고 권하고 있었다. 태민은 노인을 뿌리치고 일어나 걸었지만 내내 불안에 시달렸다.

어느새 또 하루가 지났다. 추적이 두려워 휴대폰도 끈 채 골목을 배회하던 태민은 밤이 되자 그 계단으로 가 다시 주저앉았다. 지친 태민은 또다시 졸음에 빠져들어 끄덕이다가 아예 계단 위에 쓰러져 잠이 들었다. 미칠 듯 피로했지만 허기지다 보니 태민은 한밤중에 잠을 깨서는 어제의 그 노인을 찾아 한마디 내뱉었다.

"먹을 것 좀 있어요?"

그럭저럭 밤은 견딜 만했으나 문제는 밝은 대낮이었다. 다른 노숙자와 달리 태민은 쫓기는 몸이라 낮에는 무슨 일이라도 있는 듯 바삐 돌아다니기도 하고 명품숍의 쇼윈도 앞에서 그럴듯한 표정도 지어 보았지만, 대개는 공원에서 낮잠을 자거나 남이 보다 버리고 간 신문을 한 자도 안 빼고 읽어대곤 했다.

그러면서도 늘상 신경을 곤두세워야 했고, 공안이라도 한둘

지나갈 때면 뒷머리가 땡기도록 시신경을 긴장시킨 채 사소한 동작 하나에도 놀라야 했다.

'나는 왜 미국으로 바로 떠나지 않는 거야? 이 고생을 하며 내가 기다리는 건 뭐지? 그까짓 심포지엄이 뭐라고 나는 이런 꼴로 하루하루 버티고 있는 거란 말이냐. 오늘 밤에는 반드시 비행기를 탄다!'

태민은 매일 미국행 비행기를 타는 생각을 했으나 그럴 때마다 머리 한쪽에서는 다른 목소리가 울렸다.

'이렇게 피할 일만은 아니다. 미국으로 가면 진짜 도망자가 되고 만다. 그러면 나라를 영원히 등져야 하는데, 그런 결정을 해서는 안 되지 않는가.'

이러지도 저러지도 못하는 미칠 것 같은 상황은 태민을 끝없이 흔들었고, 태민은 날이면 날마다 방황을 거듭했지만 문득 자신이 심포지엄에 미련을 두고 있다는 사실을 깨닫고 놀라움을 금치 못했다. 자신이 약속을 어긴 실없는 인간으로 조소를 받는 건 괜찮았으나 공자와 같은 큰 인물의 문제를 제시해놓고 증명을 하지 못한다면 은나라도 동이족도 한국인도 당당한 모습으로 설 수 없을 것이었다. 고민을 거듭하던 태민은 결국 일어나 대사관을 향해 걸음을 옮겼다.

은자여, 영원하라!

베이징대학교에서 열리는 인문학학회에서 그 자신 고문학자인 베이징대학교 총장은 분위기를 한껏 북돋웠다.

"세계 185개국 아이큐 검사에서 1위는 홍콩, 2위는 남한, 3위는 북한과 일본, 4위는 대만, 6위는 중국이 차지하였습니다. 여러분, 이 나라들의 공통된 특징은 무엇입니까? 그것은 이들 나라가 모두 중화문화권이라는 것입니다. 오늘 우리 학회에서는 특별히 두뇌에 결정적 영향을 주는 요소가 언어임을 고려할 때 결국 한자가 이런 우수한 두뇌를 만들었다고 봐야 할 것입니다. 저는 오늘 인사말의 말미를 이렇게 마치고 싶습니다. 한자여, 영원하라! 여러분, 우리 모두 다 같이 자리에서 일어나 크게 한번 외칩시다. 한자여, 영원하라!"

대회장의 선창에 이어 모든 참석자들이 일어나 우렁차게 외쳤다.

"한자여, 영원하라!"

대회장을 가득 메운 함성이 가라앉고 학자들이 모두 자리에 앉는 순간 한 사람의 목소리가 천장에 메아리쳤다.

"은자여, 영원하라!"

이 이상한 소리에 모든 학자들의 시선이 소리가 난 쪽을 향해 날아갔다. 시선의 끝에는 한 젊은이가 여유롭게 웃으며 앉아 있었다. 태민이었다. 베이징대 총장은 자리에서 내려오려다 다시 마이크를 잡고 물었다.

"젊은이, 지금 뭐라 그런 거죠?"

"은자여, 영원하라!"

"그게 무슨 말이오? 은자라니? 무슨 뜻입니까?"

"한자가 아니라 은자가 맞지만, 오늘 저는 글자가 아니라 공자의 이야기를 하려 합니다."

"젊은이도 심포지엄에 참가하는 학자요? 소속이 어디요?"

이때 한 노인이 자리에서 일어났다.

"저 젊은이는 내가 특별 게스트로 추천했어요. 주최 측의 허락을 받았는데, 점심식사 후 속개하기 전에 그의 색다른 얘기를 한번 들어보자는 취지예요. 공자와 사마천이 고의로 역사를 왜곡해 은나라의 주인을 동이족으로부터 화하족으로 바꾸어놓았다는 얘긴데, 들어볼 가치가 있어요."

"스위에 교수님이시군요. 오랜만입니다. 그럼 한번 들어봅시다. 오히려 심포지엄을 더 생기 있게 할 수 있는 좋은 기회가 될 수도 있겠지요."

스위에 교수의 소개말은 모든 학자들의 관심을 이끌어내, 점심시간이 끝나자 학자들은 서둘러 자리에 앉았다.

　"저의 이야기는 고고학에서 출발합니다. 은나라 수도 은허에서 발굴된 두 개의 성은 중심축이 13도 틀어져 동북방을 보고 있습니다. 이것은 고향인 발해 연안에 대한 짙은 향수를 나타낸다고 보여집니다. 은나라는 동북쪽에서 와서 흥하였다가 망한 후에는 동북쪽으로 되돌아갔습니다."

　단상에 오른 태민의 감성적인 서두 발언에 학자들이 무슨 소리를 하려는 거냐는 표정으로 태민을 바라봤다.

　"고고학에서 가장 중요한 건 묘장법입니다. 이것은 오랜 세월이 흘러도 변하지 않기 때문입니다. 은나라는 주나라를 비롯한 중국 대륙의 다른 나라와 달리 적석총과 석관묘를 썼습니다. 한반도를 비롯해 발해만 연안에서 쓰는 묘장법입니다. 은나라에서 출토된 청동기와 옥기 역시 한반도와 만주 그리고 내몽골 지역에서 출토되는 유물과 똑같습니다. 이들은 모두 홍산문화의 주인공들로, 머리가 납작하다는 신체적 공통점도 있습니다. 그러므로 현대 중국 고고학계의 많은 중요한 학자들이 은나라는 동북방의 동이족이 세운 나라라고 규정하는 것입니다. 이 은나라는 기원전 1600년경 건국되어 기원전 1046년에 주나라 무왕에 의해 망합니다. 주나라는 황하 중류에 건국된 화하인들의 나라로, 동쪽으로 상당히 먼 거리를 전진해 은나라를 멸망시켰고, 은나라의 주인 동이족은 대부분 동북으로 되돌아갑니다. 역사에 늘 있는 일이고, 이것은 화하족의 자랑입니다."

태민을 바라보는 학자들의 표정은 다양했다. 개중에는 벌써부터 비웃음을 흘리는 이도 있었고, 제법 진지하게 귀를 기울이는 이도 있는 반면, 따분하다는 표정으로 눈을 감고 있는 이도 있었다.

"그러나 여기에 공자라는 인물이 등장합니다. 이분은 유학을 창시하여 충, 효, 예를 으뜸의 가치로 확립했습니다. 그는 군자를 인간의 가장 완성된 단계로 보았고 실존 인물 중에서는 주나라 문왕과 그의 아들 무왕 그리고 주공을 꼽았습니다. 그래서 주나라 무왕이 은나라를 정복한 사실에 대해 고민을 거듭했습니다. 군자 무왕이 야욕에 의해 다른 나라를 정복했다는 사실은 자신의 정신세계를 깨는 것이었기에 그는 역성혁명이라는 사상을 내놓았습니다. 아랫사람이나 아랫나라가 윗사람이나 윗나라에 반란을 일으키는 것은 불충이라 절대 해서는 안 되지만, 그 상전이 천하에 없는 악행을 범할 때는 천명을 얻어 반란을 일으킬 수 있다는 것입니다. 그는 자신의 이 도식을 위하여 동이족의 은나라를 화하족의 주나라 상전으로 묶었습니다. 그리고 은나라 마지막 왕 제신을 천하에 없는 폭군으로 기록했습니다. 그전의 기록이 없기 때문에 공자는 마음 내키는 대로 기록해 자신의 사상과 역사적 사실을 합치시킨 것입니다."

태민의 발언이 여기에 이르자 그때서야 자리에 작은 동요가 일기 시작했다. 태민은 개의치 않고 발표를 이어갔다.

"공자가 남긴 『서경』에는 '화하만맥 망불솔비(華夏蠻貊 罔不率
俾)'라는 말이 나옵니다. 아시다시피 화하만맥이 따르지 않은 이
가 없었다는 뜻인데, 화하라 함은 한(漢)을 말하고 만맥이라 함
은 남만과 동이의 일파인 맥족을 말하는 것이니, 곧 한족이나 남
만족이나 동이족이나 할 것 없이 크게 기뻐하며 주 무왕의 거사
를 따랐다는 뜻이 됩니다. 그런데 이 말은 가만히 생각해보면 일
본이 중국을 멸망시키자 중국인들이 모두 기뻐 따르지 않는 이
가 없었다고 말하는 것과 다를 바가 없는 게 아니겠습니까?"

'저자가 지금 뭐라는 거야' 하는 소리와 함께 자리에 작은 웅
성거림이 일었다.

"그래서 훗날 맹자는 『서경』을 믿느니 차라리 없는 것만 못하
다(진신서즉 불여무서盡信書卽 不如無書)'라고 했고 자공은 은왕이 기
록된 것만큼 나쁜 사람은 아니라고 했던 것입니다. 그러나 맹자
나 자공 같은 분들의 기록조차 성인 반열에 드는 공자의 신뢰를
흔들 수는 없었고, 공자의 기록은 역사가 되었던 것입니다."

대부분의 학자들이 처음 듣는 소리라는 듯 놀라서 입을 다물
지 못했고, 누군가는 급히 핸드폰으로 검색을 해보는 듯했다.

"뿐만이 아닙니다. 사마천은 전설상의 인물 황제를 실존 인물
로 둔갑시켜 그의 자손인 탕왕이 은나라를 건국하였다고 기록
하였습니다. 궁형을 당하고 역사를 기록했다는 후광효과로 52만
6,500자에 이르는 그의 기록 역시 한 자 한 자가 바이블이 된 것
입니다. 하지만 황제는 사마천이 기록하기 전에는 어느 문헌에도

나오지 않습니다. 공자의 『서경』에도 황제는 나오지 않습니다. 중국 역사에서 마치 구약의 여호와 같은 존재가치를 가진 분이 말입니다. 은나라는 동이족의 나라였지만 한 사람의 성인과 한 사람의 위인이 화하족의 나라로 바꾸어버린 것입니다."

학자들의 웅성거림은 더욱 커졌다. 태민을 이 자리에 세운 스위에 교수를 돌아보는 사람도 있었는데, 그는 그저 무표정하게 태민의 발언에 귀를 기울이고 있을 뿐이었다.

이제 태민의 발언은 마무리를 향해 가고 있었다.

"저는 역사를 처음 기록한 이들의 특권을 질투하는 것이 아닙니다. 아담의 갈비뼈 하나를 떼어 이브를 만들었다는 구약의 기록은 해부학을 인체에 갖다대기 전까지는 남자의 갈비뼈가 여자에 비해 한 개 적다고 믿었고, 그렇지 않다고 주장한 사람들을 처벌했습니다. 저는 한두 사람이 자신의 사상에 따라 가감첨삭한 기록을 신앙처럼 좇지 말고 과학으로 검증하자고 제안합니다. 공자와 사마천은 은나라를 한족의 나라로 기록했으나 고고학은 이 나라가 동이족의 나라임을 뚜렷이 가리키고 있습니다."

발표를 마치고 단상을 내려오는 태민의 귀에는 아무 소리도 들리지 않았다. 할 말을 했다는 개운함만이 가슴을 가득 채웠다. 물론 자신의 이 발표 하나가 어떤 큰 변화를 가져오리라고는 기대하지 않았다. 그래도 스위에 같은 학자도 있으니 중국의 누군가는 자신의 역사를 되돌아볼 기회를 마련해줄 터였다.

회의장 밖에서는 검은 정장에 선글라스를 낀 두 사람이 기다리고 있었다. 그들은 회의장을 빠져나온 태민을 승용차에 태웠고 시동을 켠 채 대기하고 있던 기사는 시원하게 뻗은 8차선 도로를 한참 달렸다.

국제선.

태민은 눈이 부신 듯 시선에 잡히는 '국제선'이라는 로고를 한참이나 바라보았다. 두 사나이는 태민의 탑승 수속을 대신 마치고는 2층의 한 사무실로 태민을 데려가 보안검색까지 마쳤다. 모든 절차가 끝나자 대기실에서 커피 한 잔을 쥐여준 검정 선글라스는 신문 한 장을 건넸다.

한국인 소설가 전준우를 살해한 절도단 중 한 명이 시체로 발견됐다. 공안은 이들이 한 단체의 사무실을 턴 후 현금과 장물을 분배하는 과정에서 다툼이 일어난 걸로 보고 주변을 탐문하고 있는 중이다. 절도사건에 정통한 공안의 한 소식통은 원정 절도단인 이들은 이미 베이징을 떠난 것으로 보인다고 말했다.

태민은 말없이 전준우의 모습을 떠올렸다. 덥수룩한 머리에 늘 큼직한 가방을 어깨에 메고 다니던 그의 검정 실루엣이 태민의 기억 속을 기다란 열차마냥 속도감 있게 지나쳤다. 그의 죽음이 이런 엉터리 기사 몇 글자로 끝난다는 것이 기가 막혔지만, 전준우 역시 자신과 마찬가지로 범인 몇 사람 잡는 걸 기대하진 않았을 것이다.

기나긴 세월이 흘렀지만 아직 늦지 않았다. 그가 시작한 글자
전쟁을 수행해 진실을 밝히고 은자를 되찾아오는 것이 ㄱ의 진
정한 바람이었을 것이다. 그는 그 소설을 완성하는 것을 아마도
요하문명을 일으키고 은나라를 건국한 동이가 남긴 숙제로 여겼
으리라. 그리하여 위험할 것을 알면서도 중국에 들어와 안 보이
는 글자전쟁을 시작했던 것이리라.

태민은 커피잔을 코에 깊숙이 갖다댔다. 이제 한국으로 돌아
가면 오랫동안 맡아보지 못할 마지막 커피향을 깊이 간직하려는
듯이.

인천행 비행기의 탑승이 시작되자 두 사람의 영사는 태민을
기내보안관에게 인계하고 돌아섰다.

최현지

인천공항에서 경찰에 인계된 태민은 중앙지검의 최현지 검사실로 끌려갔다.

"이 자식아, 아예 거기서 살지, 대사관에 자수는 왜 해?"

자리를 비운 검사 대신 계장이 전과는 달리 거세게 태민을 밀어붙였다.

"도망갔다 돌아오는 놈이 제일 바보야. 알아들어! 괘씸죄에 도주 우려로 100퍼센트 구속에 사건도 혼자 실컷 다 뒤집어써. 그러니 프로는 도망가면 안 돌아오는 거야."

마치 개선장군이라도 되는 양 의기양양해 떠들썩하던 계장이 잠잠해질 무렵 문이 열리고 최현지 검사가 들어오자 태민은 고개를 돌렸다. 모든 꿈이 다 깨진 비참한 현실에서 (별로) 마주치고 싶지 않은 여자였다.

"이리 앉아요."

검사는 별반 감정을 내비치지 않고 바로 조사를 시작했다.

"그러니까 이태민 씨는 경비 등은 이 회장이 자신의 판단에 따

라 알아서 지출하기로 하고 나중에 이익금에서 정산했단 얘기
죠?"

"네에? ……아, 네."

"지난번에 그렇게 진술하지 않았나요?"

"그렇긴 하지만……."

"로비를 했든 향응을 베풀었든 돈을 건넸든 간에 이태민 씨는
일절 관여하지 않았고 이 회장이 독자적으로 결정했다는 거죠?"

"네, 그런데…… 도주는…… 조사를……."

"그건 본인이 자수를 했으니 됐어요. 여하간 본인은 이익금만
나누었지 경비를 어떻게 쓰는지에 대해서는 전연 관여한 바 없
다. 그런 거예요?"

"네."

"시험성적서 조작은 방사청 담당자와 군인들이 한 것이지 본
인은 성적서를 작성하지 않았다?"

"네."

"하긴 성적서를 에이전트가 작성하는 건 아니니까. 그런데 협
박하거나 지시하거나 유도한 적도 없어요?"

"네."

"성적서 작성하는 공무원에게 잘 안 해주면 재미없다는 식으
로 협박하거나 어떤 항목은 점수를 A를 줘라, 어떤 항목은 B를
줘라, 혹은 성적을 잘 주면 장관이나 참모총장에게 잘 얘기해 진
급시켜주겠다고 유도하거나 약속한 적은 없다는 거예요?"

"네, 전혀 없어요."

"그런 건 이 회장이 다 알아서 한 거잖아요."

"……"

"이태민 씨는 우리나라의 무기 구매 사업이 올바른 길로 가기 위해서는 어떻게 해야 한다고 생각해요?"

태민은 여검사의 조사가 예상과는 너무 달라 종잡을 수 없었다. 이번에는 또 무슨 굴레를 씌우기 위해 이런 춘풍에 봄눈 녹듯 하는 질문을 해대는지는 모르겠지만, 이런 경우의 모범답안은 뻔했다. 일단 부정한 돈거래가 없어져야 한다. 아래에서는 시험성적서 조작 등을 위한 뇌물이, 위로는 결정권자에게 주어지는 리베이트까지 모든 부정한 돈거래를 없애는 게 무엇보다도 중요하다. 다음으로는 똑똑하고 사심 없는 애국 군인들을 구매 라인에 배치해야 한다 등. 그러나 태민은 왠지 최현지 검사에게 마음의 이야기를 하고 싶어졌다. 진짜 무기의 문제가 무언지를.

"무기는 기본적으로 심리치료예요. 실제 사용하기보다는 구매를 해둠으로써 적의 공격에 대비하고 있다는 심리적 안정을 주는 거죠. 그런데 우리나라는 이게 너무 일방적이에요. 불안의 근원인 북한을 완전히 내팽개친 채 가상 불안을 자꾸 생산해 무기로 치료하려 든단 말이에요."

"칼텍에 스탠퍼드 나온 분인 건 알고 있는데, 무식한 대한민국 검사도 알아들을 수 있게 좀 쉽게 얘기해보시죠."

"북한에 손을 내밀지 않고 외제 무기만 자꾸 사는 게 옳지 않다는 얘기예요."

　최현지 검사는 의외라는 듯 키보드를 두드리던 손을 멈추고 태민을 잠시 바라보았다. 무기를 파는 에이전트로서 무기를 사지 않는 게 정답이라는 말을 하는 태민이 엉뚱해 보였는지 의아스러움이 담긴 목소리로 물었다.

　"그간 방산비리 수사를 보면서 느낀 점이 있는 모양이죠? 혹은 본인이든 동업자인 이 회장이든 국가에 끼친 손해에 대해 보상할 수 있는 길을 생각했다든지…… 그런 게 있어요?"

　태민은 눈을 감았다. 검사가 묻는 의도도 짐작하기 어려웠고, 이런 경우 제시할 수 있는 거짓의 형식적 답안도 얼마든지 있었지만, 왠지 자신의 진실과 마주하고 싶은 생각이 드는 것이었다. 태민은 갑자기 부드러워진 여검사에게 자신이 동이족의 문명을 밝히고 잃어버린 은나라와 은자를 추적하며 도서관에서 오랜 시간을 보내면서 새로운 인생의 길을 깨달았다고 말해주고 싶었다. 그녀의 종잡을 수 없는 나긋나긋한 말투와 태도가 자신을 옭아매기 위한 수단이든 함정을 파려는 계략이든 상관없었다. 그저 자신이 겪었던 그간의 일과 깨달음을 누군가와 나누고 싶었다. 그는 최 검사에게 그간 도서관의 서고 속에서 3천 원짜리 국수를 사먹으면서도 행복했고, 넓고도 넓은 세상을 외면하고 오로지 돈과 쾌락이라는 너무 좁은 세상에만 탐닉하고 있던 자신의 삶을 다시 돌아보며 반성을 거듭했다는 말을 하고 싶었다.

　잠시 그녀의 얼굴을 들여다보던 태민은 그녀가 유도하는 답변을 이어갔다.

"아까 얘기했듯 우리나라의 무기 구매는 너무 과한 면이 있어요. 나는 보잉의 대잠초계기 포세이돈을 한국 해군에 팔려고 협상 중인데, 그걸 포기하려고 해요. 평생의 소원이고 꿈에 그리던 500억이 내 손에 들어오겠지만 포기할 거예요. 그리고…… 사실 북한의 잠수함 발사관 시험 하나로 그렇게 호들갑 떨 일도 아니고, 바다가 좁은 한국에 그렇게 항속거리가 긴 초계기가 필요하지도 않으니까요."

"보장된 이익을 포기한다는 의미예요?"

"네."

최현지 검사는 한참 무언가를 생각하는 표정으로 태민의 눈을 들여다보다 질문과 대답을 다 쳐넣은 다음 읽어보도록 했다.

"이럴 수가!"

진술서를 읽던 태민의 얼굴에 놀라움이 번졌다. 이것은 도주한 수배범을 조사하는 검사의 조서라기보다는 차라리 변호사의 변론서였다. 태민은 지난번과 너무도 달라진 조서를 보고 어리둥절해 최현지 검사의 얼굴을 정면으로 바라보았다. 마찬가지로 태민을 바라보던 최현지 검사의 입에서 흘러나온 말은 더더욱 놀라웠다.

"영장은 청구되지 않아요. 물론 기소도 하지 않을 거예요."

"엣! 왜요?"

"첫날 타이피스트에게 버럭 호통을 치는 모습을 보며 수사검사의 직관으로 이태민 씨가 무혐의라는 심증을 갖고 있었어요.
지난번에 몰아세운 건 수사기법이니 이해하세요. 그리고 그 소
설 얘기를 들었어요. 그 작품을 출판하기 위해 5년 징역형을 감
수하고 한국으로 들어오려고 자수했다는 대사관의 연락을 받고
놀랐어요. 이태민 씨가 수배 중에 벌인 글자전쟁은 진정한 용기
이고 진정한 전쟁이에요. 법에 의존해서 몸통은 건드리지도 못
한 채 잔챙이만 치는 저의 전쟁보다 훨씬 우월한 것이지요."

태민은 자신도 모르게 자리에서 일어난 후 여검사에게 손을
내밀었다. 최현지 검사도 주저 없이 손을 뻗어 태민의 손을 맞잡
았다. 따뜻한 손이었다. 태민은 이제껏 500억 원을 손에 넣으면
최현지 검사에게 복수하겠다고 벼르던 자신이 부끄러워졌다.

"연락을 드려도 될까요?"

"네?"

"앞으로 검사님으로부터 많이 배우고 싶어서요."

"좋아요. 그 글자전쟁 얘기도 들려주세요."

"뚜뚜뚜뚜!"

태민은 최현지의 손을 계속 잡고 있었지만 눈치 없이 갑자기
휴대폰이 바삐 울어대는 바람에 손을 놓을 수밖에 없었다. 휴대
폰은 벨소리로 따로 분류해둔 방위사업청이었다.

"보잉의 이태민 팀장이시죠? 포세이돈 구매 건이 곧 승인될 것
같습니다. 오늘 회의에서 북한의 잠수함 핵 발사에 대비하기 위
해 포세이돈이 필수적이라는 결론이 났습니다. 어서 들어오십시

오."

"네? 승인이 났다구요?"

태민은 얼른 전화를 가리며 최현지를 힐끗 바라보고는 돌아섰다. 복도로 급히 나가 전화로 얘기를 마친 태민은 서둘러 돌아왔다.

"무슨 전환가요?"

"아무것도 아닙니다. 그럼 곧 연락드릴게요. 와인이라도 한잔 함께 해야죠. 그리고 소살리토 언덕 위의 저택으로 꼭 모실 거예요."

"네?"

태민은 입가에 야릇한 미소를 머금은 채 최현지를 바라보았다. 그러고는 멋지게 몸을 돌려 검사실 밖으로 나섰다.

〈끝〉